英语阅读技巧与英美文学鉴赏

牛　莉◎著

吉林出版集团股份有限公司
全国百佳图书出版单位

图书在版编目（CIP）数据

英语阅读技巧与英美文学鉴赏 / 牛莉著 . -- 长春 : 吉林出版集团股份有限公司 , 2022.11

ISBN 978-7-5731-2780-8

Ⅰ . ①英… Ⅱ . ①牛… Ⅲ . ①英国文学 – 文学欣赏②文学欣赏 – 美国 Ⅳ . ① I561.06 ② I712.06

中国版本图书馆 CIP 数据核字 (2022) 第 220837 号

英语阅读技巧与英美文学鉴赏

YINGYU YUEDU JIQIAO YU YINGMEI WENXUE JIANSHANG

著　　者　牛　莉
责任编辑　黄　群
封面设计　李　伟
开　　本　710mm × 1000mm　　1/16
字　　数　231 千
印　　张　12.75
版　　次　2023 年 9 月第 1 版
印　　次　2023 年 9 月第 1 次印刷
印　　刷　天津和萱印刷有限公司

出　　版　吉林出版集团股份有限公司
发　　行　吉林出版集团股份有限公司
地　　址　吉林省长春市福祉大路 5788 号
邮　　编　130000
电　　话　0431-81629968
邮　　箱　11915286@qq.com
书　　号　ISBN 978-7-5731-2780-8
定　　价　77.00 元

作者简介

牛莉，陕西商洛人，文学硕士，现为华南农业大学外国语学院讲师，曾在《西安外国语大学学报》《电影文学》《电影评介》《吉林广播电视大学学报》等期刊发表论文数篇，参编教材一部，目前主要从事“大学英语”“阅读”等课程的教学与研究工作。

前　言

人们可以通过很多方式获取信息，阅读就是其中一种。英语教学通过教授人们英语，帮助人们获取更多的信息。随着世界信息全球化的不断发展，社会对英语阅读教学的要求也不断提高，这也相应地对英语教师提出了更高的要求。在新的社会条件下，英语教师不仅要传递英语知识，还要掌握其中的技能规律，并将其传授给学生。对于学生来说，英语不仅是需要学习的学科内容，还是获取信息的重要手段。因此，教师一定要教授学生如何掌握英语阅读技巧，同时提高英语阅读能力。另外，在英美文学书籍鉴赏方面，由于各国的表达方式、思维习惯等不尽相同，且有些文学名著结构复杂、晦涩难懂，在初次阅读之时难免给学生们造成打击。这就需要教师在其中担任桥梁的作用，通过对文学历史背景深入浅出的讲解，给同学们的阅读打下基础。在阅读鉴赏英美文学时，学生们可以了解外国的历史文化、风俗习惯，不断地获取各种信息，知己知彼。因此，教师必须具备扎实的知识与理论基础，深入了解英美文学的内涵，洞察中心思想并梳理其中脉络，将之传授给学生。本书将围绕英语阅读技巧与英美文学鉴赏展开论述。

第一章为英语学科认识理解，分别介绍了英语学科的特点、英语学科的传播特征、英语学科的教育功能三个方面的内容；第二章为英语阅读基础研究，主要介绍了三个方面的内容，依次是词汇的理解和语境中的词汇、句子的结构和整体句意理解、段落的整体理解和中心思想；第三章为英语阅读策略形成，分别介绍了三个方面的内容，依次是掌握行文大意、熟谙词汇含义、形成评论阅读；第四章为英美文学常用阅读技巧，依次介绍了巧用文学手法分析、侧重阅读主旨提炼、明晰阅读语言风格、把握文学人物塑造四个方面的内容；第五章为英美经典文学概论，主要介绍了三个方面的内容，分别是英美文学概况、英美文学精神内核、英美文学发展历程；第六章为英美经典文学鉴赏导读，主要介绍了四个方面的内容，分别是英美文学作品的宏观解读、英美文学作品的微观研究、英美文学作品的赏析策略、英美文学作品的经典导读。

在撰写本书的过程中，作者得到了许多专家学者的帮助和指导，参考了大量的学术文献，在此表示真诚的感谢！限于作者水平有限，加之时间仓促，本书难免存在一些疏漏，在此，恳请同行专家和读者朋友批评指正！

牛莉

2022 年 5 月

目　录

第一章　英语学科认识理解

欲知其所以然，必先知其然，想要提升相关英语能力，就要先对英语学科有整体而深刻的认识。本章主要介绍对英语学科的认识理解，主要从三个方面对它进行了阐述，分别是英语学科的特点、英语学科的传播特征、英语学科的教育功能。

第一节　英语学科的特点

一、工具性

人们通过语言进行交流，交流是语言的一个基本职能。关于语言含义的解释有许多种，从它的基本职能出发，上海外国语大学教授王德春认为“语言是人类最重要的交际工具，是人类思维的工具，也是社会上传递信息的工具”①。从语言的基本功能的角度对它定义，比较符合人们的功利心理，也便于人们理解。虽然语言是一种工具，但是它不仅仅是一种工具，不能简单地将它看作交流的工具，忽略了它所蕴含的强大的内涵与魅力。在英语教学中，很容易忽视掉语言系统外部的制约因素的研究，而仅仅注意到语言的工具性，即语言内部的组织规律的研究，这样是不好的。②

针对英语课程的工具性，《义务教育英语课程标准（2011年版）》曾经做出界定，英语课程的责任主要是让学生了解英语的相关理论知识，培养学生的英语素养，发展学生的英语思维。在这个过程中，学生要具有简单的听、说、读、写技能，掌握基本的英语交流沟通能力，为之后的英语学习打下良好的基础。在具有基本英语素养的基础上，学生应不断学习英语相关知识，促进其他能力的发展。

① 李慧. 语言工具论与外语教学 [J]. 解放军外国语学院学报，2001（4）：67-70.
② 傅瑞屏. 初中英语的工具性和人文性 [J]. 基础英语教育，2012（6）：7-12.

二、人文性

所谓“人文性”，主要是“人”与“文”的结合，即人性与文化性的整合。在人类的道德、情感、文化等精神方面，都具有人文性。其中“人”是核心，要以人为本，对人尊重关心，始终将“人”作为根本。“文”是指文化，语言是文化的载体，在人类文化史中占据着十分重要的地位。英语作为一种语言，具有人文性。

针对英语课程的人文性，《义务教育英语课程标准（2011 年版）》做出界定，通过英语课程教学，学生应能够开阔眼界，拓宽视野，增长见识，了解许多外国的历史与文化，增强爱国主义精神，健全人生观与价值观。

三、实践性

英语课程的实践性既跟英语课程的工具性有关，也跟英语课程的目标有关。从英语课程工具性的角度来看，英语课程要培养学生运用英语进行交际的能力。英语交际能力的形成要依靠学生互动，使其在语言交际活动中学习交际及培养交际能力。另外，语言课在很大程度上是一门技能课，英语课程承载着培养学生的听、说、读、写技能的任务，这些技能的培养要在实践中进行。我们要在听、说、读、写活动中培养学生相应的技能，而仅仅依靠教师对听、说、读、写知识的讲授是远远不够的。

人们学习母语与学习英语的步骤是不同的。在学习英语时，需要先学习单词、短语，需要在老师的引导下记忆和背诵。学习母语时，仅依靠对语言的多次体验模仿。所以，要锻炼英语的应用能力，需要不断地进行语言实践，多听、多说、多读、多写，需要不断地输入输出，进行互动交流。在英语教学过程中，仅仅依靠外界的灌输，难以起到很大作用，必须要学生自己主动进行实践，方能实现英语运用能力的不断提高。在英语的语言实践过程中，学生要通过“感受—领悟—运用”的途径，不断地对英语语言进行习得，积累经验。在以往的英语教学过程中，一般只注重英语的语言知识，而忽略了英语实践能力的教学。在很长一段时间内，我国普遍采用的都是这种教学方法，对于教师和学生来说，这在一定程度上束缚了他们的思维方式与教学方式，不利于对学生智力与能力的培养。要提高学生对英语的实践应用能力，教师就需要不断提高学生们的积极性，让学生以自然习得为主。教师可以将课程设计得更加多样化，在英语课堂中多多举办英语实践活动，吸引学生的兴趣与注意力，发挥好自身引导作用，帮助学生解决疑难问题。教师要调整好课程的时间，减少教学的时间，将更多的时间留给学生自主学习实践，互动交流。在英语实践过程中，可能初期效果并不明显，但是经过一定时间后，便会量变引起质变，学生的英语实践水平必然能够得到很大的提升。

四、思维性

语言与思维具有相关性，思维能够通过语言展现出来，语言的运用过程本质上就是思维的运用。因此，英语语言具有思维性。在英语教学过程中，要提高英语的语言运用能力，就需要不断地提高学生的思维能力。教师不能仅仅进行单纯的语言教学，还应该在教学中不断地启发学生、激励学生，引导学生自己发现问题、分析问题、解决问题，不断锻炼学生的思维能力。教师还可以采用一些方式方法，不断培养学生的创新思维能力，如发散式提问、属性列举、精致性训练、情节发展训练等。发散式提问是指教师要围绕教材内容对学生进行具体的发散式提问，不断增强学生的创造性思维能力。属性列举是指对属性进行迁移，将它从原本的给定情形迁移到新的情境之中。精致性训练是指激发学生的想象力，在阅读材料的内容基础上不断添加更加详细的想法和细节，根据不同的情境运用不同的语言信息，对之前储存的语言信息加以创新，使之符合不同的情境。情节发展训练也是重点发挥学生的想象力和创造力，使之根据阅读的内容情节推导出接下来的情节发展。

五、综合性

英语课程和教育学、心理学、哲学、语言学、应用语言学、语料库语言学、社会学、二语习得以及文化等很多学科有着紧密联系，英语课程从这些学科中汲取理论养分。英语课程中教学方法的语言理论基础来自语言学，学习理论通常来自心理学，英语学习理论来自社会学或教育学，研究方法来自人类学、人种志学等。

语言教学是在教育环境中发生的，如大学、中学、成人补习班等。因此，教育的理念也被应用于语言教学中，就像它被应用于其他学科的教学一样。[①]

英语或二语教学本身是应用语言学的一个部分。心理学、教育学、人类学、社会学、政治学、英语研究、修辞学、文艺学等是应用语言学的支撑[②]，因而，这些学科也是英语教学的支撑。

英语课程中的大纲、教学方法、教材设计与编写随着这些相邻学科的发展而产生变化。以语料库语言学为例，过去二十多年来，语言描述最显著的发展就是使用计算机来搜集和分析现实中发生的语料，由此而建立的语料库能够揭示语言出现的频率和共现的模式。语料库成为一种新型的课程资源，教师可以利用口语语料库或笔语语料库进行语言辅助教学。课程设计者和教材编写者可以根据语料库呈现的词汇出现频率来确定哪些词汇属于高频词，从而在大纲或教材中对这些词汇进行呈现。语料库也是一种新的教学方式，教师可以设计相关的练习，让学生根据语料库中的语境共现发现或探索词汇在语境中的意义或者区分同义词等。

第二节　英语学科的传播特征

对于英语学科来说，它具有以下几个传播特征：

一、准确性

英语学科与其他学科不同，它不仅考察教师的书面知识水平，还考察教师的口语水平。教师在英语教学课程中不仅要有良好的英语理论知识，还要具备过硬的英语听、说、读、写能力。对于学生来说，这十分重要。比如，英语的口语问题。

① Stem H H. Fundamental Concepts of I language Teaching[M].Shanghai：Shanghai Foreign language Education Press，1999：35−37.
② 桂诗春. 应用语言学思想：缘起、变化和发展 [J]. 外语教学与研究，2010（3）：163−169.

如果教师的英语口语并不标准，那么学生在学习时就会被老师误导，不利于其英语口语能力的提升。作为一名优秀的英语老师，掌握英语理论知识与语言能力是最基本的要求。英语老师还要对学生提出的问题及时反馈处理，保证自己传播知识的准确性。在讲解词语时，教师应该根据语言在交际中的各种意义，给出不同的解释。在英语教学的传播过程中，准确性也意味着教师这一传播者在传播活动开始时，就能发送出准确的信息编码，便于学生即受众的接收与解码。

二、规范性

规范性是指教师在英语教学中应该使用规范的话语。这种规范或者是一种约定俗成的标准，或者是有明文规定的标准。在传播过程中，教师的话语犹如教师与学生之间的桥梁，在学生无法自由地从外部环境获取语言信息时，它们能够通过教师话语的规范性代码学习第二语言。教师的话语在组织课堂教学和语言习得过程中具有的双重功能，要求它必须符合规范，否则将直接导致学习者语言习得的失败。

三、互动性

在英语教学课堂上，教师向学生传授知识，学生接受并进行反馈，这个过程带有交互性。另外，对于同样的知识，不同的学生有不同的理解，针对同一个问题，他们互相讨论、合作探究，最终可以得到更加丰富全面的解释，同时也加深了对知识信息的理解。在与同学、教师的沟通交流中，学生能获得更加丰富的信息，使自身的能力也得到了不断地提高。

四、示范性

在教学过程中，教师作为知识的传授者，承担着重要的作用。他们要对学生负责，在传授知识之前要对知识信息进行筛选和选择。对于学生来说，教师具有示范作用，他们的言行举止都会对其产生影响。在英语教学中尤其如此，对于非母语的第二语言，学生在习得过程中往往有一种模仿情绪，如模仿教师的发音、教师的语速以及教师的语气停顿等，因此，教师在教学中不仅需要使用准确、规范的语言，还必须使自己的行为规范符合某种标准，在课堂上为学生起到示范性作用，这一特性主要表现在问答环节和举例说明中。

五、实践性

英语学科是一门语言学科，与其他学科有很大的不同。它是一门实践性很强的学科，学生需要大量的实践才能真正地掌握英语语言知识，提高英语应用能力。在英语课堂上，如果仅围绕教材教学，就无法满足学生的英语实践的要求。因此，英语教师要适当组织各种英语实践活动，开发课程资源，为学生争取更多英语实践的机会。

第三节　英语学科的教育功能

长久以来，说起英语课，许多人认为，上英语课只是对一门外国语言进行学习与了解，期望通过英语的学习达到与他人沟通的目的，认为英语课属于语言技能的学习。这样的学科价值取向导致在教学实践中，我们的英语教育普遍出现了人文素质与语言能力培养“断裂”的状况。英语是一门语言学科，但是教师不能仅教给学生语言的内在结构，更要教给学生其中的文化内涵，锻炼学生的交流能力。英语只是载体，学会交流沟通才是真正的目的。在《上海市中小学英语课程标准》中就明确指出，学校开设英语课程，不仅要让学生掌握英语知识和形成运用英语的技能，更要磨炼学生的意志，陶冶学生的情操，培养学生丰富的情感、积极的态度和正确的价值观。换言之，从学生全面发展的角度来说，英语学科的教育价值主要包括以下三个方面：语言能力发展、态度情感发展和个体成长。

一、语言能力发展

英语是一门学科，也是一种语言，所谓语言能力发展就是指在英语教学过程中不断发展学生的英语语言能力。英语语言能力包含很多，如英语思维能力、英语交际能力、英语书写能力等。英语教育家斯宾塞曾指出："获得任何一种东西有两项价值，作为知识的价值和作为训练的价值。获得每一种事实的知识，除了用以指导行为外，也可以用来练习心智；应该从这两方面来考虑它在为完满生活做准备时的效果。"[①] 同样，英语语言知识也具有这两项价值，其中作为知识的价值是指英语语言的知识应用价值。在英语教学过程中，要充分注重英语的实用价值。教师要引导学生在掌握英语基本知识的基础上活学活用，发挥英语语言的实用价值。

想要不断发展学生的英语语言能力，就需要学生能够达到以下几个要求：

（1）具备基本的英语听、说、读、写能力。

（2）在英语的听或者读中遇到不认识的单词不要马上去查询词义，要理解整篇文章或者对话的大意，获取重要信息。

（3）具备基本的英语语言交际能力。

（4）能够简单地使用英语表达自己的想法，与他人交流。

（5）具备基本的阅读能力，能够利用阅读技巧获取所需信息。

（6）具备基本的英语文章写作能力。

二、态度情感发展

英语是一门语言，将它作为一种工具，学生可以了解到很多之前并不了解的事情。从这个方面来说，英语开阔了学生的眼界，拓宽了学生的视野。学生通过学习英语语言知识，能够更加清晰全面地认识世界、感知世界。在这个过程中，学生将得到的认识成果与经验不断内化，完善自己的知识结构，将旧知识与新知识进行结合，不断进行新的探索。

具体来看，英语学科对学生有以下几个要求：

（1）学生要具备一定的英语语言交际能力，并善于应用。

（2）学生要有很强的学习能力，在遇到困难时自己可以直接解决。

（3）具有交流合作的意识，能够与他人合作完成任务。

（4）接受英语语言中蕴含的外来文化，基本了解中外文化的差异。

① ［英］斯宾塞. 教育论［M］. 胡设，译. 北京：人民教育出版社，1997：10.

到目前为止，仍然有很多学校的英语学科教育并没有涉及学生态度情感发展方面的价值，只完成了对学生的英语语言知识的传递。因此，部分教师需要对自己的英语教学进行反思，找出自己目前存在的问题并及时改进，分析新的课堂教学价值观的内容，并在英语课堂教学过程中有意识地予以实现。

三、个体成长

随着时代的发展，国际上的交流越来越频繁，不同国家之间的关系越来越密切。英语作为全球普及率最高的语言，对人们的影响也越来越大。英语对学生的个体成长方面有着重要作用，它能够促进学生全面发展，丰富学生的精神世界。教育，对于教师来说，不仅仅是让学生获取知识，提高能力，更重要的是培养学生的精神品质，塑造他们的精神世界，完善他们的人生观、价值观与世界观。

目前在我国，不管是考试、升学，还是找工作，英语水平多数被看作一项重要的考核指标。对于有意出国学习或定居的人而言，英语更是必须跨过的第一道门槛。飞速发展的信息时代也充溢着大量有用信息，要跟上时代脚步，开阔视野、纵横网络，我们必须掌握英语这门通用语，通过与他人（尤其是外籍人士）交流等方式获得自己需要的知识信息。此外，通过许多有趣生动的英语歌曲、电影、书籍、电视节目，人们也可以更多地了解外国文化，从而感受掌握另一门语言的乐趣。在不断学习、认识、感知世界的过程中，学生能够丰富自己的精神世界，成长为一个身心健全的人。

第二章　英语阅读基础研究

本章主要介绍的内容为英语阅读基础研究，主要从三个方面对其进行阐述，分别是词汇的理解和语境中的词汇、句子的结构和整体句意理解、段落的整体理解和中心思想。

第一节　词汇的理解和语境中的词汇

一、理解词的构成

（一）词素——词的最小语义单位

一般情况下，人们普遍认为词语是表达含义的最小单位。因此，在英语教学过程中，教师通常会教给学生词语的读音与含义，然后要求学生掌握并背诵。但是，实际上词语并不是英语的最小语义单位。英语的最小语义单位是词素。

在英语教学中，词素是最小语义单位，每一个词都至少含有一个词素。

词素有两大类：词根和词缀。

1. 词根

每一个词起码要有一个词根，词根处于词的派生过程的中心，表示着基本意义，以此为基础而派生出的词则表示另外意思。

词根可分为黏附词根和自由词根，二者还会相互转化。

2. 词缀

词缀本身并不带有多少词语的核心意义，它们主要对词干（stem）的意义略加修饰。所有不属于词根的词素，都是词缀。词缀和词根的不同之处有下列三点：

其一，它们本身并不能构成词语，必须被加在词干上面。

其二，在很多场合，它们的意义并不像词根的意义那么清楚和固定，有一些词缀几乎毫无意义。

其三，和词根的数量（在任何语言里都是成千上万的）相比，词缀的数量相对少一点儿，顶多只有几百个。

在英语中，所有能产性最高的词缀不是放在词干的后面（后缀），就是放在它的前面（前缀），但是大部分的词缀并非像我们日常看到的那么清楚。

词缀有两种功能：一种是参与新词的构成，这些词缀可被称为派生性词缀（derivational affixes）。派生的核心是词根，而词缀则像卫星，它们以不同的距离围绕着核心转。

词缀的另一种功能是参与屈折变化，而与新词构成无关。这可被叫作屈折变化词缀（inflectional affixes）。我们可以把屈折变化词缀看成是句子结构和组织的一些标记，它们并不参与新词的派生。不过这也有例外，屈折变化词缀有时可以滋生出新的意义。同样，现在和过去分词，既可以表示屈折变化，也可以像派生性词汇那样产生新的词类。

（二）词构成的几种方法

1. 词缀法

根据词中的这些词缀的变化，将它们组合成新的词，组成的这些新的词就叫作派生词（derivative），如 unhappy（不高兴的）、misfortune（不幸）等。

2. 转类法

转类法是指无须借助词缀就实现词类转换的方法，主要有以下几种情况：

（1）名词定语

在英语语言中，有一些名词可以不添加任何词缀，不用在其后添加后缀，也不需要变化形式，可以被用来直接作为定语，对另一个名词进行修饰。

（2）名词与动词的相互转类

在英语单词中，名词与动词可以互相转类，即名词可以转变为动词，动词也可以转变为名词。有许多动词可以转化为名词，被转化后的名词可以表示一种特定的行为或者动作，也可以表示行为主体，还可以表示为最终的结果。

（3）形容词转化为名词

形容词转化为名词包括两种情况：部分转类与完全转类。其中，部分转类是指转类之后形成的名词还没有完全名词化，并不完全具备名词的特点。这一类词可以用来指代具有某种特点的一类人，而不是个别人；还可以指代具有某种特点的东西。形容词的最高级被部分地转化为名词时，有一些词可以被用在固定词组或习语中。完全转类是指形容词完全转化为名词，完全具有名词的特性。

3. 合成法

在英语单词中，由两个或者多个词按照词序排列在一起组成的新词，就叫作复合词（compound）。这种将旧词组合在一起构成新词的方法，就叫作合成法。这些复合词的书写方式并没有一个统一的标准，视习惯而定，有的复合词是分开写的，有的是连接在一起的，还有的需要用字符进行连接。由于没有统一的原则标准，人们可能会将复合词与短语混淆，不利于二者的区分。但是，我们可以根据它们的重音进行区分。一般情况下，一个短语的每个词都有自己独立的重音，而复合词的重音往往在第一个词上。

4. 拼缀法

拼缀法是指对原有的两个词进行剪裁，取其中的首部或者尾部，然后连成一个新词。由拼缀法所构成的词主要有以下几种情况：

（1）第一个词的首部加第二个词的尾部。

（2）第一个词的首部加上第二个词的首部。

（3）第一个词全部加上第二个词的尾部。

（4）第一个词的首部加上第二个词的全部。

5. 逆成法

与词缀法恰好相反，逆成法是指在英语单词中，当对某些词判断有误时，将词尾处引人误解的后缀部分去掉，从而构成一个新词。

6. 缩略法

顾名思义，“缩略”是指对单词缩减略去。在英语语言中，共有两种缩略方法。

其中一种是将原来词的一部分进行缩略，经过缩略后形成的新词就叫作缩短词，另一种是将词组中的各首字母联成一个词，叫作首字母缩略词。

二、掌握词的意义

（一）词义的演变

词义演变（change of meaning）指的是词义的改变和新义的产生。我国学者主要研究词义演变的方式、原因和过程。词义演变的方式有词义的扩展和缩小、词义的升降、词义的转化。词义演变的原因则涉及外部社会和内部语言因素。随着认知语言学的兴起和引进，更多学者从认知角度研究词义演变的规律和理据。一个词语最初指称的是一个事物、现象、性质或行为，是单义词，然后逐步发展新义，形成多义词。词义演变虽然受到社会发展的影响，但在此过程中，不可忽视人的认知能力。认知语言学研究表明词义演变是通过人类认知方式，如隐喻和转喻，由一个词的基本意义向其他意义拓展的过程，是人类认知范畴化和概念化的结果。

1. 词义演变的基础

一个词语最初获得的意义是基本义或原型义。随着历史的发展，时代的进步，人们的经济生活水平与思想文化素质不断地提升，眼界也在不断开阔，经验不断积累。人们并不是无限创造新的词语来反映客观世界的变化，而是赋旧词以新义，于是词语概念不断扩充和延伸，继而形成一词多义现象，新义的产生导致词义的发展和词义的改变。词义发展是指在基本义上增加新义，词义范畴变大；词义的改变是指新义的产生改变了基本义或原型义，基本义消失或成为边缘意义。

人类通过范畴化认识并了解客观世界。范畴是在主客体互动的基础上产生的，并作为心理概念储存在我们的大脑中。概念形成后要以词语来表示，语言符号则因此获得意义。如图 2–1–1 所示，词语不是对应于客观的外部世界，而是与在认知方式参与下形成的概念结构相一致。概念也不是客观世界的镜像反映，而是来自人类的经验和认知方式的共同作用。具体概念或概念体系根植于人类的基本经验，如空间概念来自空间经验。我们对抽象范畴的概念化也依赖于基本经验。人类经验源于人与自然环境和社会文化环境的互动体验，包括物质经验和文化经验。物质经验由身体经验和基本层次范畴构成。两者本身可以形成具体的空间概念和基本概念，同时也是人们理解和形成复杂或抽象概念的基础。首先，人类通常把人自身作为衡量周围事物的标准，所以通常将表示身体部位的词投射到其他事物上。山有山脚、山腰、山头。其次，意象图式根植于日常的身体经验，包括里—外、前—后、上—下、容器、连接、部分—整体、路径等图式。这些基本图式形成了可以直接理解的空间概念，并在认知方式的作用下投射到其他概念，从而使这些概念相应获得一定的结构。基本层次范畴不仅包括具体的物体和生物体范畴，还包括行为、特性和事件范畴。这些范畴概念在向更抽象的上位范畴概念和更具体的下位范畴概念的发展中起着重要作用。基本范畴词的词义通常首先表示为具体意义，然后发展为抽象意义。

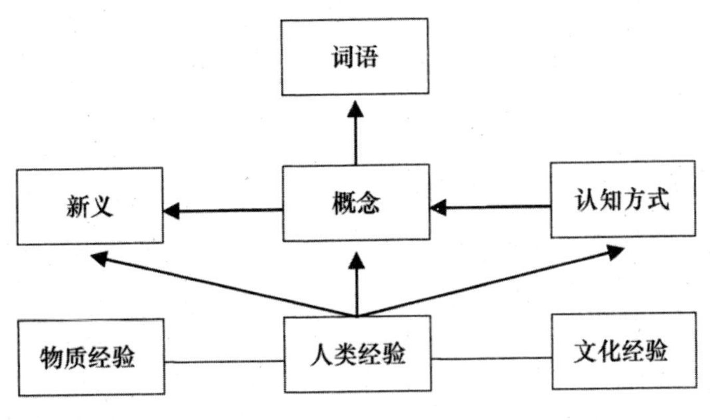

图 2-1-1　词义演变的基础

在词义演变中，有些词义在不同语言之间具有普遍性，而有些又具有差异性。词义体现普遍性是因为人类认知相类似的客观世界。词义体现差异性是因为词义在特定的文化中形成，往往带有特定文化的烙印，因而对同一认知客体会形成不同的意义。即使词语表达相同的概念意义，也会具有不同的联想意义。昂格雷尔（Ungerer）和施密德（Schmid）① 指出特定情景的认知模型归根到底由文化模型决定，文化模型为我们的体验提供了背景，在此背景下才能形成有关情景的认知模

① Ungerer，F.&H.J.Schmid. An Introduction to Cognitive Linguistics［M］. Beijing：Foreign Language Teaching and Research Press，2006：117.

型。由此可见，文化经验或文化模式影响着词语概念的形成。王文斌[①]提出词义演变的仙人掌模型时，将仙人掌的根须喻为词义根植的特定的文化沃土，吸收特定的文化养分，因而，不同语言间相同词语的词义具有了个性。此比喻同时也形象地说明词义演变扎根于人类的经验，也就是说，由物质和文化经验构成的人类经验推动了词义的变化发展，是词义演变的主要动因。

2. 词义演变的结果

一词多义（polysemy）是词义演变的结果，指的是一个词语不同且由相互联系的意义之间构成一个以基本义为原型的语义范畴，其产生即是一种普遍的语言现象，也是认知现象。斯威策（Sweetser）[②]从认知角度考察三种词义现象：一词多义、语用歧义和词义演变，一个词由 A 义向 B 义演变时，往往都要经历一个阶段，即两义共存阶段。在这个阶段中，这个词包含有 A 义和 B 义两种意思，这就是一词多义。因此，一词多义是一个阶段性过程，它是历时现象，一个词经过词义的引申便会出现一词多义现象。林正军、杨忠[③]认为，多义词是一个共时的符号系统，词义经过历时发展之后最终在共时屏幕上形成投射，他们主张历时和共时相结合的分析方法。一词多义虽是共时现象，但并不是处在一个静态的语言层面，随着社会的发展，新义仍在产生，词义范畴处于动态变化之中。

（二）词的意义

由上面我们可以知道，一个词并不一定只有一个含义，有很多一词多义的现象存在。利奇（Leech）将词的意义分为六种，即概念意义、内涵意义、社会意义、情感意义、反映意义和搭配意义。[④]

1. 概念意义

在词的六种意义中，概念意义是最核心的意义。它是一个词最基本、最本质的意义，还被称为认知意义。由于它是一个词的字面意义中最基本的成分，在教材与词典中通常使用它对单词做注释。

---

① 王文斌. 隐喻性词义的生成和演变［J］. 外语与外语教学，2007（04），13-17.
② 李健民. 英语词汇的多维研究 [M]. 北京：光明日报出版社，2012：24.
③ 林正军，杨忠. 多义现象的历时和认知解析［J］. 外语教学与研究，2005（03）：362-367.
④ 方兴 . 大学英语阅读方法例析 [M]. 合肥：安徽教育出版社，2000：184.

2. 内涵意义

内涵意义是指概念含义以外的意义。相对于概念意义来说，它是一种附加意义，它并不是语言的基本组成部分，而是一种附加成分。内涵意义是指对词语所指的人或物，人们应该持有的某种态度或情感。换句话说，词语的内涵意义就是指它所暗示人们的一种情感方面的联系。对于不同的人来说，这个内涵意义可能并不相同。另外，由于文化背景以及语言的不同，词语的内涵意义也是不同的。

3. 社会意义

在不同的场合，我们要使用不同的词语，有些词语过于随意，只适合口语开玩笑时使用；有一些词语比较正规，需要在正式场合使用。在交际中，我们要选择合适的词语用于正确的场合中。否则，在交际中，词语往往会表达出不同的社会含义。

4. 情感意义

情感意义，顾名思义，它是用来表达情感的意义。它并不是一种独立的含义，而是依附性的，要通过其他意义表现出来。它是指说话者对交际对象与谈论事物的态度与感情，如语言中常用的感叹词，就具有情感意义。例如 Ah、Dear me 等，它们并没有概念含义，而只是被用来表达情感含义。

5. 反映意义

当看到或者听到某个词语时，人们会产生某种联想，从而想到它的一些联想意义，人们产生的联想意义就是这个词的反映意义。在英语语言中，与反映意义有关的是禁忌语和委婉语。其中，禁忌语是指在说话时可能会令人产生难堪之情的语言，委婉语是指被用来代替一些不愉快的禁忌语的词语。人们一般情况下不直接使用禁忌语，而是使用委婉语来代替它。比如，以英语为母语的人，在说到死亡、去世时，一般不说 die 而说 pass away，这就是因为前者属于禁忌语，具有一些不好的反映意义。

6. 搭配意义

搭配意义是指一个词语在语境中产生的意义。这个词语原意可能并没有这个含义，但是当它在某个特殊的、具体的语境中，或者是与其他词固定搭配在一起，那么它就会产生与原意不同的意思，这就是搭配意义。当具有类似概念意义的词搭配不同的词时，会产生不同的搭配意义；当同一个词与不同的词进行搭配时，也会产生不同的搭配意义。

三、语境中的词汇

语境（context）具有两层含义：从宏观角度看，语境相当于情景（situation）或语言环境，如在公共汽车、邮局、超市里，人们会视情境不同而使用不同的用语；从微观的角度看，语境相当于一个词语的上下文。由于一些条件的限制，很多教师和学习者会倾向于非语境化（de-contextualized）的词汇学习手段，最简单的莫过于教师在课堂中把单词写在黑板上，然后给出定义或等值词，学习者在课外背单词表（甚至背词典）。

在英语的词汇教学中，教师一般教授学生词汇的词形、词义、发音和用法等，帮助学生初步认识记忆并应用。如图 2–1–2 所示，在英语单词教学方面，哈默（Harmer）提出了一个比较系统的定义，他认为对于词汇的认知主要包括四个方面，即意义、用法、相关信息、语法。[①]

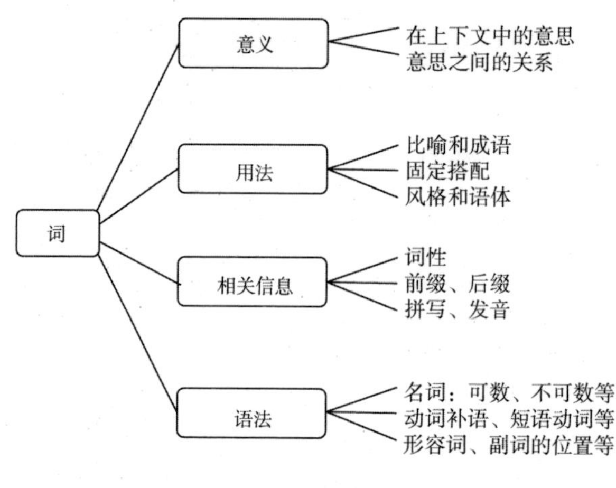

图 2–1–2　词汇认知

哈默的观点是指将单词从语境中分离出来，进行单独的学习和研究。在英语

① 汪田田，郭书法. 基于图式理论的医学英语词汇教学研究 [J]. 包头医学院学报，2016，32（01）：140–142.

教学实践过程中，哈默的观点十分具有代表性。这种观点是一种孤立主义观点。联系主义观点与它相反，在联系主义观点中，一个个孤立的单词是没有任何意义的，只有在篇章的语境中才能发挥自己的意义。因此，按照联系主义的观点，词汇教学应该将目标单词放在语境中进行认知学习。在学习单词时，要考虑到它所在的句子篇章中的语境，根据语境来学习单词的含义，从而了解它的具体用法。在英语学习中，一般遵循孤立主义观点；在母语习得过程中，比较常见的是联系主义观点。我国的英语词汇教学始于孤立主义，终于联系主义。在教学开始，运用孤立主义观点进行单词的认知与记忆，之后再采用联系主义观点了解单词的用法、固定搭配等。

在英语阅读教学过程中，词汇学习是最基本的。想要能够流畅地阅读英文文章，就需要先了解文章中各词汇的含义。在词汇教学过程中，其成败的关键就是教师采用何种词汇教学方法。

从语言学习的角度讲，学生要通过语篇学习语言，即在一定的语境中学习语言。阅读教学中的语言学习也应该是通过语言与语境的黏合和互动而进行的语境化的学习。学生通过语境中的阅读理解词汇，在不同的话篇语境中接触不同的语言，与正确的语言输入协同，能够增强语感、扩大词汇量、改善语言使用能力。在学习词汇时，教师一定要注意语境，让学生通过语境学习词汇，这样能够增强学生的兴趣，便于记忆。

在阅读教学过程中，语言处理所要借助的语境，除了文本所提供的语境之外，还包括教师在课堂教学过程中创设的语境。在导入阶段，教师可以设计正确的语境，通过激活学生已有的相关背景知识，帮助学生初识目标语言。在阅读阶段，语言处理借助的是文本所提供的语境。如人教版英语教材单元话题下的每一个语篇，都为语言学习提供了良好的语境。在读后阶段，语境应该是教师在文本语境的基础上提炼拓展而成的“新”语境。这样的语境有利于学生创造性地使用目标语言，使目标语言成功转化为学生自身语言知识体系的一部分。

总的来说，在阅读教学中，学生对语言的感知、赏析、内化和运用与相关语境紧密结合，能够有效提升学生的语用能力，实现活学活用的目标。为此，教师可以通过任务链的设计实现语言与语境的黏合和互动。

第二节　句子的结构和整体句意理解

一、句子的结构

句子是我们表达思想和感情的最小语言单位。

（一）句子的组成成分

1. 主语

主语指整个句子表达的主要对象，能够充当主语的词语有名词、代词、数词、动名词、名词化的形容词、不定式和主语从句等。在英语句子的表达中，主语是句子中动词的发出者，宾语是动词的接受者。但是，这一说法也并不是绝对的。

2. 谓语

谓语主要被用来对主语进行陈述，被用来表达主语的动作、过程和状态。在英语句子中，主语和谓语是最基本的、最主要的成分，在一个完整的句子中必不可少。一般情况下，谓语被用来对主语进行说明或者对句子成分进行说明。

3. 宾语

宾语是动词的一种连带形式，英语中的宾语一般位于及物动词的后面。传统上将主语定义为动作的实施者，因此，人们普遍将宾语定义为动作的承受者或目标。宾语可由名词、动名词、代词、数词、名词化的形容词、不定式以及宾语从句等来担任，我们可以将宾语进一步分为直接宾语和间接宾语。

4. 表语

表语也被称为“主语的补语”，用来表述主语的特征、身份、状态等。表语是对句子主语的补充和说明，被用在“主语 + 系动词 + 表语”结构中，用作表语的词语主要包括名词、形容词、代河、数词，以及具有名词或形容词词性特征的词、短语（如不定式短语、动名词短语、分词短语、介词短语等）或从句等。

5. 定语

定语是被用于表示名词或代词的品质、属性、数量、特征等的修饰成分，主要修饰名词。名词、代词、形容词、数量词、介词短语以及具有上述词类属性的词、短语（如分词、不定式、动名词）或从句等都可以作定语。

6. 状语

状语（adverbial）是被用于表示时间、地点、方式、比较、目的、结果、条件、让步、原因、状态、程度等的修饰成分，主要修饰动词或形容词。副词、介词短语、分词、不定式以及从句等都可以作状语。

（1）名词作状语。具体包含以下几种形式：

其一，名词在一些固定词组中用作状语，被置于其所修饰的词之前。

其二，名词用作状语，多用于句末。

（2）指示代词、不定代词作状语。指示代词、不定代词作状语，多被置于其所修饰词语之前。

（3）数词作状语。数词有时亦可用作状语，多被置于动词之后。

（4）形容词作状语。某些形容词有时可以用作状语，多被置于另一形容词之前。

7. 补语

补语（complement）是被置于动词或名词后面的一种补足主语和宾语意义的句子成分，用来回答“怎么样”之类的问题。作补语的词或词组主要有名词、形容词、介词短语、分词短语等。补语分为主语补语和宾语补语。

8. 同位语

同位语是以相当于该名词或语词的其他名词或语词作为补充者。可以作同位语的词主要有名词、数词或具有名词词性特征的词、词组或从句。

（1）of 短语用作同位语。

（2）从句作同位语。

（二）常见句型

学生想要了解句子成分、理解句子意义，必须对句型烂熟于胸。句型实际上起到引导学生阅读思维方向的作用，让学生有一种“路径依赖”感，从而减轻阅读负担。

（1）主动句：主语 + 谓语（宾语 / 宾语补足语）。

（2）被动句：主语 + 谓语（状语 / 主语补足语 / 保留宾语）。

所谓保留宾语，主要是指在被动句中动词所修饰的宾语。如，“他被人打碎了一颗牙”这句话就是被动句。如果仅仅讨论这句话的意思，由于他是被别人打，所以“他”应该是宾语。但是这是个被动句，在被动句中，由于动词被动化，宾语“他”被移动到了动词之前变成了主语。因此，在这个被动句中，“他”是主语，动词是“打碎”，动词所修饰的“牙”就是保留宾语。

在英语句子中，核心是动词。英语中的动词按照类型可被分为 5 种，即系动词、单宾动词、双宾动词、及物动词和复合动词。因此，根据英语动词的分类可以将句子划分为 5 项基本句型，即 S+V 主谓结构、S+V+P 主系表结构、S+V+O 主谓宾结构、S+V+Oi+Od 主谓双宾结构、S+V+O+C 主谓宾补结构。其中 S 为 subject，即主语；V 为 verb，即动词；A 为 adverbial，即状语；C 为 complement，即补语；O 为 object，即宾语；Oi 为 indirect object，即间接宾语；Od 为 direct object，即直接宾语（这里有一个成分没有涉及，那就是状语，状语的位置非常灵活，可以加在这 5 个句型之中）。

二、整体句意理解

（一）感知字母

阅读过程首先刺激读者视觉感官，进入大脑的是由字母、单词组成的语言书面形式。从认知心理学的信息加工理论角度来说，这是读者利用视觉感官感知字母、音节和单词文字书面形式和激活词义的过程。

（二）辨认理解单词

读者在一连串连续的字母文字中依赖自己原有的知识、经验和词的结构、上下文情境猜测、解释、选择、理解词的词形、意义，构建有意义的观念及把握关键词等。

（三）理解句子

读者在理解词形和词义的基础上，利用已有的语言规则理解句子中词与词之间的关系，建立句子结构，进而理解、形成句子这一更大单元的意义。阅读、理解句子主要采用两种认知策略：句法分析和语义分析。

1. 句法分析策略

句法分析是把句子的表层结构适当切分成不同的成分，如名词短语和动词短语，并以句法关系构建句子结构和相应的句子深层命题表征，进而理解书面句子的意义。当读者理解句子的意义后，句子的语言形式便会立即消失，而命题则被储存进长时记忆。

从将句子的表层结构切分成不同的成分，到构建句子结构和意义，再到命题进入长时记忆的整个过程中，读者自觉或不自觉地采用了很多句法分析的策略，这些策略大致有下面几种：

（1）功能词策略

读者在句法分析中常用的一种重要策略是功能词策略。读者读到限定词、介词、连词、数词和代词等功能词时，就能预测它们与紧跟的词一起组成一个句子的成分及其类型。

（2）词缀策略

词缀策略可帮助读者识别实义词是名动、动词、形容词还是副词。

（3）动词策略

动词在句中是十分活跃的一个词类，把握住动词，有助于读者确定句子中有多少名词短语、组块，并有助于其快速地理解句子。

（4）读复杂句的策略

复杂句或长句很难被理解、记忆。读者常会只读前面部分而顾不及中间和后面部分；读到中间或后面部分时，却又常忘了前面部分，结果始终理解不了整句。运用意群、组块策略有利于读者读懂复杂句或长句。

2. 语义分析策略

读者在阅读过程中单纯采用句法分析尚不能完全地理解句子的意义，常要采用语义分析策略分析句法，才能更好地达到对语言理解的目标。

（1）实词构造命题，并依次对句子进行切分

比如，给读者提供以下几个实词单词：Tom、fly、kite、yellow，而不提供任何句法结构知识，读者仍能造出三个句子来，如：

Tom is flying a yellow kite.

The kite is yellow.

The（yellow）kite is Tom’s.

（2）情境或上下文语境

情境或上下文语境是语义分析的一个重要策略。比如“Tom said that John hit him”一句中 him 是谁，读者有时会感到混淆。通过分析情境或上下文语境，则有助于读者解释和选择句子中的词与词之间的词义关系，进而理解句子。

（3）词序策略

句子中的词，由于词序不同，其意义也大相径庭，根据名词—动词—名词和施动者、动作和受动者的顺序规律则更容易理解。

第三节　段落的整体理解和中心思想

一、一般要求

段落的阅读不能停留在孤立的句子阅读上。如果要把句子的阅读理解水平提到段落的阅读水平，我们不仅要理解单个句子的意义，还要弄清句子之间的语义关系（semantic relation）和逻辑关系（logical connection）。这样才能在阅读中避免见树不见林，真正理解段落的全面内容。

为了全面理解一个段落，我们需要注意下面几个方面：第一，根据上下文的语境推测生词的词义（pragmatic meaning in context）。第二，在理解句子字面意义的基础上进行一定的判断和推理（drawing inferences）。第三，既理解单个句子的意义，又要理解句子之间的逻辑关系（logical connection）。第四，掌握所读段落的中心思想（main idea）。第五，认清支持性的细节（understanding supporting details）。具体来说，对每一个段落的阅读理解要做到以下几点：

（一）辨认重要的事实

一个段落是由若干个句子构成的。即使每个句子都围绕着一个段落的核心而构成，它们也可能传达不同的具体信息，或涉及不同的具体事实。每个段落都可能提到一系列的事实，其中一些事实是直接支持或说明该段落的中心思想，而另一些事实可能就与段落的中心思想没有直接的关系。前者是重要的事实，而后者就不那么重要了。辨认重要事实对于把握段落的中心思想有着不可忽视的作用。因此，在阅读某个段落的时候，英语学习者要能够从段落所提到的各种事实中识别出与中心思想有着直接关系的重要事实。

（二）明确中心思想

段落阅读的基本目的是把握它的中心思想。为了便于读者把握中心思想，作者往往会用一个句子直接表达段落的中心思想。这样的句子叫作主题句（topic Sentence）。它传达两个主要信息，即段落的主题（topic）和段落的中心思想（main idea）。主题就是该段落的话题，中心思想就是该段落的核心思想。相对而言，主题句所表达的信息更为概括，而段落的其他句子所表达的信息则更加具体。它们或者提供具体的细节，或者用事实解释主题句所表达的中心思想。

当段落中包含主题句时，实际上就是降低了把握中心思想的难度。可是，并不是所有的段落都包含主题句。有的时候，作者并不用主题句直接表达一个段落的中心思想，而是让读者自己从字里行间去把握。这样读者就必须仔细阅读，弄清段落的主题，确定围绕这个主题的核心思想，并尝试着为段落写出一个主题句。

（三）识别作者的主观倾向、态度和语气

每个人看待事物都有一定的主观倾向（biases），要么偏爱某一事物，要么对某一事物带有偏见。例如，在我们的成长过程中，听到父母或朋友谈论他人的事情，久而久之在我们的脑子里便渐渐地形成了对这些事情的偏爱或偏见，而我们可能并没有意识到它对我们的影响。这些偏爱或偏见会不知不觉地自我们的言行中流露，同样也会流露在作者的文章里。

在英语阅读中，我们一方面要留意自己的偏爱或偏见，一方面也要留意作者的偏爱或偏见。为了准确地理解文章，我们要尽量避免自己的偏爱或偏见或者作者的偏爱或偏见，以免其干扰我们对文章的理解。

除了作者的主观倾向，我们还要对作者的态度（attitude）和语气（tone）有所认识。所谓作者的态度，指的是作者对所述对象的个人情感（personal feeling）。例如，一个作者对他所写的对象可能并不喜欢。我们在阅读的时候，就要留意作者的个人情感，否则的话，就意识不到作者的主观倾向。

所谓作者的语气，指的是作者的选词所透露出的文体色彩。尽管读者看不到作者的面部表情，听不到作者的语音语调，但是透过作者选用的词语，读者依然可以识别作者的文体色彩是严肃的还是诙谐的，是个人性的还是非个人性的，是直率的还是讽刺的。

（四）得出合乎逻辑的结论

合乎逻辑的结论（logical conclusion）是指结论与段落描述的事实、推演的论据之间有着自然而一致的关系。它是事实所蕴含的道理、论据所支持的观点。读者需要利用归纳或演绎的方法，才能从段落所描述的事实或推演的论据中得出合乎逻辑的结论。

（五）做出合理的判断

合理的判断（sound judgment）是建立在准确地理解作者的描述和论述的基础之上的，而非凭借读者个人的主观意愿或臆测得来。根据作者的描述和论述而做出的合理判断，有助于读者对阅读材料的透彻理解。

（六）进行正确的推理

在现实生活中，当我们第一次应邀去一位朋友家，进入客厅之后，看到一些集邮册子。那么，我们会对朋友做出什么样的推测呢？很可能会猜测他喜欢集邮。但这只是推测，并不能直接下结论。为了验证推测，就需要问一下朋友。或许这些集邮不是他的，而是别人临时放在他家的。在英语阅读中也是这样，我们要对作者的表述进行正确的推理（accurate inferences），以便把握作者的真实意图。

（七）进行综合概括

所谓综合概括（making generalization），就是从作者叙述的各种事实或观点中梳理出它们的共同点，弄清作者叙述这些事实或观点的真实意图。

二、从段落的结构特征寻找语境信息

一个段落的构成并非互不相干的若干句子的简单堆积，而是一些意义相关的句子借助一定的联结手段而实现的有机结合，其目的是表达比单个句子更为复杂的思想。在这个定义里，有三个要点：一是构成段落的句子之间有着意义上的关联性，在意义上互不相关的句子不能出现在同一个段落里，即构成段落的句子要在意义上具有一致性（coherence）。二是句子之间的组合往往要有一定的联结手段，表明它们之间的语义或逻辑关系，即构成段落的句子之间要在语法上具有接应性。三是句子组合在一起的目的是表达比单个句子更为复杂的思想，因此段落里的所有句子都要围绕一个核心，为这个核心思想服务，即构成段落的句子要有一个共同的中心思想，每个段落都具有统一性（unity）。

这就意味着，一个段落里的所有句子都不可避免地具有语境化的特征。一方面，每个句子的结构和语义都会受到同一段落里其他句子的影响；另一方面，每个句子又都会对其他句子的结构和语义产生影响。也就是说，段落里的每个句子既会受到其他句子构成的语境的作用，其自身也会成为对其他句子产生作用的语境。因此，在理解段落里的句子时，我们一定要结合它的上下文语境，切忌孤立的理解。

（一）段落的统一性所包含的语境信息

段落的统一性体现在段落里的所有句子都是为同一个中心思想（main idea）服务的，都是围绕着同一个中心思想而展开的。中心思想是段落的核心，是一个段落贯彻始终的思想；中心思想是段落的统治力量，它决定着什么样的句子可以出现在段落里，什么样的句子不能出现在段落里。一切与中心思想无关的句子、不能支持中心思想的句子都不能出现在段落里。否则，中心思想得不到充分的支持，段落也会散了架，变得东拉西扯、不知所云。从阅读的角度讲，正是中心思想的这一核心作用，以及它与自身支持信息之间的关系，为读者提供了把握段落全局的方向。

如前所述，在英语阅读中，有的段落的中心思想是隐含的，即段落里没有表达中心思想的主题句；有的段落的中心思想是明示的，即段落里含有表达中心思想的主题句。作者把段落的中心思想直截了当地表达出来，就是为了给读者提供把握段落全局的方向。

那么作为读者，我们要如何找到这个主题句呢？又如何利用主题句来把握段落的全局呢？一般来说，段落的主题句所表达的信息往往是比较概括的。它由两部分构成。第一个部分，也就是句子的主语部分，表达段落所要谈论的话题或主题（topic），即作者要对什么做出议论或叙述。第二个部分，也就是句子的谓语部分，表达统领整个段落的核心或中心思想是什么，即作者针对段落的话题或主题要说什么。

主题句具有对段落中心思想进行概括的作用。它经常出现在段落的开头，作为段落的第一句而开宗明义，为读者理解该段落建立起引导性的语言环境。在这个语言环境里，不仅包含了该段落的主题，也包含了该段落的中心思想。有了这个语言环境，读者理解段落的难度就大大降低了。他所需要做的就是弄清段落的其余部分是如何支持或说明这个主题句的。

当然，段落的主题句并不总是出现在段落的开头。有时候它会出现在段落的结尾。相对于出现在段首的主题句所具有的开宗明义的作用，出现在段尾的主题句则具有总结概括的作用。如果说以主题句为首句的段落体现的是纲举目张的效果，那么以主题句为尾句的段落体现的则是百川入海的效果。河川再多、形态再异，它们的目标只有一个，滚滚向前、奔向大海。因此，阅读这样的段落，既要抓住每句话传达的具体信息，又要把握这些具体信息之间的联系和共同点，顺着一条条河流走向大海。

除了段首和段尾，主题句还可能出现在段落的中间。主题句居于段落的中间，意味着它不仅与段落的前半部分表达有关联，而且与段落的后半部分表达也有关联。阅读这样的段落时，我们可以把它划分为三个部分，并弄清三部分之间的关系。

总而言之，尽管主题句是统领整个段落的核心，控制着段落的内容，但是它与段落的其他部分是相互依存、互为语境的关系。主题句是纲，离不开段落的其他部分为它提供的具体信息支持，否则主题句便成了干巴巴的骨架；段落的其他部分是丰满主题句的肉，也离不开主题句这一骨架，否则便会杂乱无章。主题句与段落的其他部分之间的这一统一性为我们的阅读提供了一把钥匙。

（二）段落的一致性所包含的语境信息

一个段落除了在内容上具有统一性以外，还在语言的表达上具有一致性（coherence）。各个句子之间的联系必须是自然流畅的、合乎逻辑的。也就是说，在一个段落中，从一个句子向另一个句子的发展要顺畅，要有逻辑。这就意味着构成段落的句子，不论在句子结构还是在意义表达上，都要前后关照、相互制约、互为语境。就整体而言，段落的一致性体现在句子的排列要遵守一致的原则，句子之间的逻辑关系是一致的、清晰的。下面是句子组合常用的三种逻辑关系：

（1）以时间为序确定句子的先后

以时间为序（time order）确定句子的先后，一般被用于叙述性的段落。按照句子所描述的事情发生的时间先后，或者按照事情可能发生的时间先后，确定句子的顺序。例如，一项工作如何完成，某件事情是如何发生的，其中的每一个环节都按照时间的顺序被清晰地表达出来。读者顺着时间这条线，就能一步一步地了解事件发生的过程。

为了清晰地展现事件发生的时间先后，这样的段落往往含有表示时间的提示词语。这些表示时间的词语为读者理解段落内容提供了一个以时间为内容的语言环境。阅读这样的段落，读者可以借助表示时间的词语构建起一个时间系统，并以这个时间系统为语境来把握段落的内容。

（2）以空间为序确定句子的先后

以空间为序（space order）确定句子的先后，常常被用于描写性的段落。这一方法根据描写对象的空间关系来排列句子的顺序，使整个段落的描写产生方位感和画面感。在阅读这样的段落时，读者要特别留意描写对象的空间关系，透过文字的表面，根据句子的空间次序，在脑子里勾勒出段落所描写的情景，使文字的描写情景化。由此，阅读的效果就不仅是理解，而是欣赏了。

在阅读这样的段落的时候，我们不仅要留意句子之间体现出的描写对象的空间关系，更要留意句子内部反映的描写对象的空间关系，随着阅读的进行，在脑海里渐渐地勾画出描写的情景，以便达到欣赏的效果。

（3）以重要性为序确定句子的先后

所谓以重要性为序确定句子的先后，就是根据句子所表达的观点或事实的重要程度来安排句子的先后顺序。这一方法常常被用于议论性的段落。在议论性的段落里，作者往往用一个主题句提出段落的主题和中心思想，然后再用一些事实或论述来支持这一中心思想。用于支持中心思想的事实或论述之间会有重要程度的差异。作者会依据重要程度的差异，或者先轻后重，或者先重后轻，来安排支持中心思想的材料。

阅读这样的段落，一要注意段落的中心思想是什么，二要注意这个中心思想与支持材料之间的关系，尤其要注意支持材料是否恰当，是否充分。

三、从段落的展开模式寻找语境信息

任何一个段落都只能有一个核心，只表达一个中心思想。构成段落的所有句子都要围绕这个核心，为这个中心思想服务。而且，段落的所有句子也不是杂乱无序地排列在一起为段落的中心思想服务的。如前所述，句子之间存在着一定的语义或逻辑关系。这些关系不仅体现在句子的排序上，有时还要借助一些过渡性词语的联结。就段落的整体而言，用什么方法、什么材料来支持中心思想是有一定模式的。

概括地说，英语段落一般有七种模式。它们是举例法（example）、比较法（comparison）、对比法（contrast）、归类法（classification）、区分法（division）、因果法（cause and effect）和过程分析法（process analysis）。在这些段落展开模式中，我们也可以找到语境信息，用语境的方法去理解。

在段落展开的模式中，作者经常用到举例法的模式，就是用一些具体的事例来说明或支持段落的中心思想。主题句与所给的事例之间是相互参照、互为语境的关系。具体而言，主题句是对所给事例的概括，而所给的事例是对主题句的诠释。对于读者而言，列举的事例为其准确地理解段落中心思想提供了参照的语境信息。

与比较法相反，对比法是利用事物之间的反差或对立来诠释中心思想的。同样，用来做对比的事物也往往是读者比较熟悉的。

比较法侧重于事物之间的相似性和一致性，而对比法侧重的是事物之间的差异性和对立性。它们是一对取义相反的结构模式。在英语的段落结构中还有一对取义相反的模式，它们是归类法和区分法。

归类法是把单个的材料按照它们的特点归类分组。例如，一个一个的大学生可以根据他们的专业被归入相应的院系和班级。这一模式着眼于单个事物的同一性，并据此把它们归纳为更为概括的类或组。而区分法则是把一个整体根据它内部成分的特性区分为彼此不同的单位。例如，可以根据一个班级成员的特性将其区分出不同的学生个体。这一模式着眼于单个事物的区别性，并据此把它们从一个整体里划分出来。

显然，个体与其所归于的类或组之间，个体与其所分离的整体之间，存在着概念上的种属关系。个体是种概念，类或组、整体是属概念。例如，“大学生”表达的是种概念，而“学生”表达的是属概念。概念之间的种属关系表明一个概念的外延包含另一个概念，而且表明概念之间存在相互关联、互为参照的关系。这一关系为我们的阅读提供了语境信息。例如，为了准确地理解某一概念，我们可以参照与之相关的另一概念。

概念之间的种属关系在语义学里被看作词义之间的上下位关系（hyponymy）。词义的上下位关系指的是不同词语之间在词汇意义上发生的包含关系（semantic inclusion）。词汇意义比较概括的词语可能包含若干个词汇意义比较具体的词语。上位词与下位词之间也是相互关联、互为参照的关系。这样的关系为我们理解词义提供了语境信息。

在阅读利用归类法或区分法构成的段落的时候，一要注意个体与它所归属的类或组、个体与它所分离的整体之间的种属关系，二要注意不同的个体（即种）之间相互区分的对立关系。

区分法也是利用概念之间的种属或语义之间的上下位关系来展开段落的。

在英语阅读中，我们还会读到采用因果（cause or effect）模式展开的段落。当作者想讨论某一情况发生的原因，或者某一情况可能导致的结果时，他就会采用因果的模式来展开段落。在实际的段落里，作者可能先在主题句里表明所谓的“因”（cause），然后再讨论由这个“因”导致的后果或结果（effect）；作者也有可能先表明所谓的“果”，然后再讨论导致这个“果”的原因。因此，阅读这样的段落，我们要能识别出什么是“因”，什么是“果”。由于因果之间存在着一定的逻辑关系，而且段落里也会有一定的语境信息。只要我们多加留意，弄清段落描述的因果关系就并非难题。

从逻辑的角度看，因果之间有着相互依存的关系，有因必有果，有果必有因，彼此相依，才被称为因果。从语义的角度看，因果之间又有着互为关照的语境关系。表述了“因”，必然要谈论它导致或可能导致什么“果”；表述了“果”，必然要探究导致这个果的“因”。缺少了其中之一，段落的表达便不完整。另外，为了清晰地表明哪是“因”，哪是“果”，作者往往会用提示性的词语，借助这类提示语，读者应该可以比较容易地看出哪是因，哪是果。

四、段落中句子之间的语境信息

句子是语言表达思想的最基本单位。在现实的语言表达中，不论是口头还是书面，一个句子总是出现在一定的语言环境中。其中包括这个句子的前言后语所构成的上下文语境，也包括该句子所出现的具体交际场合。从语言交际的角度来看，没有完全孤立的句子，任何一个句子都具有语境化的特征。句子与句子之间，不论是在结构上还是在语义上，总是相互联系、相互制约、互为语境的。而一个句子是如何构成的，这样的构成结构又表达了什么语义，其结构和语义是否适应具体的交际目的，这些也都会受到具体交际的情景语境的制约。句子本身没有优劣好坏之分，只有适合不适合上下文语境和交际情景语境之分。或者说，只有在具体的上下文语境和交际情景语境中，我们才能判断一个句子的优劣好坏。

句子的语境化特征为段落的构成提供了基础。在段落的构成中，句子的语境化可以使句子的结构相互影响、相互制约。一般来说，为了使语言表达丰富多彩，避免单调枯燥，作者往往会使用不同的句子结构。但是，句子结构的变化不能脱离思想内容的表达需要，不能破坏段落结构的和谐。一个段落的所有句子都是为一个核心思想服务的。它们在意义上要有一致性，在结构上要有连贯性。因此，任何一个句子的变化，都会与前后句子发生关联，都要符合上下文的思想表达的需要。

句子在段落中的语境化不仅体现在句子的结构上，还体现在语义的表达上，如语义的照应关系。所谓照应（reference）指的是句子成分之间或句子之间的语义参照关系。对于某一词语的意义，倘若不能从其本身得到解释，而必须从上下文里寻求其所指对象，才能了解它的确切意义，那么，这个词语与其所指对象之间便产生了照应关系。

通过参照前文来了解语义的照应关系叫作前指参照。通过参照后文来了解语义的照应关系叫作后指参照。

照应关系可以分为人称照应（personal reference）、指示照应（demonstrative reference）和述谓照应（predicate reference）。需要强调的是，此处所说的照应是语言单位之间的意义关系，而不是它们的语法关系。不论是人称照应，还是指示照应，抑或述谓照应，它们都不一定要与其照应对象在语法形式上完全一致，只是在所表达的意义上发生照应关系，也就是说，它们所表达的意义要参照与之存在照应关系的语言单位才能明确。

在同一个段落中，不同句子的语义之间不仅可以借助照应为纽带来建立联系，而且还可以利用词语的重复为纽带来建立语义联系，构成前后呼应的上下文语境，引导读者把握段落的中心思想。

段落中的词语重复主要是作为段落纽带之一的关键词的重复。

关键词的重复不仅可以作为句子之间的纽带，起到联结句子构成段落的作用，而且还能够突出段落的主题、突出中心思想。但是，过多地使用、不恰当地滥用关键词却有可能导致段落呆板、枯燥或累赘的后果，反而会影响段落的表达效果。为了避免这一问题，实现突出主题的效果，有经验的作者往往会用同义词、近义词来取代直接的关键词重复。

使用同义词或近义词既可以避免重复，使语言表达丰富生动，还可以起到句子之间的纽带作用。

在英语中，有一些词汇意义的表达比较一般，而另一些词汇意义的表达比较具体。作者便利用词汇意义的一般与具体之间的关系来建立句子之间的纽带，使句子之间有了语义参照的联系。

句子之间，除了借助语言单位之间的语义照应和关键词语的重复来建立联系，构成前后呼应的上下文语境之外，往往还会借助一些过渡性词语来表明它们在语义上的逻辑关系。

所谓过渡性词语（transitional words or phrases），指的是那些被用于表示句子之间的语义关系，起着一个句子向另一个句子过渡的关联性作用的词语。每一单个句子都能表达一个完整的意思，而当若干个单个句子组合在一起，构成一个段落，完成一项描述或论述任务的时候，这些句子之间必然发生一定的语义或逻辑关系。为了使这些关系清晰明了，便于读者理解，作者常常利用过渡性词语来联结句子。

读者可以把这些过渡性词语看作标示语义或逻辑关系的语境提示语，借助它们来把握句子之间的语义和逻辑关系。

五、如何把握段落的中心思想

既然段落的中心思想是贯穿于整个段落的思想，那么段落中的绝大多数句子都是支持、描写或解释这一思想的。为了确定一个段落的中心思想，我们可以提出一些问题。例如，什么观点（idea）是段落的大多数句子所表述的？哪个观点把段落的各个部分联结在一起？哪个观点是段落的所有部分支持的？什么观点是各个部分解释或描述的？

从阅读的过程看，我们是通过阅读句子来把握和理解段落中心思想的。那么，我们可以先弄清每个句子的话题和表达的主要思想，然后看这些句子的话题和表达的主要思想有着怎样的关系，从中找到共同点或结合点，概括出段落的主题和段落的中心思想。

仅从语言表达的层面看，在一个段落里，各个句子的话题可能是相同的，也可能是不相同的。相同的话题自然是同一个核心（focus）。即使句子之间的话题不相同，它们也都围绕一个共同的核心，这样就构成了段落的统一性。

在阅读段落的时候，首先可以分析每个句子的话题，其次比较它们。相同的话题就可能是这个段落的主题，不相同的话题也必然有一个核心和结合点，那么这个核心或结合点就是这个段落的主题。同理，各个句子的主要思想如果是相同的，那它自然就是这个段落的中心思想，如果各个句子的主要思想不尽相同，它们也必然有一个焦点，那么这个焦点就是这个段落的中心思想。

第三章　英语阅读策略形成

阅读策略是指学习者为解决阅读中的困难而采取的行为过程，在英语教学中，教师应该帮助学生学会使用各种阅读策略与技能。本章主要阐述英语阅读策略形成，从三个方面展开叙述，分别是掌握行文大意、熟谙词汇含义、形成评论阅读。

第一节　掌握行文大意

一、准备工作

（一）分析文章标题

对于一篇文章来说，其标题是读者最先看到的，是对整篇文章的概括。通过分析文章的标题，我们可以对这篇文章的题材与内容进行预测。根据文章标题，教师可以引导学生思考几个问题，对学生进行启发式提问，为下一步导入文化背景做铺垫。

（二）解析语篇体裁

在阅读文章之前，我们要对文章整体的体裁与篇章结构有一个大致了解。而且，在语篇教学过程中，篇章结构的分析也是重点内容。在了解特定语篇的体裁特点与篇章结构之后，学生就能够更好地对文章内容进行合理的、快速的预测。通过解析语篇体裁，还能够培养学生的阅读理解能力，提高学生对于语言的综合运用能力。

在英语教学过程中，教材中经常使用的阅读材料是说明文和记叙文。其中，说明文的主要类型包括饮食文化、自然灾害、科学技术等，记叙文主要是各种故事和传记。

当文章类型为记叙文时，教师首先要向学生介绍记叙文的特点，讲述相关知识，使学生对记叙文有一个大致了解；其次引导学生进行阅读，同时提醒学生要留意文章的事件内容。另外，教师还要让学生对文章内容进行复述，当学生有某些地方记忆不清时，要帮助学生回忆文中细节，帮助他们解决困难，使其加深对文章的了解。

当文章类型为说明文时，亦同理于记叙文。教师首先向学生讲解说明文的性质与描写重心等，使学生对说明文有一个大致了解。相对于记叙文，说明文比较难以理解，教师还可以通过对比、解释、数字等对说明文进行分类，帮助学生理清其关系脉络，使学生能够更加深入地了解说明文的特点及其写作手法。

（三）激活背景知识

在阅读文章之前，教师要帮助学生激活文章的背景知识，这是十分重要的准备工作。一篇文章的背景知识是语篇的外部语境，有助于学生深层理解语篇的内容与中心思想。教师可以对学生进行提问，启发学生，使学生去寻找语篇的背景知识。

在英语阅读教学中，提问教学法十分常见。提问教学法，顾名思义，就是通过提问的方法来启发学生。这种方法是将整体的教学方法进行细化，再将它们细化到章节和段落中，然后根据不同的阅读材料和教学目标，对学生进行不同形式的提问。

在采用这种方法进行教学时，教师要注意提问的层次性，根据学生的具体情况把握提问的频率和难度。

二、通读全文

（一）略读

所谓略读，就是在阅读文章时大致浏览，进行粗读。与精读相反，它并不是逐词逐句地对文章进行阅读，也不必过于关注细节，而是简要获取文章大意即可。

具体来讲，略读要留意以下几点内容：

（1）文章的首尾段以及段落中的段首和段尾。

（2）文章的题目、小标题、黑字体、斜字体以及画线部分。

（3）文章中的关键词语。

（4）文章中的关联词语。

（二）寻找主题句

在一篇文章中，主题句往往是用来表达这篇文章的主题内容或者中心思想。因此，要了解文章的大意，就需要找到主题句。主题句是文章大意的概括，句子结构较为简单，而且段落中的其他句子都在解释和支持主题句所表达的中心思想。前文中，我们已经对如何寻找主题句进行了简要阐述，这里，我们再予以强调。

通常而言，主题句的位置较为灵活，一般有以下几种情况：

（1）主题句位于段首。通常情况下，作者在文章的一开始就会先引出一个话题，然后针对这一话题进行详细的阐述，因此，主题句位于段首的可能性最大。主题句位于段首，不仅能使人一目了然，也易于被人把握。

（2）主题句位于段尾。主题句还时常出现在段尾，但是此时的主题句多是对上文的总结，或是对上文描述提出的建议。

（3）主题句同时位于段首和段尾。有时，文章的主题句会在段首和段尾处同时出现，此时段尾的主题句不仅是对段首主题句的重复，更是对段首主题句的延伸和呼应。但是，在用词和结构上，段首和段尾的主题句却不尽相同。

（4）主题句暗含于段落之间。有时，在阅读中常会遇到这种情况，即无论是在文章的段首、段中还是段尾，都找不到明显的主题句。实际上，此时文章的主题句暗含在了段落之中。这样的主题句十分隐晦，需要读者捕捉文章的细节信息，并根据细节信息总结归纳文章的中心思想。

（三）把握词义

在对文章进行阅读时，读者首先要了解词句知识，这是十分基础的内容。只有对一些词的含义有了认识，才能了解文章的大意。但是，有时候在不同的句子中，同一个单词会表达出不同的含义。同样，句子也是如此，在不同的语篇中，同一个句子也会表达出不同的含义和交际功能。因此，教师在进行英语阅读教学时，不能仅仅停留在句子的层面，而是要在整个语篇的层面上进行教学。

总体来讲，如果不影响阅读理解，在处理词、句子和语法时，教师没有必要逐句释义，同时也要培养学生依据上下文猜测词义的能力，使学生能够在语篇的基础上把握词句含义，将词句回归到语篇语境当中。

（四）推理判断

在阅读文章时，我们会发现，有的文章的内容与主题比较明显，但是有的文章比较晦涩难懂，其主题在文章中是隐藏的，需要推理判断才能得到。对于学生来说，推理判断的难度较高，这不仅要求他们具有扎实的英语知识，还考验他们的逻辑能力。学生需要在理解全文的基础上，对文章进行逐层分析，然后进行推理判断。推理判断主要包含以下两种形式：

（1）直接推理判断。直接推理判断要求学生不仅要理解原文的表层意思，还要依据所提供的信息推断文章的结论。通常，直接推理判断中常含 infer、imply、suggest、conclude 等词。

（2）间接推理判断。与直接推理判断相比，间接推理判断更加含蓄和委婉。通常，间接推理判断题型中不包含 infer、conclude 等明显表示推理的词。作者的目的并没有通过哪句话表达出来，因此就需要学生认真推理、仔细揣摩，根据文章的细节信息以及情感态度，准确推断出来。

第二节　熟谙词汇含义

词汇能力和阅读能力是一种相互承接的关系。词汇能力是学生阅读语篇的基础，在阅读语篇的过程中又可以提升学生的词汇能力。

同一个单词处于不同的句子中会有不同的含义，在阅读过程中，提供了各种语境，让新学到的词语得以展示它的意义、用法和各种搭配关系，以增加它的重复率，让我们对词汇的含义更加熟悉，这是巩固新词的一种很好方法。

在了解文章大意之后，通过精读，教师要向学生讲述课文中的各种知识点，如常见短语、词汇用法等等，便于学生更加深刻地了解词汇。

一、语块运用的策略

在阅读文章之前，学生还需要了解各种固定搭配以及词组，以便更好地理解文章。这些词组或者固定搭配通常以“词块”的形式呈现。对于文章中经常出现的语块，我们须对其分类，那么，这种分类应当如何进行呢？在学界通常倾向于采用路易斯（Lewis）对语块的分类[①]。

（1）聚合词：它并不是简单的构成词的意义相加，而是一种结构相对比较固定的词组。

（2）搭配词：指经常作为组合出现的词，比较常见的形式有 v+n，adj+n 等。

（3）惯用话语：形式上固定或半固定的具有语用功能的单词组合。

尽管路易斯已经对语块做了分类，但是由于其边界较模糊，对于语块的了解仍然并不是很深入。因此，在对语块进行选择时，我们就需要对文章的具体语境进行考虑，同时还需要考虑语块教学的优选性。

在英语阅读教学中，教师要引导学生结合语块对文章的主旨和内容进行理解。比如，根据 first、next 等语块来对文章的整体框架进行理解，能够训练学生快速阅读的能力。通过应用语块策略，学生可以扩充自己的知识量，还能够更加快速深入地理解文本。

二、词汇衔接理论

要想实现语篇的连贯，其中一个重要手段便是使用词汇衔接。关于词汇衔接的概念，韩礼德（Halliday）和哈桑（Hasan）二人曾经合著过一本书，即《英语中的衔接》[②]，在这本书中，曾经多次提到词汇衔接。书中说，词汇衔接实际上是

① Lewis，M. Pedagogical Implications of the Lexical Approach［A］. In J. Coady&Huckin(eds.) Second Language Vocabulary Acquisition：A Rational for Pedagogy［C］. Cambridge：Cambridge University press，1997：24-27.

② 韩礼德（Halliday，M. A. K. ），（英）哈桑（Hasan，Ruqaiya）. 英语的衔接 中译本［M］. 张德禄，等，译. 北京：外语教学与研究出版社，2007.

一种语义上的联系，在语篇中的不同成分在意义上拥有一些联系的意象，关于词汇衔接一共可分为两种关系，即复现关系和同现关系。同现关系是指词汇在语篇中共同出现的倾向性。复现关系是指在同一个语篇中某个词的原词、上下义词、同义词或近义词等重复出现。通过这些词项的重复出现，语篇逐渐实现在各个句子在语义上的衔接，最终将全文贯穿起来，突出主题。

（一）原词复现

原词复现，顾名思义，就是指在一个语篇中同一个词反复出现。它是词汇衔接的一种方式，而且是最直接的一种方式。在语篇中使用原词复现这一手段不仅能够使结构更加紧凑，而且还能够突出主题。同一语义的词重复出现也有助于增强语气，表达出强烈的感情。

（二）同义词、近义词的复现

同义词、近义词的复现是指在同一语篇中重复出现相同或者相近语义的词项，这些相同或者相近的词项就会形成一种接应关系。这样做的好处是避免语篇过于单调呆板，同时有助于更加精确细腻地表达意思、传达感情，丰富了文章的表现力。

（三）上下义词的复现

上义词是指对某一事物的概括抽象性说明，下义词是指对事物的具体性说明。在一个语篇中，上下义词的复现通常是指一个上义词和一个或者几个下义词的共同体现，使用上下义词的复现能够使语篇更加连贯，更加清晰地表示语义。

（四）概括词的复现

概括词的复现，顾名思义，就是指一些具有一般意义兼有概括意义的词项的重现。在语篇中，概括词的复现一般是用来构成概括词以及其概括的词的衔接的，这样能够避免文章的枯燥乏味。

第三节　形成评论阅读

一、把握作者的写作风格和写作意图

在一般意义上来说，作者的写作意图大致有如下几种：即说服、愉悦、告知以及表达个人思想情感，文体一般为诗歌、小说、议论文、说明文以及个人评论等。在一篇文章中不一定只有一种写作意图，有时候会有很多种写作意图，当然，一篇文章中通常只有一个主要的意图，占据主导地位，其余的意图都处于次要地位。在阅读鉴赏文章时，如果读者对于文章的内容理解得比较浅显，那么读者可能就无法识别出作者的主要意图，甚至会曲解作者的写作意图，无法进行合理的评论。

要了解作者的写作风格，读者就需要对作者的作品语言进行研究，因为通常情况下，作者的写作语言往往能够表现出作者的写作风格。在文章中，一般有两种写作语言：一种是客观语言，一种是主观语言。所谓客观语言，就是指完全不掺杂作者个人观点的语言，是一种客观的描述，用来传递信息、表述事实。这种语言还存在于新闻联播、教科书、合同等之中，它仅仅被用来表述事实。主观语言则是带有作者本人思想感情色彩与论述观点的语言，它并不客观，主要被用来表述作者的态度与观点。在阅读文章时，学生要把握好作者的写作风格与写作意图，对文章整体进行总体把握，从而更加深刻地了解作品的内在含义。

二、培养评论性思维的教学方法

（一）作读书评点

所谓读书评点，就是指学生对作品的内容、写作技巧、表现形式、思想情感等进行评论，对作品中的信息、知识、思想等进行批判性思考与创造性接受的过程。教师可以引导学生作读书评点，采用这种方法来培养学生的评论性思维。这种方式的具体实施过程如下：首先使学生阅读文章之后进行完全的理解消化，其次使学生了解文章的时代背景知识，最后要求学生查阅该文章的参考文献。这样学生才能够充分地了解这篇文章，更好地对其内容进行总结概括。学生在完成文章阅读之后，还要对每一部分的内容做出评点，并使用自己的语言记录下来。教师在对学生进行引导时，首先要教授学生一些读书评点的基本程序，给他们一些参考，帮助他们认识读书评点的基本步骤。在这之后，教师可以根据作品的不同章节对学生进行训练，组织学生进行读书评点，引导他们发出自己的评论和意见。

（二）质疑作者

阅读文章时，学生不能对其盲从，而是要敢于质疑。教师在对文章进行讲解时就要适当地引导学生，培养学生形成适当质疑的习惯，这样不仅能够让学生独立思考，指出文章的不足之处，还能够使学生更好地理解作者的写作意图和文章结构。

（三）借助探究性教学模式

在培养学生评论性思维时，教师可以应用探究式的教学模式。教师运用探究式的教学模式，激发学生独立发现问题、思考问题，勇于提出自己的意见和建议。在师生、生生互相辩论的过程中，学生能够增强对文章内容的理解。在这个“自探共研”的阅读模式中，大致有如下几个环节：第一，教师首先要创造好一个情境，将文本信息形象化、情绪化、经验化，不断地诱导学生进入情境之中。第二，教师要学会放手，不能总是事事替学生解决，而是要引导学生独立地发现和思考问题。第三，将学生分成几个小组，让他们围绕着同一个主题进行自由讨论，互相交流意见，得出最终结果。第四，在学生得到最终结果之后，教师将其结果整合在一起，然后对其进行点评，并为学生解答疑问。第五，教师还可以教授给学生一些扩展知识，丰富其眼界，做好课外延伸工作，如安排学生进行课外阅读或者写读后感等，将在课堂上学到的内容不断地系统化，努力培养学生的评论性思维。

在对英语专业学生进行阅读训练的过程中，评论阅读是一个很重要的部分，必不可少。通过评论阅读，学生能够更好地对文章进行阅读，更加深入地对文章进行鉴赏和理解。在阅读文章时，学生不再是被动地接收文章的内容，而是站在更加专业的角度上对文章进行评判，能够检测到文章的有用信息与错误信息，敢于提出自己的观点和意见。教师在培养学生的评论性思维时，既需要对学生开展有意识的培养，又需要对学生进行无意识的引导。

第四章　英美文学常用阅读技巧

英美文学中有一些常用的艺术手法，学生须对其有所了解与掌握，这对阅读也是大有裨益的。本章讲述英美文学常用阅读技巧，从四个方面进行了阐述，分别是巧用文学手法分析、侧重阅读主旨提炼、明晰阅读语言风格、把握文学人物塑造。

第一节　巧用文学手法分析

一、学习英美文学叙事写作手法的重要意义

（一）有利于学生阅读能力的提升

由于对英美国家的文化、习俗、历史等并不了解，导致学生在阅读英美文学原著方面具有一定的困难。由于缺乏必要的认知，学生的英美文学基础比较薄弱，面对特定英美时代背景下的文学作品常常会感到束手无措。因此，教师在对学生进行英美文学讲解时，应该首先向学生清晰明了地解释英美国家的历史、文化以及风俗等特点；其次向学生介绍英美文学常用的叙事写作手法，帮助学生理解文学作品的时代背景与故事内容和结构，便于学生了解作品的内在含义和思想情感。通过运用这种教学模式，逐渐使学生们养成对英美文学阅读鉴赏的好习惯，从而更好地把握和学习英美文学作品的主旨。

（二）有利于应对加入 WTO 之后激烈的国际竞争

在加入 WTO 之后，我国的经济飞速发展，国际竞争日益激烈，英语作为全世界通用的语言，在各国交流中发挥了重要作用。因此，在学习英美文学作品方

面，学生不能仅仅学习英语的词句与语法结构，更重要的是要提高英语的交际应用能力、英语文学阅读、写作能力，通过对英美文学作品的研究进行写作叙事来强化自身阅读能力、写作能力。

二、英美文学中常见的叙事写作手法

（一）隐喻

在英美文学作品中，隐喻是一种常见的叙事写作手法。所谓隐喻，就是指作者通过对动、植物或者其他事物进行描写，暗喻一种鲜活的人物形象，以物喻人，表达出作者内心的潜在意识和思想。这种通过其他形象为载体，依托文学内容，抒发作者内心思想表达的写作手法，在很多文学作品中都可以见到，如杰克·伦敦的《野性的呼唤》、弗莱克·鲍姆的《绿野仙踪》、乔治·奥威尔的《动物庄园》等。这些作品都是通过隐喻的手法对动植物进行描绘，展现出人物的性格，表达了人类社会的一些道德意识。这些作品中的动、植物与环境就是人类社会的缩影，深刻地揭露了人类社会中的一些悲惨情感和人性泯灭的现象。

（二）意象

所谓意象的写作手法，就是指对人或者事的形象化描写。意象的写作手法，常常被使用于英美诗歌中。如英国诗人约翰·济慈的诗歌《夜莺颂》中就使用了意象的写作手法，通过对夜莺进行描写，展现出英美文学中的意象美，描绘出主人公的情感色彩。在英美诗歌中，通过使用意象写作手法描述人或事，能够展现出其美感与价值，加深读者对于其象征含义的理解。

（三）主旨隐遁

不同的作家在文学作品中对于主旨的表达方式不同，一些英美传统作家在面对一些社会不合理现象时往往会进行人道主义批判，揭露社会的阴暗面。但是，当前的一些英美文学作家往往并不像传统文学作家那样比较鲜明地揭露社会现象或者明确地表达自己的观点和结论，他们只是在作品中给观众一种似是而非的体会。如卡夫卡的《城堡》、塞缪尔·贝克特的《等待戈多》等，读者在欣赏这些作品时会产生不同的理解和体会，甚至有些时候作者本身也并不清楚自己想要表达哪一种主题，这种似是而非的写作手法就是主旨隐遁的写作手法。当在英美文学作品中使用这个写作手法时，不同环境、不同背景、不同经历的读者会得到不同的情感体会与内容理解。在现代主义的英美文学写作当中，主旨隐遁的写作手法已经十分常见。

第二节　侧重阅读主旨提炼

一、基于多元角度把握其内在意义

在阅读英美文学作品时，学生要从多个角度进行鉴赏思考，深入了解其思想内涵，把握其内在意义。例如，马克·吐温在作品《竞选州长》中通过夸张的手法对社会现状进行了讽刺，其语言比较具有调侃性。作者通过对社会恶俗的现象进行揭露和批判，得到了社会群众的认同，与公众之间形成共鸣，具有十分鲜明的时代特征与现实意义。《牛虻》是一部十分著名的文学作品，它通过对主人公与宗教的复杂关系进行剖析，塑造了十分鲜明的人物形象，具有深刻的内在含义。通过多角度对文学作品的内在意义进行把握，学生就能更深刻地理解作品主旨。

二、仔细品读并不断强化情感体验

在阅读鉴赏文学作品时，学生要仔细品读，不断玩味，对作品进行仔细剖析，深刻体会作品的思想内涵和深远意义。基于当时的社会现实，与作者进行情感上的深度交流，升华自己的思想内涵。例如，莎士比亚的作品《哈姆雷特》，作者将这个故事描写得十分逼真，观众很容易与之形成共鸣。王子对父亲死因进行质疑，并开展深入调查，情节跌宕起伏，环环相扣，引人入胜，牵引着读者的心，具有十分浓厚的人文色彩。学生通过与作品形成情感共鸣，能够真正融入书中世界，自然能领悟主旨，读懂、读透。

三、梳理作品脉络

要对文学作品进行深入的阅读鉴赏，就必须了解作品的发展脉络，而要梳理其发展脉络，就需要从宏观层面对作品进行深入剖析。在阅读文学作品时，学生不能盲目地无目的性地阅读，走马观花是不可取的，这样无法深入了解作品的思想内涵，也就无法与作者产生共鸣。在梳理文学作品脉络时，学生一定要反复阅读推敲，跟随作者的笔触感受人物的喜怒哀乐，与作者产生共鸣，逐渐感受蕴含其中的艺术特点。当然，学生对作品本身的时代背景与社会现实也要有一定的了解，只有这样，才能更加深入地完成对作品的剖析，把握作品蕴含的时代特征。例如，施笃姆的代表作品《茵梦湖》，作者采用第一人称叙事，全篇以现实生活为基础，穿插以前发生的事情，两相形成鲜明对比。由此可知，在阅读鉴赏作品时，只有理清作品脉络，将感情充分融入其中，才能更好地与作者进行交流，也能够对作品形成更加深入的了解。在进行文学创作时，作者通常也是采用这种方式，有逻辑地将书中内容与情感层层相连，从而更加鲜明地表达作品的主题。

因此，学生在对英美文学作品进行阅读鉴赏之时，不仅要反复推敲，还要梳理脉络、注入情感，跟随着作者的笔触对全书内容进行解读，从而更加深入地探究其思想内涵。

一千个读者有一千个哈姆雷特，不同的读者在阅读和欣赏同一个作品时，会产生很大的差异。由于读者的身份、地位、家庭条件、受教育状况、个人经历等方面都不相同，在面对同一个作品时，他们会形成不同的情感体验。在思想内涵与美学价值的理解方面，也会有明显的差别。通过对英美文学作品进行赏析，学生能够对英美文化有一个新的认识，开阔眼界，不断提高自己的认知水平和文学鉴赏能力。在对英美文学作品进行阅读和鉴赏时，学生一定要形成一个正确的阅读习惯，细细品味阅读，切不可走马观花，要将情感与书中内容相融合，与作者进行情感上的互动，不断提高自己的文学鉴赏能力。

第三节　明晰阅读语言风格

一、英美文学注重使用戏剧性独白

在很多英美文学作品中，经常会用到戏剧独白。所谓戏剧独白，就是指作品中的主人公内心的想法，通过戏剧性独白的方式得到展现，有利于读者更加清晰地了解主人公的性格，加深印象。同时，在作品中大量使用戏剧独白，描写主人公的语言特点和思想，能够反映出英美文学作品与众不同的美感，也便于展现作品所要表达的深刻含义，提高艺术性。

在英美文学作品中，戏剧性独白的描写通常采用第一人称。使用第一人称进行讲述有许多好处，不仅能够展现主观性的特征，同时也能够体现出主人公的客观化。作品中的戏剧性独白可以使读者感受到两种声音的交织，即作品内部的主人公声音与作品外部的作者声音。这两种声音互相交织、两相掺杂，将英美文学作品中戏剧性独白的“两种声音说话”特点表现得淋漓尽致。与直接的情感表达不同，戏剧性独白只是使用主人公的语言将他自己的性格个性表达出来，并不会在其中强行加入作者的思想与情感。因此，读者可以凭借着自己的想象对文学作品进行无限的解读，作者为读者留下了十分充足的想象空间，便于读者思想的延伸。例如,《威力神父的祷告》这部作品便使用了戏剧性独白，它不仅将主人公的思想感情表达出来，同时也将作者的主观评价展现出来，更好地凸显了作品要表达的思想感情。这部作品在语言中充分运用了戏剧性独白，给读者留下了充足的想象空间，便于读者的解读，同时也能够让读者更好地挖掘作品的深层含义。

二、英美文学常引经据典

英美文学作品中常有一些历史典故和神话故事，其能够使文学作品更加具有深层次的内涵与思想，同时还能够使作品的语言更加具有特色。例如，在希腊神话故事中描绘了阿基里斯，英美文学作品中通过对这个历史人物神话形象进行描绘，使得作品的语言更加具有特色，蕴含的内涵与思想更加深刻。

在英美国家，有数不清的神话故事和历史典故，因此，这些人物与故事为英美文学创造了数不清的创作素材。通过引经据典，英美文学作品的语言更加具有独特性，其中心思想也得到了深化。当读者发觉自己所阅读的文学作品中有很多典故时，应当对这些典故进行了解与熟悉，这样才能真正懂得文章含义，弄清作者想表达什么。

三、英美文学以现实为基础

曾经有这样一句俗语，“艺术源于生活，却又高于生活”。艺术如此，写作也是同样。因此，一般情况下，写作源于社会现实，却又高于现实。无论是哪种类型的作品，归根结底都是来源于社会现实。

因此，要分析英美文学作品的语言风格，就必须要了解作者当时所处的时代背景。只有对作者的写作背景与创作环境有清晰了解之后，我们才能更加深入地研究作品的语言风格。英美文学作品往往都是以现实为基础创作而成的，是对社会现实的反映。例如，在作品《彼得·潘》当中，作者生动刻画了船长胡克这一形象，表现出作者对于生活观察的细致入微，通过这个人物形象也可以反映出作者创作的生活环境。通过对英美文学作品的语言风格进行分析，学生不仅可以认识到多元化的语言风格，同时还能加深对作品思想内涵的了解。

第四节　把握文学人物塑造

人类的文明璀璨而绚烂，文学作品是体现人类文明的一个重要手段。文学作品展现出不同时期的人的思想与生活，体现了不同时期的文明。通过文学作品，人们得以窥见千百年来人类的历史，纵览人类的思想与文化的发展变化。随着人类文明的发展，这些文学作品也得以世代流传，经久不衰。在这些文学作品中，蕴含着丰富的思想，这些思想在文学作品的流传中逐渐被人们所知并被发扬光大，它可以穿越时空，让人们与千百年前的哲人通话。文学作品中思想的根本承载是人物，正是因为拥有鲜活的人物，文学作品中的思想才得以表达。很多文学作品的思想都是通过塑造人物来表达的。例如，在小说中，作者通过对人物形象与事件的描写来表达自己的思想。如果小说里没有形象和事件，那么小说必然是索然无味的。读者之所以对文学作品充满喜爱，归根结底是喜爱作品中的人物，而这份喜爱则源于人物形象塑造的成功。英美文学作品也是同样，其中有很多人们熟知的人物形象，如卖火柴的小女孩、葛朗台等。这些人物形象饱满而生动，即便过去很久仍然被人们所称赞。本节通过对英美文学作品中的人物形象塑造方法进行研究，对英美文学作品进行深入研究，以帮助学生更好地完成英美文学阅读。

一、浮雕式人物

浮雕是一种凸出物体表面的构造样式，是半立体型的雕刻品。而“浮雕式”人物，就是指将处于某个特定时代背景下的人物描绘出来，将他们的性格特点展现在人们眼前，打破时间的限制，让现在的人们得以看到特定历史时空背景下的不同性格特征的人物。在英美文学作品中，这是塑造人物形象常用的方法之一。通过对人物进行“浮雕式”塑造，不仅能够将人物活灵活现地展现在人们眼前，还能够折射出时代的特征，表达出历史的走向。

莎士比亚是一位伟大的作家，在莎士比亚的文学作品中，很多都运用了浮雕式的人物刻画方式，其中运用最多的是历史剧。在一些历史剧中，莎士比亚运用浮雕式的人物刻画方式对特殊的历史事件进行详细的刻画描写，使读者置身于那个独特的历史场景之中。人们透过历史事件，可以感受到不同人物的性格特点。在这些作品中，历史事件就是刻画浮雕的平面，而作品中的人物就是浮雕作品，莎士比亚使用浮雕式的人物刻画方式，刻画了一个个生动鲜活的人物，如善良、软弱的亨利六世，忧郁多疑的哈姆雷特等，这些人物历经数年，直到现在仍然生动地展现在人们眼前，给人们留下深刻印象。

总而言之，作为一种塑造人物形象的方式，浮雕式人物塑造方法在英美文学作品中时常可以见到。它将人物放到具体的环境与事件之中，通过环境与事件的塑造，人物逐渐变得丰满而鲜活，打动着读者的内心，牵引着读者的感情，发挥出无限的张力。

二、连贯性人物

在文学作品中，人物的塑造要具有关联性和整体性，这就是人物塑造的“连贯性”。在文学作品中，每一个人物都有其作用，他们是作品中的一部分构成要素，通过重复的出场，将整个文学作品串联起来。在英美经典文学作品中，有很多都使用了连贯性的人物塑造方法，像查理·狄更斯的《雾都孤儿》、莎士比亚的历史剧三部曲《亨利六世》等。当然，人物塑造的连贯式方式并不单指在文学作品中的关联性，还指人物性格的发展具有连贯性。在文学作品中，人物往往经历许多事情，思想与情感得到发展，其性格也逐渐发展变化。在英美文学作品中，一般在如下方面会体现出人物塑造的连贯性：

首先，主要人物的血缘关系。在人物塑造连贯性方面，作者使用的最常见的方式就是通过血缘关系来呈现。比如，在莎士比亚的作品《亨利六世》中，就描写了复杂的血缘关系。莎士比亚通过对血缘关系淋漓尽致的描写，将整部历史剧的发展线索和脉络清晰地梳理出来。在剧中，除了主要人物之间拥有复杂的血缘关系之外，剧中的其他人物如贵族、王后等也都因为血缘而存在着复杂的关系。作者通过对复杂血缘关系的描写，建立起一个庞大的家族关系网，讲述了一部家族的兴衰史。对于读者来说，在读这些作品的过程中不仅会因为复杂的血缘关系感到津津有味，还有助于自身清晰地了解人物之间的关系与故事的连贯性发展，增强对作品的思考。

其次，同一人物在不同作品的重复出现。要体现出人物塑造的连贯性，还有一个方法就是使同一个人物在不同的作品中重复出现。在很多英美文学作品中都使用了这个方法来塑造人物的连贯性。比如，在莎士比亚的作品中，就存在一个人物在很多作品中都曾出现过的情况，亨利四世在《亨利四世》（上）、《理查二世》中都多次出现，并且都是作为主要人物出现。读者通过阅读这些文学作品，可以感受到人物性格发展的连贯性。比如，在《理查二世》中亨利四世想要夺得王位，他诡计多端、阴险狡诈。在《亨利四世》（上）中，他已经坐上了皇位，故而为了保住自己的地位无所不用其极。通过亨利四世在这些文学作品中的多次出现，读者可以分析出此人物性格发展的连贯性。在不同的戏剧作品中，同一个人物的反复出现使得戏剧之间存在着一种内在的联系，扩大了戏剧人物的塑造空间，完善了人物的性格。在不同作品中同一个人物反复出现的方式被称为“人物再现法”，这种方法曾被很多著名作家使用过，像巴尔扎克、简·奥斯丁等。

三、个性化人物

在文学作品中，人物形象之所以给人们留下深刻的印象，归根结底是因为这些人物具有独特的个性。在文学作品的宏大叙事之中，每一个人物都是个性化的，他们的性格特点各不相同。中外的许多文学作品中都描绘了千姿百态的人物形象，令人印象深刻，如我国的四大名著《红楼梦》《水浒传》《三国演义》《西游记》，外国的莎士比亚的文学作品等。《红楼梦》中曹雪芹对金陵十二钗的描写，《水浒传》中施耐庵对梁山一百单八将的描写，《三国演义》中罗贯中对魏蜀吴的王、将、相的描写，《西游记》中对师徒四人的描写等，都令人印象深刻。作者运用个性化方式对人物进行塑造，即便出现了许多人物，但读者却丝毫不觉得杂乱，因为每一个人的性格特点都是不同的。莎士比亚的作品也是如此，在他的文学作品中有大约 360 个人物，但是每个人物都是性格相异的。那么，在英美文学作品中，如何对人物进行个性化塑造呢？采用什么方式方法对之进行处理呢？对此，本书主要从三个方面来对人物个性化塑造进行阐述，即“说什么”“想什么”“做什么”。

首先，针对“说什么”。由于不同人物的性格特点、生长环境、家庭环境等方面是不同的，在文学作品中他们所说的话也应该是不同的，要符合各自的特点。比如，我们可以将莎士比亚文学作品中的人物划分为三类，即国王、王后和丑角，他们必须要说符合各自身份的话语，这样才更能凸显出人物的个性化。当然，在一些作品中，人物可能并不止有一个身份，但是他们拥有共同的特点，在讲话时要符合自己的身份特点。因此，“说什么”是人物塑造的一个重要表现。我们也可以通过在阅读中对人物“说什么”进行把握，更好地理解人物，读懂情节与内涵。

其次，针对“做什么”。在文学作品中，采用“做什么”的手法对人物进行个性化塑造也是一个比较常用的手法。一个人物做了什么事情，通过他们做的事情，读者可以更加深入地了解人物，了解人物的行为方式，了解人物的性格特点。在文学作品中，人物有时是虚构的，但是在作品中存在着与人物有关的出身、教养、经历等，这些都会使读者感觉无比真实，仿佛这些人物真实地生活在书中的世界里一样。不同的人物由于出身、环境、经历等方面不同，他们在做事时往往采用不同的行为方式。比如，在莎士比亚的作品中，亨利五世关心臣民、志向远大，而理查二世则心胸狭窄、任性自傲。这两个人物的性格特点不同，其所做的事情也是不同的。莎士比亚通过对人物“做什么”的行为特点进行刻画，来塑造出人物的独特个性。在阅读中，通过分析人物的举止，我们可以更好地了解其特点，继而更好地把握剧情与情感。

最后，针对“想什么”。经典文学作品之所以能够世代流传而不衰，不在于它们刻画的人物多少，也不仅是因为其故事有多么曲折离奇，而是由于其中蕴含的思想。经典的文学作品中往往蕴含着丰富的思想，十分有深度，不仅具有那个时代的思想性，甚至一些文学作品的思想超越了当时的时代，十分超前。这些深刻的思想，在文学作品中便是由具体的人物表达出来的。在文学作品中，人物在“想什么”非常重要，人物的想法便是作者所要表达的思想，作者往往借人物之口抒发自己的想法。不同的人物有不同的性格特点，其想法也十分具有差异性，不同的人具有不同的思想，这也体现出人物的个性化特征。比如，在萧伯纳的《卖花女》中，主人公伊莉莎与许多其他人物的想法是不同的，这体现出她的个性，同时也表现出她对于理想的坚定和倔强。如果我们能准确了解人物想法，那么在阅读中就能水到渠成地理解文意与作者本意。

第五章　英美经典文学概论

随着文化的不断发展，英美文学逐渐展示出了自己独有的特色。本章主要为英美经典文学概论，从三个方面进行阐述，分别是英美文学概况、英美文学精神内核以及英美文学发展历程。

第一节　英美文学概况

一、英国文学概况

（一）英国文化历史时期的划分

英国文学经历了四个主要时期，分别是草创期、意大利文化影响期、法兰西文化影响期、近代新时期。这四个主要时期又可被分为十个时代，分别是盎格鲁—撒克逊时代、盎格鲁－诺曼时代、乔叟时代、莎士比亚时代、清教徒时代、古典主义时代、约翰逊时代、浪漫主义时代、维多利亚时代和现代。

英国文学史可分为如下四个主要时期：

（1）草创期，约 426 年至 1400 年。

（2）意大利（Italy）文化影响期，约 1400 年至 1660 年。

（3）法兰西（France）文化影响期，约 1660 年至 1750 年。

（4）近代新时期，约 1750 年至现今。

这四个主要的大时期中，又可被分成十个时代。

（1）盎格鲁－撒克逊（Anglo Saxon）时代，约 426 年至 1066 年。

（2）盎格鲁－诺曼（Anglo Norman）时代，约 1066 年至 1350 年。

（3）乔叟（Chaucer）时代，约 1350 年至 1485 年。

（4）莎士比亚（Shakespeare）时代，约 1564 年至 1636 年。

（5）清教徒（Puritan）时代，约 1636 年至 1660 年。

（6）古典主义时代（Classicism），约 1660 年至 1744 年。

（7）约翰逊（Johnson）时代，约 1744 年至 1785 年。

（8）浪漫主义时代（Romanticism），约 1786 年至 1832 年。

（9）维多利亚（Victoria）时代，约 1832 年至 1900 年。

（10）现代，约 1900 年至 1934 年。

就目前而言，英文是国际通用语言，为了研究世界文化、接受世界文化的教育，我们有必要了解英国文学、鉴赏英国文学。但是英国文学的材料极为丰富，倘使没有一种经济的、系统的方法把它裁制起来，那么，我们不仅没有研究的门径可寻，即便是有，也难以获得“事半功倍”的效验。所以，我们先要理清英国文学的发展脉络，从而更好地开展下一步研究与学习。

1. 草创期

文学草创期的英国，长夜漫漫，并未产生像莎士比亚（William Shakespeare）、密尔敦（John Milton）、丁尼生（Alfred Tennyson）、盘克（Edmund Burke）、勒斯金（John Ruskin）、盖莱尔（Thomas Carlyle）等量齐观的大文豪。以后文学界的光芒万丈，虽都是那时蓄养所成，但当时国基未奠，外患未已，英国能否真正成为一个国家，尚未可知，有待继续奋斗。言语不完全，文字不完全，政治的统治权不完全，所以英国那时还算不得一个国家。东部被分割为无数盎格鲁 – 撒克逊（Anglo Saxon）小王国，时时自相残杀，战争不已；西部则依旧为未归化的不列颠人种（Britons）所占据；北方居住者为苏格兰人（Scottish），野蛮无匹，出没于荒山不毛之区；尚有其他部落，杂处其间，大家绝少往来。这样的岛国，分列着如此之多的主权者、人种、部落和言语，欲求其统一，正是难乎其难。

那时没有国家，没有国文，真正的英国文学自然无由产生。所谓文学，亦仅是些乡土的文学而已。假如某一诗人在他自己的小小部落社会中，以土音创作诗歌，另一部落中的人民，真是无法知之，即闻诗人之名，亦难尽读其诗。于是英国伟大的领袖不得不积极地开展两件工作：一是联合各个小邦、部落、种族以组织强固的国家，使人民由分而合，由散漫而团结，向前迈进，不遗余力；二是统一文辞，使一个伟大的国家的思想可以得到表达，不再受隔膜之苦。14 世纪末叶，虽苏格兰依旧自为风气，别成一国，但英国已经初步奠定立国的基础。从文辞方面说，尽管苏格兰高原的人民还说着高利克语（Gaelic），威尔士人（Welsh）还流连于威尔士（Wales）岛上，许多土语还被应用在英吉利（England），但国文的基础已确定。这个时期，英国遭遇过丹麦人的掳掠和骚扰，丹麦言语曾一度大行于时；未几，诺曼民族又入主英国，到处讲着诺曼化的法兰西语。外患的进逼使英语的势力和组织几遭挫折，几度同化，但抵抗外力的力量尚存，机能犹未全失。1400 年时，法国化的英语盛行于伦敦，从此渐渐得到推行，成为国语。宫廷中的一切事情均用英语，被请入宫廷的诗人和作家亦以英语写作。从此英语便绵绵穆穆，传到现今，成为全世界最流行的言语。

在草创期中，许多人都进行尝试和实验，欲以文化灌输英国。第一，各种试验中最有成效的当属基督教。基督教堂成为未驯的英国人民最早的文化灌输区，所做的工作为切实地训练和教育民众，其与拯救灵魂的工作并重。第二，1066 年侵入英国后的诺曼民族。他们宛如严师，将大陆上的高等学问和比较整饬的文化带入英国。骑士文学和浪漫文学也由此传入，和法语一样重要，它们均与英国文学大有关系。

14 世纪的英国正是各个不同的元素混合为一的时期，相激相荡，以抵大成。家福莱・乔叟（Geoffrey Chaucer）便是第一个最伟大的诗人，英国人的生活、文学和言语均集其大成。英国文学光荣的历史由他正式开始，由此，草创期走向结束。

2. 意大利文化影响期

乔叟以后，意大利文化渐次输入英国。不久，英国人的思想和理想便为欧洲的新文明所激荡，不得不开放眼光，敏捷地适应时代。新文明的原动力就是“文艺复兴”，于 14、15、16 三世纪时支配着欧洲人民的生活，为欧洲文化“复生”和“新生”的大转枢。从此，欧洲人民脱离中古时代宗教的黑暗的非人生活，得以自由研究古代希腊和拉丁的文艺，以复兴古学，回溯古代的那些已被遗弃的各种生活源泉，而产生更新、更美的理想生活。于是清新活泼的气运，笼罩着这一时代。人人充满热忱，勇猛精进，力求自由和解放，在外形和内心的两方面，都有强烈的改变。当时的意大利成为古学复兴的中心，俨然跃为欧洲新文明的领袖和导师；各国的硕学名儒都前往意大利留学，以一吸新鲜的学术空气为荣。风尚所播，全欧景从，法国、德国、英国亦跟随这种新潮流，欢迎着人生和美感的新喜悦，以完成时代的使命。

意大利文物的维新深深地影响着英国文学，大学是最先拥抱新潮的。英国学术的中心牛津（Oxford）和剑桥（Cambridge）两所大学于教育上本就有新的贡献，至此更是竭力介绍新学，提倡新思想，造就新的文学者，为国人先驱。教育改造取得丰硕结果，文学方面受到立竿见影的影响，一切出版物，争先恐后地传布新学，纷纷以模仿意大利作风为尚。不仅学问如此，人民日常的生活形式亦大大发生改变且倾向意化了。试观伊丽莎白女王（Queen Elizabeth）时代的情况，几乎全是意大利化，穿意国式的服装，烹意国化的饮食，研究意国派的文学、建筑、衣饰、园艺等，一切都效仿意国式。事实上，意大利文化对英国人民改变生活的影响，真与浸灌新的学术同样的有力。甚至欧洲和美洲的许多大事情，亦因新生活而发生。当伊丽莎白女王和詹姆士第一世（James）临朝时，英国文人受意大利影响最大，而表现于诗歌、散文者，有斯宾塞（Edmund Spenser）、莎士比亚、培根（Francis Bacon）等。但其兴也骤，其衰也速，这是一个特殊的现象。

17 世纪时，意大利化的英国文明大衰。英国人在精神方面颇有改变，政体和宗教两大问题长期陷入纠纷，清教徒和“皇家骑队”战争不已，处处使英国文学留有深刻和苦闷的记号。所幸在克林威尔（liver Cromwell）将军的共和政府里，还有一位秘书长密尔敦（John Milton），其人道德文章，卓绝群伦，以锐利之笔，翊赞民主，往往伟言说论，睥睨一世，于以往文学的光荣，尚有维持的功勋，可谓难得。

3. 法兰西文化影响期

文艺复兴的火焰既已衰竭，英国人对文学、宗教似乎也毫无感觉。此时，潮流倾向于科学化、理智化和客观化。不论文学还是艺术，各方面都讲究规则和形式。这个趋势无疑是受到法国的影响。当路易十四临朝时，法国的文学家莫莉哀（Moliere）、蓝辛（Racine）、康奈里（Corneille）等正提倡着法国文学的作风和标准，一时盛行于欧洲各地。英国革命后，皇党（Royalist）被逐，亡命法国。1660 年，国内重新复辟。查理二世（Charles II）遂得回国。跟他同去的许多人，因为在法国长久居住，不免带着法国派的思想和生活习惯。于是法国的文学、艺术和风尚，在英国一时非常时髦，代替以前意大利的文化，支配一时的习惯。英国文学从此另外划出一个时代，不论精神和形式两方面，均有异前修，自成一宗。英国于复辟时代以后，屈莱顿（John Dryden）成为文学界的领袖。继之而起者，于安恩女皇（Queen Anne）临朝时的所谓黄金时代（Angustan Age），有蒲伯（Alexander Pope）、司魏夫脱（Jonathan Swift）、思隶尔（Richard Steele）、爱狄孙（Joseph Addison）、约翰孙（Samuel Johnson）等。

4. 近代的新时期

法国化的文学在英国的势力不过 150 年。后来，英国的社会和政治因时代的关系，对内对外都渐形复杂。那时正逢多事之秋，旧思想和旧习惯、旧的生活方法和政治制度已变得迟钝笨拙，不适宜于实际运用，改革遂起，顿成近代的新英国。当英国国内百废俱兴，身处变革之时，国际关系并未遭遇重大的事故，所以得以安稳过去，大张国威。远东、远西都有英国国民的足迹，他们将海上的势力逐渐扩张至万里以外，声势浩大、磅礴一时，无数的商船满载货物，跋涉重洋，求销异国，争售高价。工业革命的结果是英国国富大增，经济上有了战胜的地位，英国文化和言语也跟着商务推销员乘机进入他国，通行全球。英国文学因此亦成为世界伟大的文学之一，无孔不入、无人不习。

英国人的政治和生活有了改变，文学也随之改变。我们可于散文和诗歌中见到英国人的各种新得经验。受外国文化二度重大影响后的英国文学至此完全以自己代表国民的呼声。故而，从本质上看，有了近代英国人的新生活才能产生英国近代的新文学。

18 世纪以后，安妮女王（Queen Anne）时代遗下的文学作风无多变易，后者以嘲笑、严整、琐屑取长，其时仅更加深刻广博而已。然而其风味、意义和习惯则因时代不同，则异乎前昔，文学作品中亦隐隐可见时代的变换和改动。新兴诗人大声疾呼，叫人回归田野，寻求人类相爱、相敬的真趣。另有几个诗人把古文学的光荣重新从坟墓中唤醒。尤其是中古时代的骑士文学和浪漫作风，他们嗜好于此，重加研究。苏格兰诗人彭斯（Robert Bums）歌唱着人类的同情和自喃；华慈华士（William Word worth）为探求自然本源的最伟大者；斯格脱（Walter Scott）则别树一帜，把中古时代的古典文学使之普遍化、民间化。这三个有名的作家代表着时代的三大主流。其时法国大革命正惊荡着全世，旧的欧洲将改成新的欧洲，物换星移、天理循环，人民都信仰着自由、平等和博爱的学说，英国文学也莫能例外，内容跳跃着民主政治的思想，要使世界历史重新开始。作家纷纷赞美新思想，其中最早、最激进地宣扬自由、平等学说并为之长歌咏叹的人包括华慈华士、拜伦、雪莱等，这些作家都不仅仅是一般文人雅士，他们代表了对时代的先知先觉。

时光飞逝，维多利亚时代（Victoria Age）转瞬即至。这是个科学的时代、电气的时代、社会不安宁的时代和群众要求改良社会的时代。新发明、新思想乘势推进，瞬息万变，人们对于旧时的一切抱有诸多怀疑。此时文学里充满着惊讶和叛变的姿态。诗人丁尼生挺立于前，以理解与谐和的态度歌咏时代，为群众的先觉者。麦蔻莱、牛门、狄更斯、莎克莱、勒斯金和盖莱尔对其进行继承，以完成时代的使命。

自 19 世纪末叶以来，英国人民的生活和文学时有改变，常常想别寻新路。大战以后，其势益急。吉伯林（Rudyard Kipling）以帝国主义文豪的面目，高视阔步，睥睨一世，不知老之将至。威尔士（Herbert George Wells）、萧伯纳（Bernard Shaw）则明达开通，属文界人杰。国世运的变动、通进化的原则，或以小说，或以戏剧，鼓吹宣扬，独树一帜。萧伯纳的创作富于本土的文艺复兴色彩，可谓众望所归，领袖群伦，为英国近代的新文学增色不少。

（二）英国文学经典化的研究概述

为了将英国文学经典化的起始时间定于 20 世纪之前，英美学者修改了用于形容高等教育学科体制内部的、以课堂教学和科学研究为传承方式的“经典化”这一词语的概念，并为之扩展了社会的实施体制、实施主体力量和实施活动形式。不过，对于到底该将经典化的起始点定格于什么时间点，英美学者之中也存在诸多分歧，其本质是不同英美学者对“经典化”核心概念的理解和阐释不尽相同，这就导致出现一种现象：读者在“经典化”含义扩展和结论更新的整体过程中会发现，文艺理论的“学术创新”具有一定的章法规律，这种规律通常表现为后人会对前人著述中描写的核心概念所覆盖的对象加以审视，并对其适用领域做出充满主观特色的调整，以此来改变原有学说的思维脉络，甚至会得出与前人所表达含义毫无关系的新结论。

例如，20 世纪前中期，很多学者把抒情诗当作诗歌载体的一种，而抒情诗自复辟时期起历经创作低潮，直至百年后的 18 世纪末才重新回归英国诗歌经典当中。但从此之后，抒情诗一直饱受后来学者的质疑和挑战。这些后来学者认为，抒情诗从中世纪开始始终存在于英诗经典题材的行列之中，即便后来奥古斯都时期社会注重理智和说教，抒情诗仍然是英诗中的重要组成部分。除了修改前人学说，这些后来学者还重新定义了何为“抒情诗”。他们或将其抒情主体从个人扩大到群体，或将其从独立存在的空间放大到其他诗歌题材领域中。由此可见，对于涉及英美学者的文艺理论创新的内容，我们要抱着警醒、疏离的心态去阅读和了解，要仔细推敲、科学梳理学者们的理论假设，千万不能被其迷惑而信以为真。除此之外，我们还要清楚，研究者要将支撑自己论调的理论假设诚恳地展现出来，以此来辨别自己对重要概念的界定是否与别人存在相同的地方，以及因这些相似之处会产生何种相同或不同的结论，通过这些方法来消除学术争论中毫无意义的争辩。例如，2001 年，理查德 · 泰瑞发表《诗歌与英国文学往昔的塑造（1660—1781）》时表示，自己在 1997 年坚持强硬立场是因为那时自己的著作更多关注的是 1660—1781 年间的文人、学者、教育家等所构建和引用的英国文学经典，而不是作家或作品运作经典化的商业原因以及体制原因。这变相表明理查德 · 泰瑞对“经典化”的界定与其他学者不同，也在某种程度上说明理查德 · 泰瑞在争论后反思了自己研究文学上的思路局限。

界定“经典化”的方式不同，所得结论也就不同，但这不是说英国文学经典化的争论仅仅是术语上的争辩。通过“经典化”概念的扩展过程，人们拓宽了以往狭隘的视界、改变了以往的思维模式，开始了解到一部作品成为经典，不像校园内的教学研究那么简单，所以我们在面对复杂庞大、难以掌控的学术议题时要学会采取合理可行的研究方法。将文艺理论的转变和其与经济、技术、市场等社会因素之间的结合关系阐释得最好的著作是克拉姆尼克的《建构英国经典》，这本书具有较强的借鉴价值，值得所有文学研究者重点关注。以此我们可以归纳出一种实际可用的研究思路，那就是每当我们专注研究一位作家、一本作品、一种流派、一大文类或者一大体裁时，我们要关注其成为文学经典的整个过程中那些从技术层面、制度层面、思想层面等起到一定作用的氛围，并且在各种时代背景中寻找和文艺批评者本身之间的契合点，不可过分倚重理论，因为这样会让文学和批评文本产生扭曲；也不可只以学术思想史角度的单一眼光来审视经典化的全部过程。

克拉姆尼克在文艺理论转向和以技术、经济、市场组成的社会机制之间寻找出 18 世纪中期英国知识分子面临因卷入文化而产生的身份危机这一适当的契合点，并以上述危机所诱发的心理动机为基础，审视了 18 世纪前中期广大批评界对斯宾塞、莎士比亚和弥尔顿等人为代表的文学传统的重新认可和运用，并把这些视作斯宾塞、莎士比亚和弥尔顿确立地位、英国文学正式开启经典化的历史标志。在整个过程中，克拉姆尼克所运用的方法值得我们借鉴和学习。比如，我们想要研究维多利亚时期的女作家盖斯凯尔夫人在 20 世纪下半叶的整个经典化过程，就可以重点分析女权主义批评家们是怎么利用盖斯凯尔夫人所著小说中的思想艺术来为个人的女性关怀和批评要旨服务的；想要研究 19 世纪末到 20 世纪初玄学派诗歌经典化的整个过程，就可以关注英美批评家如何重新发现和肯定玄学派诗歌“思想和情感的统一”的美学特点并针对性地对传统与现代交替过程中人们所处的历史情况和当时的心灵现实做出回应；想要研究抒情诗如何在 18 世纪中后期被重新确立为英诗经典这一现象（假设我们采取此观点），就可以回顾抒情诗和当时英国社会流行的梳理文化遗产的潮流（成立学术社团、开放博物馆、编撰辞典和百科全书、撰写各类艺术史等方式）之间的关系。研究文学经典化要求我们从庞大的社会历史和思想体系中寻求其中的一个点，以这个点为基础向其他方面扩散，在此过程中我们不必概览其全部面貌，只需要根据某些局部元素来做出大胆推想，这种做法十分有效。

（三）英国文学作品中的文化体现

1. 对人本身和自然的歌颂

西方社会在文艺复兴之前都是以神为生活中心，认为神无所不能。直到文艺复兴时期，这种说法才被打破，文艺复兴强调人才是生活的中心，这与以神为中心的说法形成鲜明的对比。当时社会中有一部分人认同文艺复兴的说法，他们抛弃了以神为主的思想，转而看重人，这使得他们找到了发挥理性知识的空间，也无形中继承了古希腊的部分传统文化。古希腊时期的很多人都认为“人”本身就是很神奇的存在，“人”拥有独特的思想，也会做出独特的行为。他们认为自己思想无限而行为有限，而他们可以作为人将有限的行为和无限的思想有机结合并表现出良好的一面。索福克勒斯曾说世界万物各种各样，而人是比较稀有的存在。莎士比亚的作品中也包含类似这种对人的高度评价，且其含义十分深奥。

例如，莎士比亚的十四行诗运用诗的原理，将作者想要表达的深奥内容为读者展现得淋漓尽致，广大读者也能通过阅读感受到莎士比亚的深刻表达。在十四行诗中，有一首诗在表述人文情怀时运用了比喻的修辞手法，以赞美人的角度看，这是一种新颖的文学类型。莎士比亚通过作品表达出自己坚信人本身具备很强的能力，人能够充分享受时光的流逝。莎士比亚的人文主义思想的产生与他所处的社会背景之间有着很大的联系，因为当时在神论下人们的生活并不好，不仅没有任何地位还长期处于压迫中。人文主义的出现解放了长期被生活压迫的人，并让他们感受到了生活本质上的自由，让他们了解到自己可以主宰自己的生活，这也是这个时期所突显的人文色彩。

文艺复兴时期的人们除了赞美自己本身外，也会赞美自然。在此之前，人们历经很长一段时间才对自然产生热爱之情。起初，人们并不了解自然，自然的各种变化会让人感到恐惧；伴随时间的流逝，人们逐渐掌握了自然的种种规律，而后开始不断地探索自然的奥秘，在这个过程中人们越来越了解自然，也越来越熟悉自然，以往的恐惧也慢慢消散。人们开始视自然为人类的伙伴，并努力和自然和谐共处，在此基础上人们开始慢慢喜爱上自然。诗人们对自然的态度也发生了改观，从开始的恐惧到后来的折服，并发展到后来的赞美，这种赞美自然的做法一时之间流行于整个英国社会。例如，托马斯的《春》就是作者在领略了自然景象带来的震撼之后有感而发完成的，诗中着重描写了生机勃勃的多种植物和充满活力的多种动物。以此我们能体会到托马斯对自然的喜爱和歌颂，以及作者与自然和谐相处的喜悦之情。

2. 对爱情和女性的赞赏

文艺复兴时期，西方诗人建立了特定的审美标准。在这一时期，诗人不再独自陶醉在自然环境中，而是在陶醉的同时为自然划分了等级，并开始用审美的眼光来看待各种自然事物，自然的各种景象也因此被赋予了特定的内涵，诗人们根据这些内涵来抒发内心所想。例如，想要表达爱情，诗人们不会直白地表述，而是将一些自然景象或自然景物联系到爱情，这改变了爱情的表达方式，爱情不再受到束缚，当然这也可以被视作是对禁欲主义的一种示威方式。除此之外，诗人们的生活不再单调乏味，因为他们身边的所有事物都能给他们带来不同程度的快乐和喜悦之情，这也无形中丰富了诗人们的生活，也加深了诗人们对爱情的理解；至于诗人们本身，他们开始对爱情进行各种各样的歌颂和赞叹，并让爱情释放出其最原始的含义，这在某种程度上体现了当时以人文本的精神思想。

例如，英国诗人克里斯托弗通过将爱情和自然景物联系的方式创作出《牧羊人的恋歌》。在这个作品中，我们能够看到美丽的山峦和上谷，这些都适合爱情生长，这些景物也表现出作者对爱人的热情。诗人为了心中的爱人而勾画美景，表达出只有这种美景才能配美人的内心想法。通过这种感情基调和作品本身的美景，整个作品表达出作者对美好爱情的歌颂和赞美。由此可见，在那个时期，与自然景象结合后的爱情会变得更优美。

除了赞美爱情，诗人们也将视线移到女性身上，因为女性是爱情中必不可少的一部分，如果爱情被赞美，那么女性也应该被赞美。神论时期的女性几乎没有什么社会地位，而文艺复兴时期的女性则受到很大程度的尊重和重视。女性不再遭受社会的冷嘲热讽，也成为诗歌的中心话题。女性本身具有吃苦耐劳的优良品质，也拥有甘于奉献的无私精神，因此女性应该被社会所优待。在文艺复兴时期，女性被赋予了一种美的意义，诗人们认为女人结合了爱和美，也能够展现爱情的美好，所以女人应该被赞美和歌颂。

3. 对更加深入的知识的向往

人们很早就意识到知识是有力量的，能够为人们带来想要的所有东西，直到文艺复兴时期，人们对知识的认知能力又有了进一步的提高。这个时期，人们认为如果没有知识，那么世界就不会再发生任何变化，原本的景象也会慢慢消失，这从侧面反映出当时的人们十分看重知识，很多人也开始关注学术的进步，整个文艺复兴时期从始至终都贯穿着知识。除此之外，人们也开始了全新的知识探索，并不断在探索中总结对自然的认知，以此来批判文艺复兴之前知识的乏味特点。在这一时期出现了十分著名的自然构成元素理论，具体指的是人们认为人是由水、气、土和火构成的。人哭泣时会流出眼泪，所以水是第一构成要素；人需要空气维持生存，所以气是第二构成要素；人死后会被埋于土中，尸体慢慢变为白骨，所以土是第三构成要素；人的骨头能够被火化，所以火是第四构成要素。自然构成元素理论充分表现了人文主义，诗人们能够通过赋予上述四种元素人的想象力来展现自己的人文情怀。作品《浮士德博士的悲剧》也充分赞美了知识，在作品中，浮士德为了通过获得知识改变自我，交换了自己的灵魂。作者通过浮士德对知识的渴望来表达自身对知识几近变态的夸张追求，尽管其行为没有边界极限可言，最终以悲剧收尾，但作品对浮士德的肯定和对人文主义的表达是十分明显的，而浮士德也成为那个特殊时期人文主义的一种代表符号。

4. 对现实和人生的关注

在文艺复兴时期，诗人们往往通过自然中的一些事物来表达他们对爱情的赞美，也在这个过程中展现出及时行乐的愿望。很多诗歌作品都会描述时光飞逝、生命有限，也变相地告诉读者人生苦短，要及时行乐。这种及时行乐的思想和文艺复兴之前欧洲的宗教禁欲思想形成鲜明的对比。宗教神学认为人应该收敛自身欲望，这样才能减少痛苦；欲望是罪恶之源，欲望会带来各种苦难，所以宗教中强调一个人要通过禁欲的方式降低苦难程度。与之相对的，人文主义解放了人们的思想，认为人是所有活动的主体，并使人们脱离宗教神论。人文主义强调，如果一个人完全抛弃了所有欲望，那么这个人就与行尸走肉无异。在这种思想浪潮下，人们对及时行乐的印象越来越深，并逐渐做出改变，首先改变的是生活方式。诗歌《致水仙花》描写了水仙花和早晨的露水，以此来感叹人生短暂，此外，该作品还描写出当时人们的生活态度和人际交往，让读者感受到当时的人们非常珍惜眼下时光、享受眼下生活，并且很幸福、很快乐。

我国的英国文学研究史受到了外来学术的影响，起初是原封不动地直接照搬，后演变为辩证思考并加以吸收，从过程角度看，中国的英国文学研究史尝试摆脱影响焦虑并慢慢建立学术自主性。客观来说，中国的英国文学研究史所受的外来影响主要来自如下三个方面：苏联批评界、英美批评界与日本批评界，其中苏联和英美批评界对国内英国文学研究的影响最为深远，日本批评界的影响稍弱。这三种影响并不一定呈历史的线性发展，也就是说，特定历史时期的研究可能受到两种或多种来源的交叉影响。

民国时期，国内学者对英国现代主义小说与精神分析学之间关系的认识主要来自对日本学术成果的译介，其中最具代表性的是日本学者中村古峡的长文《精神分析与现代文学》与日本学者长谷川诚也的《精神分析与英国文学》。他们对乔伊斯、劳伦斯、伍尔夫的研究已经达到了一个较高的层次，对后来我国的相关作家研究有很大影响。与此同时，学界对“爱德华小说家”的定位与评价则主要受到了英美文学界的影响。美国学者克罗斯的《英国当代四小说家》和《英国小说发展史》、英国学者拉斯基的《英国文坛四画像》直接影响了学界对吉卜林、威尔斯、高尔斯华绥以及萧伯纳的认识。此外，日本学界的左翼思潮以及苏联文艺观的影响也不可低估。当时学界将萧伯纳、威尔斯和高尔斯华绥看成是具有“社会主义倾向”的作家，主要是受到日本学者北村喜人和官岛资三郎等人的影响。苏联学者弗里契的《20世纪的欧洲文学》于1934年被译成中文，则成为“苏联马克思主义文艺批评观传入中国并发生影响的重要佐证”。

苏联文艺观在1949年后曾大量地涌入进来。例如，1959年，被翻译为中文的苏联学者阿尼克斯特的作品《英国文学史纲》就对我国的英国文学研究产生了十分巨大的影响。在这本书的影响下，我国对很多英国作家的文学定位都发生了改变，如“反动浪漫主义”是以华兹华斯为代表的“湖畔派”诗人们颇具标准化、官方化意味的标签。除此之外，同时期国内相关研究者们受苏联学术界政治批判模式的影响，都“批判式接受”了英国现代主义文学、英国战后作家“愤怒的青年”和奥威尔等。改革开放后，“左”的批评和苏联文艺观浪潮逐渐消退，取而代之的是西方的各种批评理论，这让我国学者研究英国文学的视角和批评方法变得越来越多元化，但值得注意的是，英美批评界的相关成果也逐渐深刻地影响我国的学术研究和价值判断。

二、美国文学概况

（一）美国文学概况

在欧洲的冒险家们登陆之前，美洲一直是土著印第安人的居住地。根据人类学家们的研究推断，土著印第安人最早是在公元前 8000—公元前 5000 年之间的冰川时期从亚洲乘坐独木舟穿过白令海峡，最后到达美洲大陆。他们用来数千年的时间发展出自己的文明，尤其在农业方面，他们掌握了种植“玉米”、白薯、烟草、可可豆等作物的技术。不过，因印第安人长期处于部落社会，导致其文学仅属于口头文学，文学的主题主要强调人类和物质、精神世界之间的和谐相处以及人类对土地的热爱和尊重。根据研究人员的考察挖掘，印第安人的文学形式包括早期的典仪和曲词（歌词），而在这种口头文学中，通过吟唱表达的神话传说有着重要地位，印第安人就是通过传说来表达自己对自然界的认知或通过传说来叙述部落英雄的事迹，这在一定程度上展现出印第安人关于本部落传说的信念。一言概之，北美印第安传说文学由印第安人通过自己的语言创造而成，以印第安人为对象，表现印第安人生活情感和思想，其具备独特的印第安风格；传说文学是一个内容形式都十分丰富的综合现象，主要以口头文学的形式存在并发展，它与印第安人的生活有着紧密联系，又具备真正意义上的“大众文学”的性质。在欧洲人入侵并建立殖民统治之前，传说文学在北美大陆是主流文学。

15 世纪末，意大利航海家哥伦布发现了美洲大陆，而后各个欧洲殖民者陆续在这片土地上登陆。1607 年，英国人克里斯托夫・纽波特带着三艘船来到切萨比克湾，并在如今弗吉尼亚的詹姆斯顿建立了史上首个永久殖民地；1620 年，一批清教徒又在普利茅斯建立起北美史上第二个殖民地。这批清教徒因受到宗教迫害而来到普利茅斯，他们遵守基督教传统教义，并坚信自己是以选民身份被上帝从旧世界的罪孽与痛苦中拯救，而后送到北美大陆的。

清教主义源自英国的宗教改革，这种主义坚信宗教是个人行为，没有必要遵守一系列的仪式，信徒通过简单祈祷就可以信奉宗教。而美洲大陆的艰苦环境让清教徒意识到要勇敢面对现实、战胜各种困难，不能凭空幻想，要踏实地生活。

东海岸的新英格兰地区的人口在1620—1640年的20年内增长至25万，美国也建立了越来越多的殖民地，而荷兰人、瑞典人、法国人等建立的殖民地的经济和文化生活始终受清教主义的约束。相比之下，美国在美洲殖民的意图不仅是传播宗教，而是有更深层次的商业目的。弗吉尼亚公司建立永久殖民点的根本目的主要就是向英国提供商品，为此他们以武力镇压的方式将黑人从非洲卖到殖民地。正是出于这种特殊缘由，北美十三个殖民点的非洲奴隶人口数量至1775年已经达到50万。奴隶贸易加速了种植园经济的发展，而殖民地的扩张也让共同的文化烙印在人们的心中，美利坚民族逐渐成形。殖民地人民广泛使用的语言是英语，这也在一定程度上推动了英语文学的产生和发展。

1. 殖民主义文学的发展

美国文学自产生至今未超过400年，是一个民族形成的新颖文学，其产生根源是多方面的，美国文学本身也是美洲大陆发展历史进程的写照，同时也是美洲政治、经济、社会、哲学等多方面文化发展的必然成果。

早期的殖民地文学大多被用于宣传，相应的作品都是殖民者们在英国出版后向欧洲大陆发行的，这些文学作品除了记录殖民者们的日常生活外，也记录着美洲大陆的地理环境和印第安人的风俗习惯、生活状况，以此来吸引英国人们加入殖民队伍中，其中最早的作品是1608年约翰·史密斯发表出版的《关于弗吉尼亚的真实叙述》。该作品的作者曾当过弗吉尼亚殖民地的总督，一生创作出共计十几部有关北美探险和北美开发的作品，其中《新英格兰概述》《关于弗吉尼亚的真实叙述》两书是有关北美殖民地创建经历的最早文献。

在此之后的几十年间，很多如清教徒教士、总督等具备一定知识的人先后创作出很多拥有较高文学价值水平的文学作品，这些人都具备职业作家的水平，其作品也如职业作家的作品一般，具体包括书信集、游记、历史、诗歌、自传、散文作品等多种文学形式，且这些作品更多出自清教徒之手。

这个时期的文学具有这样一种特点：以叙述历史的方法记录北美大陆的殖民地生活。“美国历史主义”代表者威廉·布拉福德曾创作出《普利茅斯种植园史》，该作品赞美了清教徒移民在殖民地生活中表现出的勇敢、坚韧、不惧困难的品质，并被后世视作了解和研究这一时期的历史重要参考文献，也被视作美国思想文化的重要发展源头。除了威廉·布拉福德，曾担任马萨诸塞总督的约翰·温斯罗普在作品《新英格兰史》中也记录了殖民地发生的很多事，这也让这部作品具备了十分重要的文学意义和历史意义。

在美洲大陆殖民时期，以宣传清教主义思想为核心任务的布道文是同时期另一种十分重要的大众文学作品。为传播清教主义思想精神，清教牧师在各个场合制作布道，以此来规范教民的各种行为，这也深刻影响了广大坚持清教主义的教民。布道文本身简洁明快且通俗易懂，并运用如比喻、平行、排比等修辞手法来说服教民，其本身蕴涵十分浓厚的文学色彩。约翰·科顿以新英格兰地区最具影响力的清教徒牧师之一的身份出版了《生命之路》《恩典之约论》两部布道文集，并在这两本作品中阐述了清教主义思想的各种渊源，告诫广大清教徒要遵循上帝的一切安排。此外，马瑟一家也是清教主义思想的重要宣传者，科顿·马瑟在《基督教在北美的辉煌》中阐述了清教主义，该作品也记录了北美殖民地的相应历史。乔纳森·爱德华兹《关于上帝使人改宗的奇异业绩》和《新英格兰宗教复兴的现状感想》两部作品也很大程度地影响了清教主义思想的宣传。

除了布道文，在北美殖民地时期也出现了部分清教诗歌，而安妮·布拉德斯特里特被视为北美殖民地时期的第一位诗人，《最近在北美出现的第十位缪斯》是她生前唯一一部出版的诗集。安妮·布拉德斯特里特的诗歌作品充满浓厚的宗教意味，包含崇拜上帝、憧憬天国和描绘天国，对人类的认知、对死和永生的思考，清教徒的宗教虔诚以及对自我的剖析等内容，这些内容共同构成了她的家庭诗和其他诗作；爱德华·泰勒被视作这一时期最伟大的诗人，他曾写下过一些布道和翻译文稿，还有以诗歌形式构成的《基督教史》，此外他还创作出诗集《上帝的决心》《受领圣餐的自省录》，这些诗歌作品被众多读者看作是诗歌中的《圣经》，反映出他对清教信仰的虔诚。

即使在殖民主义时期，文学作品的风格特征各有不同，但清教主义依旧是这个时期美国文学的思想核心，这也是清教徒不断探索意识、不断自我剖析以及认定自己是上帝“选民”的思维的具体体现，这种思想影响着当时人们的各种言行举止和内心活动。而布道文以其对人精神价值的信仰来源的关注而广泛流行于当时的社会。布道文本身逻辑严谨，且具有简明扼要、不加修饰的文风，将清教的美学和道德理想清晰地反映出来，这也是殖民主义文学的一大特点。

2. 独立战争时期文学的发展

美国在 18 世纪经历了两次革命：一是独立战争，美国因此诞生，所以独立战争对美国社会产生了前所未有的影响；二是启蒙运动，启蒙运动是知识革命，其宣扬的理智精神鼓舞了美国知识界，并让美国社会打破了清教主义的思想局限，进而步入全新的思想境界。在这两次革命中涌现出很多如本杰明·富兰克林、托马斯·潘恩、托马斯·杰弗逊等的政治人物和文学人物。在自身文学天赋驱使下，他们化身政治领袖，让文学成为革命的组成部分。

伴随殖民地的不断扩大，欧洲各国之间在北美殖民地产生的矛盾冲突愈发严重。自哥伦布发现“新大陆”开始，西班牙人先在北美大陆站住脚，并占领了西印度群岛，于 1565 年在佛罗里达建立了首个殖民点；法国占领了奎北克地区，并于 17 世纪将占领区域扩大到大湖区和密西西比地区。不仅在商业贸易上，在交通运输上欧洲各国也存在各种摩擦，久而久之便引发了战争。

17 世纪末，欧洲殖民者于美洲新大陆陆续展开战争。1689 年，英法两国之间展开了奥哥斯伯格联盟的战争；1702—1713 年，英国和西法联军之间展开战争；1745—1748 年，奥地利经历了继承权战争。在一系列的战争中，英国成为最后的赢家。由于赢得战争胜利，在北美殖民地的英属统治者进一步加强了经济能力、提高了军事水平。18 世纪，北美殖民地的人们开始走向进一步的团结，并于 1760—1776 年形成了团结的革命思想。

美国革命的发起有政治原因，也有经济原因。英国政府通过颁布法案的方式进一步对殖民地的各种资源进行掠夺，这些法案对殖民地人民的利益造成极大的损害。例如，航海和商业法侵害了北方殖民者；1763 年发布的山禁政策进一步压迫了殖民地的广大人民；1765 年发布的印花税法让十三个殖民地的众多人民更加愤怒；1767 年发布的宅地法遭到广大殖民地的人民的公开抵制。1773 年美洲大陆爆发了波士顿革命，两年后的莱克星顿响起的枪声宣告着美国革命正式展开。美国革命历时六年，最终获得了胜利，美国也因此完成独立，并于 1776 年发表了“独立宣言”，这也告诉世界美国正式成立。这个新国家以政治民主为建立思想，由广大人民选举产生，与君主统治的国家有本质上的区别。1788 年，美国又批准了宪法，三权分立的政治体制也由此构成。1789 年，华盛顿就任美国第一位总统，这为美国历史翻开了新的篇章。

18 世纪，在进行革命的同时，美国殖民地也正经历着启蒙运动。在这个时期，思想家们将理智当作衡量一切存在与否的唯一标准，并认为社会发展的主要通道是“启蒙”或“教育”；同时他们更加注重人权，并提出建立更为民主的政府要求。思想家们开始反思并检视人、自然、上帝之间的联系，提出要实行平等的、社会公平的政策。约翰·洛克和卢索·贝克利等欧洲哲学家从根本上影响了美国知识分子，在这些哲学家的思想引导下，本杰明·富兰克林成为那个时期美国启蒙主义理想的代表，而托马斯·潘恩和杰弗逊等人积极推动人类平等和政治自由化的发展脚步。

启蒙运动对美国产生了三方面的重要影响。第一，启蒙运动将美国人从清教主义思想中解放出来，使他们不懈奋斗于建立独立民主的国家；第二，欧洲和美国的启蒙主义家们都认为社会想要进步就要依靠人的努力，靠人发展教育、发展科学技术，这也使得很多科学家和发明家为科学发展而积极努力。在这一时期出现了很多新机器和新发明，这也推进了工业革命的进程。此外，启蒙运动也让文学得到了进一步的发展。

18 世纪的美国文学十分明显地呈现出从清教思想到启蒙思想的转变，即使清教主义在新英格兰的思想意识中仍然不可忽视，但自 18 世纪开始，欧洲启蒙思想已慢慢占据主体位置。自认为开创了美国文学的清教徒们先后隐退，如富兰克林、潘恩一般的文学家开始大放异彩。

18 世纪的美国文学主要表现出“实利主义”的特点，其主流文学形式是政论作品。政论文章是促成美国政治独立、民族独立的重要元素，而美国政治的独立为以后美国文学的发展打下了坚实基础。本杰明·富兰克林、托马斯·潘恩、托马斯·杰弗逊等文学家都通过大量政论文章来激励殖民地人民为独立而奋斗。美国的小说在这一时期慢慢起步，而同时期英国和欧洲的文学发展也值得借鉴。威廉·希尔·布朗于 1784 年出版了《国情的力量》、苏珊娜·罗森于 1785 年出版了《复洛特坦普尔》。这两部小说为美国文学的小说创作开辟了新的道路。自此，各类报纸、杂志上开始陆续刊载有各类体裁的小说，这为日后浪漫主义小说的出现埋下了伏笔。

除了小说，诗歌也在美国革命期间发挥了不可或缺的作用，如特朗布尔、霍普金森等具备才华的诗人都在美国革命期间对美国的文学发展做出了一定的贡献。例如，菲力普·弗瑞诺的爱国诗慷慨激昂、充满斗志，鼓舞了很多爱国者。同时他的诗作富有战斗精神，体现了那个时期美国诗歌的特点，其创作的很多赞叹自然的诗歌代表着美国的浪漫主义文学。

3. 美国现实主义文学的发展

1861—1865 年，美国南北战争的爆发和结束终结了旧时代、开创了新时代。南北战争以北方的工业化战胜南方的农业化的方式结束，具有 20 世纪各种标签的人陆续登上历史舞台，同时美国的机械化迅速发展，大量的美国人从农村转移到城市中。

南北战争期间，联邦政府的权力不断扩张，先通过了征兵法，后又开始征收联邦所得税，也在全国范围内发行相应货币；联邦政府又于 1865 年通过了宪法的第十三修正案，美国因此彻底废除了奴隶制，全国经济也因此进一步繁荣起来，社会局面也日益优化，美国开始进入了马克·吐温口中的“镀金时代”。

在发展国家内部经济的同时，美国也开始与外界展开经济往来。1866 年，美国与欧洲之间建立起跨海电缆；1869 年，美国建立了第一条贯穿全国的铁路网，这让东海岸和西海岸的往返路程缩短了相当大的部分，同时也推动了社会经济的发展。在南北战争结束到第一次世界大战开始之前，钢铁、蒸汽、电、石油等飞速发展。1860—1913 年，美国钢产量上涨了 2000 多倍；1886 年交流电逐渐成为主要照明手段，煤油和鲸鱼油开始慢慢遭到淘汰；石油工业也正式起步。这些都预示着自动化的到来。

1870—1890 年，美国人口在这 20 年间翻了一倍，随之变化的还有村庄变为乡镇、乡镇变为城市、小城市变为大都市；美国国民收入也上涨了四倍，到 1890

年中期，美国百万富翁已经累计达 4000 个，主要经济由卡内基、洛克菲勒、摩根等少数资本巨头掌握。除此之外，因大批移民的到来，社会教育的具体需求也不断提升，仅在人数上看，战后中学生较战前上涨了 35 倍，而大学校园也开始接收女学生，接受高等教育的不再仅仅是富人阶级；西进运动也慢慢停止。这些变化使得美国人开始冷静思考美国梦的真正内涵、新世界的生活本质、人们在新社会应该具有的道德品质和崇尚的价值观等问题。

长达半个世纪之久的浪漫主义随着内战的结束而消失。战争使人们更加现实地去看待自己，看待生活。现实主义作为一种新的文学流派应运而生。现实主义作家们面对战后的美国现实，主张用现实主义的手法去描写发生在自己身边的普通人、普通事，描写生活的卑贱、低微、阴暗的侧面。豪威尔斯、马克・吐温和亨利・詹姆斯等现实主义的伟大作家便是这一时代的产物。他们作品的共同特点是作品细节的真实性，人物、情节和背景的代表性等。

4. 进入 20 世纪的美国文学

20 世纪后，美国资本主义发展迅猛，相应的竞争也日益激烈，而第二次世界大战改变了世界格局，也为美国带来前所未有的机遇，人们的思维方式和观念也因此发生了巨大变化。1929 年，金融危机爆发，揭开了经济繁荣的虚假面纱，美国经济开始萧条，而后在复苏过程中，其又遭遇第二次世界大战的挑战，而“珍珠港”事件则将美国拉入世界大战之中，美国也因此开始不再只顾国内发展而无视国际形势。

第一次世界大战为人类造成了巨大的损失，但它刺激了美国的经济发展。美国工业生产自 1914 年到 1916 年稳步增长，美国政府在 1916 年就开始为战争做准备。1917 年春天，大英帝国、法兰西第三共和国、俄罗斯帝国、意大利、美国等协约国遭遇重创。同年 3 月，沙俄被推翻，协约国因此陷入不利境地，这给了美国资产阶级以“和平”口号干涉别国的借口。美国于 1917 年 4 月开始对德宣战，这在一定程度上支援了协约国。1917 年 11 月，俄国爆发十月革命，也因此退出世界战争。1918 年 11 月，德国内部爆发革命进而投降，一战也由此结束。美国的参战让包括德国在内的同盟国更加快速地走向灭亡。

第一次世界大战之后，美国经济从 1923 年到 1929 年不断发展，美国也在汽车、电力、建筑、钢铁等产业加大了垄断资本，使自己迅速成为最富有的资本主义国家。但是，过于无序的发展导致美国出现十分严重的经济后果。1929—1933年，经济危机蔓延整个资本主义世界；1929 年 10 月，股票市场危机让美国进入经济大萧条的历史阶段。在这个阶段，美国失业人口达 1400 万，社会罢工、抗议活动此起彼伏。面对这种局面，罗斯福实施了“新政”，通过一系列的措施来抵抗经济危机的负面影响。美国经济因此慢慢回暖。

经济危机的到来也激化了资本主义的本质矛盾。意大利在 1935 年攻占了阿比西尼亚（今埃塞俄比亚）；1936—1939 年，德国法西斯和意大利法西斯对西班牙内政不断进行干涉；1937 年 7 月，日本以“卢沟桥事变”开始全面侵华。此外，德国法西斯和意大利法西斯开始规划如何瓜分欧洲。德国于 1939 年 11 月 1 日闪击波兰，英法两国对德宣战，第二次世界大战也因此爆发；1940 年，德国法西斯又在西线战场发动“闪电战”，丹麦、挪威、荷兰、比利时、卢森堡等国家相继被攻陷，德国不依不饶，从比利时向法国北部入侵，法国军队由此撤出欧洲大陆，不久后德国法西斯攻占了北欧和西欧，法国宣布投降；1941 年，德国突然入侵苏联。苏联的加入改变了世界大战的走向，也加强了反法西斯阵营的军事力量。1941 年，日本偷袭珍珠港，美国对日宣战。第二次世界大战很大程度地推动了美国的工业生产进程，到第二次世界大战结束时，美国的生产能力相比 1939 年上涨了五分之二。1942—1943 年，苏联红军发起斯大林格勒保卫战，而后开始反攻德国；1944 年，英法联军于法国诺曼底登陆，这也为世界大战开辟出第二战场，反法西斯战争胜利趋势越来越明显；1945 年，苏联占领柏林，德国在同年 5 月 8 日宣布无条件投降，欧洲战场的战争也就此结束；同年 8—9 月，美国先后向日本的广岛和长崎投去原子弹；8 月 8 日，苏联向日本宣战，并进军我国东三省对抗日军；同月 15 日，日本宣布无条件投降，第二次世界大战也步入尾声。纵观上述历史可知，第二次世界大战是全世界人们和法西斯国家之间正义与邪恶的较量，最终以全世界人民的胜利收尾。

21 世纪初，美国文坛仍有一些倡导展现社会“微笑”的现实主义小说家，但在 1900 年至第一次世界大战前，已经出现一些强调社会现实阴暗面的青年作家。例如，弗兰克·诺里斯通过《章鱼》和《粮食交易所》等作品揭露了资本主义的奸诈丑恶；德莱塞通过《嘉莉妹妹》让美国文学开始慢慢发生转折。德莱赛的小说阐释了当代社会下层阶级的人民所处的困境，其《金融家》和《巨人》的出版确立了他自然主义领袖的身份。

诗歌在第一次世界大战前就已经得到显著发展。20 世纪初，诗人威廉·威汉姆·迪和埃·阿·罗宾逊两位伟大的诗人都将淳朴作为诗歌主题。其中，罗宾逊通过《河下游的城镇》《天边人影》两部作品成为杰出诗人。尽管弗罗斯特的诗是运用传统格式创作而成的，但弗罗斯特在作品中对人的心灵深处进行了探索，其名声于 20 世纪 30 年代日益提升，最终让他成为闻名全美的“非正式的桂冠诗人”。

20 世纪初，美国诗人领导了文学现代派的潮流，其中卡尔·桑德堡、维切尔·林塞等人将惠特曼的文学风格传承了下来。

与这两人相似，埃德加·托马斯的《匙河集》同样包含惠特曼的文学风格。除此之外，庞德、洛威尔、艾略特等诗人在诗歌上发起反潮流革命。这些人宣扬新的诗歌形式和新的艺术标准，倡导摒弃诗歌韵律，因为他们认为韵律在诗歌中只是一种技巧，且这个技巧会对诗人创造完美意象产生负面影响。主张意象派的诗人将浪漫主义视作颓废的人类文化形式，因此他们对浪漫主义大加抵制，并倡导诗歌要表达日常生活中的各种形象。T. S. 艾略特从哈佛大学毕业，在第一次世界大战后定居伦敦。他的诗歌作品偏向深奥晦涩、不易被人理解，而他坚信诗歌要表达人生的复杂性、生命没有信念就会空洞愚蠢，他也以此为信念，运用各自语言意象来进行创作。此外，T. S. 艾略特认为没有揭示生命意义的语言意象同样是没有实际意义的，他的作品《荒原》就是他脱离意象派的证据。

自然主义的小说家和意象派诗人提升了美国文学的文学高度，但在其中占据重要思想地位的仍然是自然主义和虚无主义。大多数传统小说家是女性小说家，如伊丽丝·沃顿，通过创作小说来讽刺贵族传统和纽约传统；维拉·凯瑟的小说创作则是描述中西部大草原的日常生活，并表达对美好时光的怀念追忆。

第一次世界大战后，文学界悄然进行着现代主义倾向的革命。被冠以“迷惘的一代”称号的青年作家们对过去的理想价值发起挑战，但最终的争论往往停留在绝望、愤世嫉俗和纵情享乐上。20 世纪的美国社会被失望情绪填满，在这种背景下出现了“迷惘的一代”青年作家，他们以自己所处的战场作为创作素材，其中就包括海明威、约翰·多斯·帕索斯和福克纳。“迷惘的一代”就是美国女作家旅居巴黎时对海明威等人的做出的评价，这个词也被海明威运用于他的小说《太阳照样升起》中。此后，“迷惘的一代”就被用来形容海明威等作家。这些青年作家曾怀揣美好愿景参加第一次世界大战，却在回国后发现了现实社会的虚伪和精神空虚，于是他们移居国外，并通常聚于巴黎，因此受到了格特鲁得·斯泰因的深刻影响。海明威抛弃了维多利亚时期矫揉造作的文学风格，创造了专属个人的小说标准，而他通过《永别了，武器》表达出战争的极度厌恶。海明威以“迷惘的一代”的身份，在其早期作品《太阳照样升起》和《没有女人的男人》中表达了对虚假理想的抗议，而《老人与海》则赞美了小说主人公面对困难时不屈不挠、永不言弃的精神，这本小说将他的创作才华展现得淋漓尽致。海明威习惯用简单的词汇、简单的句子和口语文体进行创作，并于 1954 年荣获诺贝尔文学奖。

在美国经济大萧条时期以及第二次世界大战期间，美国的小说创作将社会思想的混乱真实呈现出来。在 20 世纪 20 年代为逃避社会虚伪和空虚而移居巴黎的美国作家中，弗茨杰拉德通过作品《了不起的盖茨比》对当时社会的真实景象进行了叙述和描绘，作品以主人公盖茨比的一生经历映射出“美国梦”的破碎。与此同时，一些作家将创作视线转移到边远的乡镇中。舍伍德·安德生的小说《小镇畸人》和沃尔芙的《天使，望故乡》都希望展现现代化对人们的冲击，并对此进行了不同程度的尝试；辛克莱·刘易斯所作《大街》等 5 部长篇小说广受欧洲社会认可，而他也是有史以来第一位以美国人身份荣获诺贝尔文学奖的作家；20 年代末 30 年代初的福克纳严格来说不属于“迷惘一代”的青年作家群体，但他以再现地方历史的文学手法来探索生活的本质意义，其早期小说作品《喧嚣与骚动》《八月之光》《押沙龙，押沙龙》等都表现出他内心的矛盾，而他的“约克纳帕塔法世系”小说则清晰地反映出美国工业现代化给南方人带来的精神层面的冲击和影响，同时也将美国南方在精神和文化上的没落、第一次世界大战后社会的情感危机和情感失落、20 世纪 30 年代传统的衰败隐退等都为读者呈现而出。

20 世纪，美国戏剧因尤金·奥尼尔的存在而繁荣发展，小剧场运动也由 1914 年建立的华盛顿广场剧社和于 1915 年创建的普洛文斯顿剧社推向巅峰。尤金·奥尼尔在 1916 年上演了《东航卡迪夫》，并在后续的六年里，在美国戏剧界特立独行。尤金·奥尼尔将《榆树下的欲望》《奇异的插曲》《悲悼》等作品的主题转换为心理分析和寻求人类的具体动机，此外又在《琼斯皇》《悲悼》等作品中运用象征主义和表现主义的手法来对人类的心理活动进行探索，而后又通过过《漫长的归途》等作品定下了美国喜剧的新标准。如安德森、莱斯、芭利、魏尔德、海尔曼等稍早时期和如田纳西·威廉姆斯、阿瑟·米勒和艾德华·艾尔比等稍晚时期的剧作家们在尤金·奥尼尔的影响下先后出现。

经济大萧条、西班牙内战和第二次世界大战的相继爆发让美国人的文化观念发生了很大改变。20 世纪 20 年代的美国作家主要宣扬反叛，关注主体是个人，而 20 世纪 30 年代的作家则将拯救社会当作自己的主要任务。同时期，马克思主义在美国社会广泛传播，左翼运动不断发展。马克思主义推崇者们通过小说进行宣传，并强调要以革命的方式改变资本主义的根本。在马克思主义推崇者群体中，约翰·多斯帕索斯、詹姆斯·法雷尔和约翰·斯坦贝克等人都通过作品积极宣扬社会主义革命思想。

斯坦贝克对他所刻画的国家和人民十分熟悉。1939 年，他出版了一部被广泛视为抗议社会、富有社会主义精神的社会意识流小说《愤怒的葡萄》。在这本小说里，作者描述了以“美国梦”为基础的美国式社会哲学，并强调与小说中凯弗·约德一家类似的穷苦人民一定要团结一心，集群体力量以对抗社会的剥削压迫，并以严酷的社会现实警醒这些穷苦人，让他们清楚“分裂，我们就软弱了，团结，我们就强大”的真理。斯坦贝克的“农业三部曲”对日后的文学创作产生了极其深远的影响，而作者本人也于 1952 年荣获诺贝尔文学奖。

（二）美国文学的民族精神

美国文学虽然只有四百余年的历史，但是当我们走进这个世界，便不难发现：其所展现的民族精神，具有独特的吸引力。在诸多作家的作品中，展现了美国文学的风貌，显示了美国文学的特色。

1. 关注社会问题

《19 世纪美国社会问题小说初探》一文，集中笔墨论述了美国文学自一开始便是社会生活的积极参与者——关怀人类命运、社会前途、批判资本主义引发的诸多问题。其抓住美国社会问题小说反映的美国社会日常生活的“酗酒”现象、废除农奴制、美国社会所谓“民主制”、社会和父权对女性的压迫等社会问题，通过深入剖析，让我们看到美国文学关心社会改革、直面社会人生的现实主义品格。厄普顿·辛克莱和他的社会政治小说《屠场》一文，以对小说《屠场》社会政治倾向的具体分析，显示出美国文学尖锐的政治批判精神，让人驻足沉思。

2. 追求个性解放

追求个性解放是美国文学的重要内容，也是美国文学的民族精神的重要方面。《重读华盛顿·欧文的〈睡谷的传说〉》《评〈觉醒〉的女主人公庞德里埃夫人》《解析斯坦贝克短篇小说中的三个“女强人”》《〈愤怒的葡萄〉中乔德玛和罗撒香形象分析》等评论文章，紧紧扣住作品中的主要人物，特别是女性形象，展示人物身体纬语的叙述，揭示美国民族追求个性解放、渴望实现自我价值的民族精神。“身体叙述”是一种后现代叙述话语，指的是在评论过程中，虽然没有明确表示作者的评论视角，但是，其笔墨深入到人物的肉体的痛苦以及囿于黑暗现实中灵与肉的折磨中提示人物的精神世界，使得作品的意义有了现代性的延伸。从个体的对身体解放、人的渴望，到显示人的精神上的个性寻求，是评论美国文学中诸多女性形象的审视点，构成其评论的一大特色。

3. 张扬人的独立精神

与上一点相联系，在对海明威及对美国黑人形象的分析中，作者特别强调了美国文学在描写人的精神情愫时常常从具象上升到抽象，表现美国人民的独立精神，从而洋溢出美国作家独特的青春情怀。海明威的遗作《岛之恋》以极大的激情寻求对年轻的戴维同大鱼搏斗的描写，尽管戴维失败了，但海明威通过小汤姆和老汤姆对戴维的爱表明了对人的独立精神的赞扬。关于海明威作品的评论，立足于美国文学所具有的张扬人的独立精神的鲜明特色。20 世纪，美国文学中出现了不少新的黑人形象——黑人不再可以被任意凌辱，而是为了种族的自由和黑人的生存地位而斗争。对美国文学中黑人形象嬗变的梳理从另一个侧面显示美国文学中民族精神的特殊层面，显示那张扬人的独立精神的历史与时代。

（三）美国文学的研究方向

在研究美国文学并总结研究成果时，设定过多的限制会导致很多富有价值的文学作品无法被划进研究者所规定的类别、范式和研究领域里，最终会被排除忽视，这也是所有和美国文学研究、美国文学运动趋势、美国文学发展趋势等相关的文章评价都不能避免的问题。由此可知，在对美国文学进行研究时，我们要了解什么是美国文学，研究自 20 世纪 80 年代起最重要的研究方向。

最近几年，美国国内和国外的文学批评家们拓展了有关 20 世纪 80 年代形成的重要理论和重要美学的研究项目，也规划了部分振奋人心的研究方向。第一，一些传统主体和研究领域再次被重视起来；第二，文学批评家们又确立了很多新的理论、新的思路和新的历史语境。一边是文本范围急剧扩大，一边是文学批评家们从旧的文本体系中的作家、作品里研究出新的解释。客观来说，美国社会和思想里最需要研究的可能一直都是与种族、阶级、性别相关的某些文学领域。在过去十年间，人们就上述研究的广义范畴中的每一层内容不断展开十分仔细的批评性重估，这些内容对应的研究理论也因此变得更加细致，相应的历史资料也变得更加多元、更加丰富。

种族融合、种族混合、跨文化、种族划分建构性、种族划分不稳定性等方面相关的部分观点让很多领域的表述变得更加丰富多元，而性别研究也开始得到扩张和被正视。在性别研究中，同性恋问题是最具影响力也是最具争议性的话题。伴随性别、种族、身体等方面研究的不断发展，当下学界也流行起将其他各领域与种族研究、性别研究进行互相作用的常识性研究。除了一些专注于阶级问题的研究，“贱民”研究、后殖民主义研究将研究阶级和研究民族谈论方向推移到后民族主义上。从传统中起组织作用的文学研究术语、研究分类、研究模式等角度看，以上研究范围的变化体现了评估新的发展趋势。这也说明了当下研究摒弃了“各自为政”的研究模式，正向融合型方向发展。

1. 美国文学的文学史、文化史、思想史

在研究文学研究逐渐向融合型方向发展、脱离“各自为政”研究模式的具体大趋势之前，我们有必要先回过头来看一看过去 20 年间文学史演进的具体方向。

20 世纪 40～60 年代，传统文学和思想史深刻影响了美国文学的文学作品、作品主体和神话、元叙事等方面。自马西森的《美国文艺复兴》开始，从亨利·纳什·史密斯的《处女地》到 R.W.B. 刘易斯的《美国亚当》，从理查德·蔡斯的《美国小说及其传统》到莱斯利·菲德勒的《美国小说中的爱情与死亡》和里奥·马克思的《花园中的机器：美国的技术和田园理想》，这一代文学史坚持对独特多年的美国主题和美国重大事件进行谈论和争辩，并为美国文学创造了影响深远的神话。但在 20 世纪 70 年代后，美国文学研究受结构主义、女权主义兴趣、问题话语兴趣等方面的影响，导致早期文学史中的部分单一主题作品和单一主题元叙事遭到质疑，甚至几乎 20 世纪 80 年代的整个文学史都充满着种种可疑性问题。

20 世纪 80 年代，理论的不断发展加深了人们对文学史合法性的怀疑，人们向学者或可在某些具体社会实践、某些文学作品内容及其特点之间建立联系的假象发起了质疑，G.S. 杰伊和大卫·伯金斯就是这些质疑者们的代表。这两个人质疑，如果史学家的主题不被具体化，女性和少数民族作家的作品不被边缘化、不被排除，文学史是否还会产生。大卫·伯金斯虽然在《文史可能吗？》一书中承认了文学史在传统角度发挥了重要作用，但他也对这种论调的合理性产生了质疑；G.S. 杰伊在《美国文学及文化大战》一书中曾认定在美国文学里“美国主题”的形成过程是存疑的，这也说明他认为美国文学存在的问题与少数民族、女性等文学被排除是有关系的。

即使美国文学史饱受怀疑主义的影响，学生、出版商以及其他广大读者仍然希望建立一个具体的历史框架，以便能理解文学文本、文学运动并掌握研究历史的方法，明确所研究历史到底处于什么位置；即使哲学怀疑主义为文学史贴上“不可能”的标签，人们对文学史的需求却从未消退。所以，在 1982 年，哥伦比亚大学和剑桥大学开始负责美国文学史的编撰工作。此外，由埃默里·埃利奥特担任《哥伦比亚美国文学史》的主编、由萨克文·伯科维奇担任《剑桥美国文学史》主编，但这两个人都在各自作品的序言中承认他们本身所熟知的文学史也存在理论方面的问题。《哥伦比亚美国文学史》共收录 60 多篇论文，是一部单卷论文集；《剑桥美国文学史》是多卷书集，每一卷都经由 2～5 位学者研究撰写，篇幅很长。在出版《哥伦比亚美国文学史》后，埃默里·埃利奥又出版了一部《哥伦比亚美国小说史》。以上这些著作都对构建文学史的跨文化、后现代框架进行了不同尝试，每部作品本身都具备比较强烈的当代文学史色彩。近来几年，琳达·哈琴和M.J. 瓦尔第通过文集《再议文学史：一场关于理论的对话》在理论上思索了后现代主义和后殖民主义影响下的文学史。该文集对哈琴、瓦尔第、斯蒂芬·格林布拉特、马歇尔·布朗、W.D. 米尼奥拉等人关于文学史的论文进行收录。

由此，自 20 世纪 80 年代后期开始，后现代主义和后结构主义的文学史研究方法应运而生。这些方法通过结合圈外或未经检验的范式、修辞方法、结构、类型等方面，对文学史中的演讲术、修辞、哲学乃至被边缘化的“低级”文学类型进行研究。就目前看来，文学、文化、思想史等方面的研究最能引起人的兴趣。另外，文学史中的大部分内容都属于女权主义和跨文化文学史的范畴。例如，艾丽西娅·萨斯金·奥斯特里克尔的《偷走语言：美国女性诗歌的出现》、吉莉安·布朗的《国内个人主义：19 世纪的美国自我想象》、S.K. 哈里斯的《19 世纪美国女性小说：阐释策略》、尼娜·贝姆的《女权主义与美国文学史：论文集》等作品都属于修正主义的女权主义范畴。

由托尼·莫里森创作的《黑暗中的游戏：白人现象及文学想象》是修正主义跨文化文学史领域的重要代表作。托尼·莫里森通过这本书来表达对新范式的主张和对美国文学史的二次思考，其中的“范式”指的是美国文学史中的非洲属性和黑人属性；作者也表达出对黑人发声和黑人文化淹没于白人声音和白人文化的担忧。除了托尼·莫里森，埃里克·洛特、迈克尔·诺金、苏珊·古柏、杰瑞德·加德纳等评论家也对在表象之下隐藏的黑人存在的问题发表了评价。作品《大师的构思：1787—1845 美国文学的种族和创立》对建立在种族纯洁的虚假论调基础之上的民族身份问题进行了相关探索。除此之外，托尼·莫里森所表达的观点也对非裔美国研究圈子之外的评论家产生了一定的影响，让他们发现了非洲、印第安、拉丁、犹太以及女权主义存在的真正意义和作用。例如，莎伦·帕特里夏·荷兰通过其作品《唤醒死者：死亡与（黑人）主体性读解》进一步推动了托尼·莫里森的观点论调的发展。德罗里亚的《充当印第安人》，汉多尔夫的《以本土的方式：美国文化想象中的印第安人》以及乔舒亚·大卫·贝林的《大陆的魔鬼：印第安人与美国文学雏形》等作品都通过各种文学手法隐晦地呈现出印第安人的存在和美国文学文化中白人霸占“印第安属性”的客观事实。

2. 美国文学在文化全球化背景下的表现特质

自20世纪80年代以来，“全球化”的概念逐渐成为热门话题，但美国文学的发展从其形成开始就一直具备全球化特点。美国文学史吸收了世界文学中重要的精华要义，如欧洲先学思想，加上美国本土的民族精神、文学素材，这些都为美国文学的诞生打下了良好基础；从20世纪开始，美国文学逐渐繁荣并不断向世界传输，这也是美国霸权主义发展的雏形。由此可知，全球化本是双刃剑，其本身的矛盾性在于一个国家如果能够处理好全球化的问题，它就会既能维护自身民族的独立性，又可以从全球化的发展中收获最大程度的利益。

就眼下来看，全球化的理论界定还很难完成。结合各派观点，全球化可以被界定为享有主权的国家和国际组织，结合自身的需要和实际情况，通过双方或多方达成规则、制度各方面的协议，从而推动社会化和社会分工的发展，并形成一种趋势，这种趋势打破了民族之间、国家之间在疆土和壁垒之间的限制，进而不断覆盖全球范围，使得全球范围内的经济、政治、文化等领域互相影响、紧密依存。而文化全球化，指的是人们所处的文化环境打破了本民族、本国家的文化限制，并让人们处在本土文化和世界其他文化共同构建的信息环境中，世界各个国家、各个民族都可以了解、研究整个地球的物质文明和精神文明，进而享受这些文明的成果。虽然各个国家、各个地区的文化仍然具有其原来的特点，但在全球化趋势的整合下，世界所有文化之间都不同程度地进行了融合交流，并最终呈现出超越国界、超越社会制度、超越意识形态的全球性普遍价值的状态。在全球化的浪潮下，最能将人的自身研究反映出来的小说、诗歌、戏剧、电影、电视节目等文化产品也不再局限于某一个国家或某一个地区。例如，英语（美式英语）被认定为全球通用语言、麦当劳在全世界都流行等。诸如此类现象，都在不同程度上反映出文化的全球性已经真实存在于当今社会。

在全球化趋势的大背景下，美国文学具备世界级的兼容性，其原因是美国本身具备多民族移民的融合性特点。从根本角度看，美国文学最早应该属于印第安文学，其早期文学形式以口头传颂为主。印第安作家出现于近代文学中属于美国文学史的重大发展事件，如詹姆斯·韦尔奇就是当代最具代表性的美国印第安小说家。通常情况下，口头流传至今的美国印第安人的歌曲作品和故事作品以及当代美国印第安人作家的诗歌和小说并排陈列在图书馆中，两类作品同出一脉，本质上也是同一种文化。由此可见，从史前时期到现今社会，美国文学的完整性一直没有中断。但值得注意的是，印第安人文学始终没有在整个美国文学发展史中充当过主流文学的角色，这与美国本身的诞生受欧洲人移居影响有十分直接的关系。美国文学从诞生开始就吸纳了欧洲不同国家的文化及相应的文化传统，在北美殖民地时期，各个民族的文化传统就有互相融合的趋势，这也决定了后来的美国文学具有集多民族文学为一体的特点。在这些民族文学中，英国文学传统对美国文学产生的影响最深远。16 世纪后半叶时期，英国人移居到北美大陆，有关英美关系的文学作品也在这个时期诞生，这很大程度上影响了未来的美国文学。由此可见，全球化、世界级的兼容性是美国文学与生俱来的特性。

从民族化层面看，美国早期文学算不上是欧洲文学的翻版。大约在哥伦布踏上北美大陆后两个世纪的时间里，北美殖民者的希望和现实的可悲互相融合交织。这个时期的北美大陆除了以上这些还有其他的精神土壤尚待挖掘，虽然偶有如威廉·巴特兰姆一般的作者创作出别具情调的文学作品，但从整体看，这种“挖掘”颇具美国色彩，其取得的文学成果也富有美国本土色彩的想象力。美国作家从广阔的空间里发展出想象力，美国的经典文学并不属于欧洲文学，自然也就算不上欧洲文学的翻版。

在研究美国文学的民族性时，我们应该以历史唯物主义和辩证唯物主义为基础开展论证。美国民族最早由欧洲移民组成，而后，世界各国移民先后加入其中，这使得美国文学拥有了不可磨灭的、世界各个民族的烙印。由此看来，本质上美国文学和世界上绝大多数只具备单一性质的民族的国家有者十分明显的区别。换句话说，美国文学因世界多个民族共同融合而形成美国民族这一客观事实而从诞生之际就具备了国际性和全球化的基本元素，美国文学所散发出的民族多样性和融合性可以抵消全球化进程中民族性和融合性产生的矛盾，20 世纪美国文学的繁荣、文化的输出甚至后来出现的霸权主义，足可以证实这一点。美国也正是通过吸收世界各民族文学的遗产精华的方式来让自己国家的民族成为整个全球化进程中最大赢家的。

3. 美国文学对世界文学营养的输送及具体成就

正统美国文学的全球化特点基本开始于早期的政治性文学，这种特点为日后美国文学的发展指明了方向、打下了基础，也让美国文学在 20 世纪辉煌起来。

从意识形态角度看，美国文学与欧洲各思想流派之间存在十分密切的关系。后来 20 世纪世界政治格局的改变，也在一定程度上改变了人们内心世界，美国百年的文学发展进程也因此发生相应的震动。

近代欧洲政治哲学思想对美国争论文学产生了本质的、决定性的影响，其代表人物有文艺复兴时期意大利的马基雅维里、17 世纪英国的霍布斯和洛克、18 世纪法国的孟德斯鸠和卢梭、19 世纪德国的黑格尔、19 世纪英国的边沁和密尔等哲学家，其中对美国革命时期的争论文学产生最深远影响的是霍布斯、洛克和卢梭三位政治哲学家。这三位政治哲学家关于社会契约论的观点不尽相同，但都表达了人类生而平等且具有平等的人权和自由主义的哲学思想。殖民地美国本土的罗杰·威廉斯、本杰明·富兰克林和托马斯·杰弗逊等人都主张自由主义，其中罗杰·威廉斯领导了一场重大意义的运动并为美国人民带来各种自由主义的思想；本杰明·富兰克林主动将无中心社会的本土自由主义汇集起来；托马斯·杰弗逊将 17 世纪后期的天赋人权思想和法国的浪漫主义思想融合到本土自由思想中，让本土自由主义变得更加丰富且充满了无尽的活力。这些处于美国早期的革命论证家和社会活动家对欧洲政治哲学思想的传承主要在奥蒂斯的政治性传单、潘恩著名的小册子《常识》和《美国危机》等政论中体现出来，其中最具顶峰色彩的便是杰弗逊起草的《独立宣言》。杰弗逊主导的政治哲学学说混杂了英法自由主义，同时也受美国边疆自觉思想的影响。此外，从文学层面看，《独立宣言》被视作美国文学史上极其优秀的政论文，其本身具备简明扼要、文章行云流水、整体结构稳定、可读性十足等文学特点。

1787 年，费城会议颁布了世界历史中被运用时间最长的成文法律——《美国宪法》，并构建了各州为共同利益必须让渡部分权力的联邦政府原则；以洛克观点为指导，政府要保护人们的天赋人权，尤其是个人财产权。此外，费城会议还通过了两党制，为后来美国政治社会的形形色色奠定了基础。在制定《美国宪法》

时，美国政治家们一边向欧洲各个政治哲学家寻求帮助，同时又更加重视本土的历史经验。

在美国早期，文学家们通过政论文学为美国的共和制作出了巨大贡献。这一时期，北美政论作家通过分辨欧洲政治哲学思想并对其加以吸收的方式来推动整个美国文学创作过程的发展。

纵观美国文学发展的整个历史过程，美国文学发展道路与欧洲文学发展道路同出一脉，两者都经历了浪漫主义、现实主义、现代主义、后现代主义的过程，两者的区别在于美国建国历史比较短，在经历 19 世纪短暂的浪漫主义和现实主义后，美国很快赶上欧洲现代主义和后现代主义的发展进程。20 世纪，美国文学的整体文艺思潮主要包括现代主义（1880—1950）和后现代主义（1950 年以后）。而与欧洲文学的浪漫主义相比，美国文学史因美国特色，其浪漫主义稍显逊色。在资产阶级取得民主革命胜利后，美国的资本主义经济迅速发展，而美国社会在不久的 19 世纪晚期就暴露出资本主义社会中贫富差距过于悬殊、高楼大厦和贫民窟强烈对比的本质通病。在法国现实主义和自然主义的影响下，19—20 世纪的美国文学史涌现出一大批现实主义作家，左拉、福楼拜、莫泊桑等法国现实主义文学巨匠对美国文学产生了至关重要的影响。从根本上看，美国文学中一直都存在着现实主义，而现实主义和后现代主义是美国文学在 20 世纪时表现出来的主要特点。在 20 世纪，美国文学在具体传承中整体呈现出以反理性为灵魂的特点。自然主义和现实主义由唯心主义发展演变而来，而自然主义和现实主义的核心源自 19 世纪的反理性主义，具体表现为欧洲哲学史中的实证主义和唯意志论等思想。

反理性主义哲学由德国不可知论哲学家康德创造而成，他认为世界可被划分为现象和本体。其中，本体不可知且不以人的意志为转移，而人只能认识到现象却无法认清本质[①]。对于美学观，康德主张“美即形式”“美感”的美学思想，这为现代主义中的唯美主义流派、象征主义流派、形式主义流派等提供了理论基础、丰富了内在内容。庞德、艾略特和福克纳等作家都代表着美国文学中的反理性主义流派。在实证主义的直接干预下，文学中的象征主义主张感官效能、文学中的

① 胡铁生．美国文学论稿 [M]. 长春：吉林大学出版社，2011：207.

未来主义主张“现代感觉”“心境的迸发性”、文学中的自然主义主张“不偏不倚”，并提出要再现人和社会的各种现实。在自然主义思想浪潮的影响下，克莱恩、伦敦、诺利斯、德莱塞和辛克莱等美国自然主义作家传承了法国自然主义文学的文学传统。唯意志论由德国哲学家叔本华创造，这个流派的代表还有德国的尼采和法国的柏格森等人。

有价值的人生悲剧指的是一个人在敌强我弱的前提下不畏暴力、敢于反抗甚至牺牲，而奥尼尔、阿瑟·密勒和海明威等作家代表着美国现代社会悲剧主义，他们都从社会悲剧的机制角度出发，对现代人生存困境下的张力以及人的价值不可挽回地失落等现象大加揭露，这在理论层面和现实层面指导了现代人如何战胜生存困境、克服种种困难。

创造了精神分析理论的奥地利人弗洛伊德也是 20 世纪反理性思想潮流的代表人物。他提出的心理哲学在理论角度为人们重新划分意识层次、让意识在大脑里自由流动作出了巨大贡献。其中，重新划分意识层次指的是潜意识层次是存在的，这让作家和艺术家们的视野眼界得到了很大程度的延伸拓展；让意识在大脑里自由流动明确自由联想在文艺创作中可以发挥巨大作用。此外，弗洛伊德的心理哲学也极大促进了诗人艾略特的《荒原》、福克纳的《喧哗与骚动》等美国意识流作品的问世。

美国文学发展的另一大主要特色是民族文化背景的国际化。在国家成立初期，美国民族里以欧洲移民居多，有很多美国早期作家就是欧洲移民的后代，并且这些后代都曾去国外尤其是欧洲游历。他们在对欧洲文化进行学习时，并没有照搬欧洲的各种文化故事，而是将欧洲思想和美国本土文化加以融合，最终形成了美国文化中的重要组成部分。被誉为“美国文学之父”的华盛顿·欧文祖上是苏格兰人，他在童年时期就已经开始钻研英国小说家司各特、浪漫主义诗人拜伦和彭斯等人的文学作品，但最终让他成名的却是描写美国故乡幽默故事的《纽约外史》。这本书是美国文学史上第一部摆脱英国殖民文化约束的文学作品，其中通过描绘荷兰殖民时期的社会种种现象来对殖民者掠夺、屠杀印第安土著居民进行大胆的讽刺和抨击。华盛顿·欧文所著的这本以本国题材出发、颇具民族特色的文学作品，极大地推动了美国民族文学的发展。此外，爱默生在游历欧洲时接触了英法作家的文学作品，并了解到欧洲浪漫主义和唯心主义的哲学思想，这都使他开拓了文学视野、发散了创作思维，并为其提出超验主义思想观念奠定了基础。梭罗在美国文学史上有着举足轻重的地位，他在读书期间也接触了很多英法古典哲学的文学作品，并了解了柯勒律治和卡莱尔等人的文艺理论和哲学思想，这些都促使他日后成为美国著名的思想家、政治家和文学家；梭罗的思想也极大影响着其他国家的政治思想和文学创作，其中俄国托尔斯泰、印度甘地等人都受到过梭罗社会政治观和自然观念的影响；英国工党也以梭罗的改良思想为政治发展基础。惠特曼对意大利歌剧、莎士比亚时代和伊丽莎白时代的戏剧以及但丁、荷马、拜伦和狄更斯等世界名人文学作品等都产生浓厚兴趣，他通过借鉴意大利歌剧中的宣叙调、咏叹调、序曲、结尾等文学创作风格创作了《草叶集》，使得这部文学作品具备自由体诗歌的歌剧式音乐效果和绚丽多彩的音乐性特征，并以此形成了专属惠特曼自己的诗歌创作风格；豪威尔斯是美国现实主义文学的主张者和先驱者，他在游历意大利时接触了新颖的文艺思想，并使得他抛弃了浪漫主义人生观，转而以学者身份研究社会“风俗”；亨利·詹姆斯先后在英格兰、瑞士、法国等地的学校接受教育，他的一生中有三分之一是在国外度过的，这对詹姆斯创作“美国人感悟的国际小说”产生了极大的影响。

上述作家可以说是美国前期文化的全球化驱动者，而20世纪的美国作家们都在不同程度上为“美国文学与国际接轨”作出了贡献，这些作家包括美国移民后裔、本土出身又游历国外接触欧洲思想的人、没有出国而间接受外国文学优良传统熏陶的人等，他们都以不失本民族特色、开发本民族文学视野为目的去研习国外文学作品和国外先进思想。美国获得诺贝尔文学奖的人共有11位（含英美诗人艾略特），这说明美国发展和文化全球化之间有着密切的联系。其中，刘易斯游历欧洲时获得了新的创作灵感，进而创作出以分析美国中产阶级为主的《多兹沃斯》；剧作家奥尼尔曾游历欧洲，对易卜生、叔本华、王尔德和尼采等欧洲文学大家的作品进行深度研习，从而吸收欧洲古典戏剧和近代戏剧中的文学精华，并以个人天性、现代文学潮流为创作基础，在落脚于美国本土的前提下进行大胆的探索实践，最终开辟了美国喜剧文学和世界戏剧文学的新篇章；赛珍珠将中美文化相互融合，极大地推动了美中之间的文化交流和中国文化流传于世界的脚步；

福克纳生于美国南方，曾游历欧洲，通过将法国柏格森“生命冲动说”和奥地利弗洛伊德心理哲学的“自由流动”理论与自己的创作风格融会贯通而成为美国意识流文学界的顶级作家；贝娄出生于加拿大，是犹太人，其父母曾在俄国居住过。虽然是犹太人，但受福楼拜、陀思妥耶夫斯基、卡夫卡等欧洲文学巨匠的影响，贝娄通过揭示人类生存的普遍困难和异化、自我迷失等问题来表达自己对人类价值的无尽关怀；辛格也是正统犹太人，出生于波兰，本身十分熟悉犹太人的生活传统、生活风俗和生活信仰，并为意语的保留做出了贡献；艾略特是一位英美诗人，先后就读于哈佛大学、巴黎大学、牛津大学等世界顶级教育名校，而后又曾在德国研习哲学，并在意大利诗人但丁、英国玄学派诗人邓恩、法国象征主义诗人波德莱尔、美国现代意象派诗人休姆、庞德等人的文学思想的影响下创作出《荒原》。这部作品囊括 5 种语言、56 部前人著作，并对很多神话原型和东西方宗教思想大加引用，为读者展现出第一次世界大战之后西方世界因宗教信仰缺失而出现精神枯竭、存在危机的状况以及一整代西方世界的人的全部面貌，也阐释了救赎这片荒原的具体方法。由此可见，20 世纪的美国文学大家们一边吸收外国先进的思想成果，一边又对美国步入中产社会后，人和社会之间存在的关系进行反复思考，并且他们都认为悲剧人物的促成和其所处的生存环境之间有着密不可分的联系。

除了上述内容，美国文学向世界文学输送的营养还包括少数民族裔作家在各自民族文化基础上表现出的文化共融性。纵观整个美国文学史，少数民族裔作家文学创作中所包含的民族文化表现性十分强烈，除此之外还包含积极进取、努力进步的主流文化精神，由此可知，少数民族裔文化创作在美国文学史中发挥着极其重要的作用。例如，贝娄、辛格、布罗茨基等诺贝尔文学奖获奖者都有犹太人的背景；莫里森本身具有非洲黑人背景；生于美国、长于中国的赛珍珠颇受中美两国文化的影响，其作品带有浓厚的中国文化意蕴。从整体角度看，黑人文学和犹太文学是美国少数民族裔文学更为重要的一部分。此外，在赵健秀、汤亭亭、谭恩美和黄哲伦等人数十年的坚持和努力下，华裔美国文学迅速发展起来，并最终在美国文学中占据重要位置。除此之外，俄罗斯、日本、印度、南美国家等国家、地区的移民，都在不同程度上推进了美国文学的发展。但值得注意的是，虽然少数民族裔文学都在争相表现各自民族的文化特色，但在其之间存在一种共性特征，具体表现为都竭力向美国主流文学靠近。从不同角度看，世界各个民族裔的文学都在美国文学吸收其他民族文化精华进而让美国民族文化、民族思想、民族内涵变得多元的整体过程中起到了积极的推动作用。

（四）当今美国文学在世界文学上的地位及其输出

世界上最年轻的文学当属美国文学。如果从 1789 年华盛顿在纽约华尔街宣誓成为美利坚合众国第一任总统开始计算，美国也只有 200 余年的历史。美国文学在这两百多年中迅速冲破了欧洲文化的束缚，成为一种与世界其他文化比肩而立的文学艺术，美国的著名作家有爱默生、爱伦·坡、霍桑、麦尔维尔、惠特曼、马克·吐温、亨利·詹姆斯、菲兹杰拉德、福克纳、海明威、庞德、艾略特和奥尼尔等人，这些作家不仅在美国文坛上取得了辉煌的成就，在世界文化和文学的发展中也发挥了重要作用。在 20 世纪，有 11 位美国作家（包括英裔美国诗人艾略特）获得了诺贝尔文学奖。与此同时，美国的传统小说、诗歌、戏剧和更具有现代特色的电影、电视节目和音乐等文学和文化形式在全世界范围内流行，如具有美国特色的音乐电视和好莱坞电影受到世界人民的追捧。总之，美国的大众文化广受欢迎。早期美国文学的特点是引进欧洲文学，特别是英国文学，而从 20 世纪开始，特别是 20 世纪下半叶，美国文学走出国门输出到世界各地，包括英国等文化强势的国家。这些变化的产生都赖于美国文学得以蓬勃发展，并取得了辉煌的成就。我们以中国的图书市场为例，改革开放以来，出版界组织了大量的人力物力，翻译并出版了大量的美国文学领域书籍，甚至在推广外国文学作品方面出现了一个非常奇怪的现象：一个又一个以美国为主的外国文学作品系列被出版发行，有些作品甚至被不同的出版社多次出版。

不能否认的是，文化是共享的。文化的全球化实际上是将文化从强国输入弱国，特别是以美国为首的西方国家向第三世界国家的文化输入。同样不可否认的是，这种文化的输入是以政治和经济的发展为基础的。20 世纪 70 年代，国际政治中出现的相互依存理论与国际关系的重大变化和国际政治理论的发展有着密切的关系。相互依存的理论首先体现在不同国家之间的政治和经济关系中。文学在政治文化方面也起到了不可忽视的作用，这是因为文学也是政治文化的工具之一。美国革命初期的政治性文学是支持这个观点的有力证明。两次世界大战结束之后，美国因为经济实力的提升，获得了世界政治和军事的主导地位，美国也在大力向世界其他国家，特别是第三世界的国家输出其文化思想，从而巩固其在意识形态领域的主导地位。因此，当美国文学走出国门、迈向世界时，它不仅是单纯的文学内容输出，更是美国思想在世界范围内进行的文化“殖民化”过程。为了实现这个目标，美国政府以文化交流的形式推出了一系列的“文化殖民政策”。美国不仅向其他国家派出“文化考察队”，而且还从世界各地招募学者，让他们在美国国内开展“美国思想活动”等内容。

美国文学输出到发展中国家也具有一定的积极作用。美国文学，特别是现代主义和后现代主义文学的思想，对发展中国家文化的影响不可估量。自 20 世纪 80 年代以来，我国开始翻译和出版西方国家的文学作品，尤其是美国作家的后现代主义作品，如海勒、塞林格和品钦等作家的作品，美国杜克大学的知名学者弗·詹姆逊曾经来北京大学讲学，这样的文化宣传活动也让后现代主义进入我国学者的文化视野，后现代主义的出现引发了学者们激烈的讨论，在我国的文学创作和理论研究领域形成了一股文化浪潮。美国现代主义和后现代主义文学一度成为中国作家的争先学习的范本。然而，在开始的浪潮平息之后，我国作家们结合我国的文化道路认真思考，意识到这些文学潮流并不符合中国文学的实际状况，不能够很好地反映我国文化的实际情况，但又找不到文化发展方向，于是陷入思考的牢笼之中，出现了中国现代文学史上的“哑语”现象。1993 年至 1994 年期间，在我国举行的一系列关于语言学转向和比较文学的大型研讨会上，我国学者讨论了社会转型期西方语言学转向对中国文学产生的积极和消极影响，肯定了其对多元化语境的形成、解释空间的扩大以及文学批评的灵活性和自由度增加的积极影响，而对危机表述、批评狂欢和后乌托邦话语等方面会产生一定的负面效应。

准确来说，一方面，文化全球化与美国的国情相适应，培育和发展了美国文学，使其进入世界文学的前列，值得我们从中学习和借鉴适合我国道路的发展经验。另一方面，美国文学在输出过程中具有“文化殖民主义”的特征。

第二节　英美文学发展历程

一、英国文学发展历程

（一）中古时期

1. 历史文化背景

凯尔特人是大不列颠岛上早期的居民。他们大约在公元前 5 世纪来到大不列颠定居。公元 43 年，罗马人征服了大不列颠，把它划为罗马帝国的一个省，并带入了罗马文明。公元 5 世纪初期，罗马帝国受到北欧日耳曼人的进攻，不得不把驻在大不列颠的军队撤回本土。5 世纪中叶，日耳曼人中的盎格鲁、撒克逊、朱特等部落开始大批入侵大不列颠，并将凯尔特人驱赶到威尔士、苏格兰，甚至爱尔兰。盎格鲁 – 撒克逊人在占领的土地上逐步建立起自己的国家，并将她称作英格兰。公元 11 世纪中叶，诺曼人在威廉公爵的率领下征服了英格兰。对大不列颠的入侵与征服的结果在某种程度上为这片土地注入了新的文明，使她在语言、文化、法律、宗教等方面发生了巨大的变化，并为英国文学的兴起和发展提供了源泉。

2. 主要文学特色

来自北欧的日耳曼部落带来了盎格鲁 – 撒克逊语，即古英语，同时还带来了一种恢宏而又哀婉的诗歌传统。盎格鲁 – 撒克逊时期的诗歌大体上分为两大类：其一是源于北欧的故事，被称为世俗诗歌；其二是有关基督教的故事，被称为宗教诗歌。宗教诗歌主要围绕“圣经”这一主题。世俗诗歌主要关注盎格鲁 – 撒克逊人在苦寒之地的生活，北海的恶劣气候对诗人的情绪和诗歌的语调影响巨大。

中世纪的英国文学涌现出了像杰弗利 · 乔叟这样杰出的作家。和古英语时期的文学相比，中世纪的英国文学描写的对象更加宽泛，风格、语调和体裁更加多样化。民间文学在这一阶段占有重要地位，虽然缺乏思想的原创性，但它对生活的描写不仅准确，而且丰富生动。骑士文学在这一时期较为流行，而且能够通过诗或者散文的文学形式表达骑士勇猛的事迹和冒险的经历过程。

3. 主要作家与作品

《贝尔武夫》是一首典型的古英语诗歌，被认为是盎格鲁－撒克逊最伟大的民族史诗。

《高文爵士与绿衣骑士》是英国最好的骑士文学之一。

《罗宾汉民谣》是中世纪最重要的民谣之一。

《坎特伯雷故事集》是杰弗利·乔叟的代表作。

（二）英国文艺复兴时期

1. 历史文化背景

文艺复兴是指从中世纪蒙昧主义的黑暗中解脱出来后对古典文学艺术的复兴。人们对古典文学的渴望与好奇，对人文活动的热情和兴趣是这场运动的两大特点。事实上，在这个历史时期，欧洲人文主义思想家和学者们努力摆脱中世纪时期封建主义的不利影响，提倡使用符合新兴资产阶级利益的新思想，恢复宗教原本的单纯性，摆脱罗马天主教会在政治上的各种限制。

文艺复兴的基础和核心内容是人文主义。文艺复兴始于人文主义，因为古希腊、古罗马文明是以“人”的角度出发。人本身可以进化到善和美的最高水平，人所生活的世界为人类的活动提供了基础，人类可以在其中质疑、探索和享受世界和生活的美。人文主义不断强调人的尊严和人的生命的重要性，他们因此认为，人不仅有权利在目前的人生中好好生活，而且有能力改变自己的生活环境，努力提高自己生活的幸福。人文主义者认为，人和世界的无限进步只能被环境的因素所阻碍，人可以改变世界以满足自己的愿望，人可以通过运用自己的智慧消除外部环境的不利因素。

2. 主要文学特色

受到人文主义思潮和宗教改革的影响，英国文艺复兴时期的思想家、艺术家和诗人们在文学作品中表达了对人性美和人类成就的向往这一新的感情，与神学感情形成了鲜明的对比。在英国文艺复兴的繁荣时期，其文学的主要特色有以下几种：

（1）古典文学、意大利和法国文学作品翻译的流行。

（2）伊丽莎白时期兴起的民族感情催生了许多有关历史主题的作品。

（3）游记、新发现和远征探险历程的作品。

（4）诗歌风格多样化，抒情诗，尤其是十四行诗，开始盛行。

（5）戏剧的发展与繁荣。

3. 主要作家与作品

菲利普·锡德尼和埃德蒙·斯宾塞是开创英国文艺复兴时期诗歌新风格的两位重要作家。在他们的抒情和叙事作品中，显示出一种精致和华丽的文学风格。到 16 世纪末，英国国内又出现了另外两个重要的诗歌流派：一个是以约翰·邓恩为代表的玄学派，另一个是以本·琼森为代表的骑士派。英国文艺复兴时期最后一位伟大的诗人是约翰·弥尔顿，他的诗歌具有惊人的力量和优雅的节奏感，并且对思想的表达有了创新的思路，其代表作为《失乐园》《力士参孙》。戏剧是英国文艺复兴的文学主流。最具才华的大学才子克里斯托弗·马洛冲破了旧的戏剧形式，创作了《帖木儿》《浮士德博士》等剧作；而这一时期造诣最高的剧作家和诗人则是威廉·莎士比亚。他的剧作思想深刻，艺术表现手法精湛，历经几个世纪而长盛不衰，此外。托马斯·莫尔作为英国的人文主义者，他的作品《乌托邦》对当时的英国和欧洲社会提出了批评和改进的建议，在书中描写了一个财产均等、人人平等、没有战争的理想国，开创了英国哲理幻想小说的先河；散文家弗朗·培根的《随笔》题材广泛、文笔典雅、略带古风而又明白畅达，他将散文艺术发展到一个新的高度。

（三）新古典主义时期

1. 历史文化背景

在斯图亚特王朝统治期间，国王与代表新兴资产阶级利益的议会矛盾日趋激烈，政局动荡。1642 年，终于爆发了反对封建君主制度的英国资产阶级革命。1649 年，国王查理一世被处死。克伦威尔去世之后，资产阶级革命阵营内部发生分裂。1660 年，查理二世返回伦敦登基，开始了封建王朝的复辟。詹姆士二世企图恢复天主教时，资产阶级和新贵族联合起来推翻了复辟王朝，迎来威廉三世与玛丽二世共同即位，从而建立了君主立宪体制，确立了议会高于王权的原则，这就是十分有名的“光荣革命”，从此英国进入了一个相对安定的发展时期。18 世纪的英国见证了史无前例的工业技术革命，使得社会的生产、生活方式发生了巨大的变化。随着经济的迅速发展、政治党派的诞生以及科技的进步，英国文学也得以繁荣发展。

启蒙主义运动是一场进步的知识分子运动，兴起于法国，后来席卷整个欧洲。启蒙运动的宗旨是用当代哲学与艺术思想的晨光启迪世界。启蒙主义者把教化民众看作改造社会的基本途径；他们赞颂理性、平等与科学，认为理性是衡量人类行为与关系的唯一准则。启蒙主义者们反对阶级不公，反对僵化偏见以及其他的封建残余。他们试图把科学的各个分支同人类的实际需要联系在一起、从而使科学为整个人类服务。

2. 主要文学特色

在文学领域，启蒙主义运动带来了对古代经典作品的重新关注。这种倾向也被称为新古典主义，它有下面几个特点：

（1）新古典主义文学以古希腊、古罗马以及当代的法国作品作为创作的范本。

（2）新古典主义作家的创作风格是均衡、统一、和谐以及优雅，在文学的风格上形成了幽默、睿智和文雅的特色。

（3）新古典主义成为大众教育的手段，因为这一时期的作品比较有教育意义。

（4）这一时期的各种文学体裁都有固定的创作格式和规律。

（5）传统的诗歌比较讲究结构的工整，如流行的模拟史诗、传奇、讽刺等诗歌，用词文雅、语气庄重、教育性强。新古典主义的小说跳出了贵族骑士文学的框架，开始重视普通人的生活描写。

18 世纪中后期，还出现了“感伤主义”这一文学潮流，一些诗人和小说家厌倦了新古典主义者们的矫揉造作和对理性的绝对推崇。力图在文学作品中寻找更为自然，更富有真情实感的表达方式。

3. 主要作家与作品

新古典主义推崇理性，强调明晰、对称、节制、优雅，追求艺术形式的完美与和谐。这一阶段的诗歌，以亚历山大·蒲柏、约翰·德莱顿等为代表，力图创作在音韵节律上具有规律性的完美文学作品。18 世纪英国的散文开始繁荣，其风格建立在新古典主义美学原则之上。英国文学史上最伟大的讽刺散文作家为乔纳森·斯威夫特，他的文风淳朴、平易而有力。他在《格列佛游记》一书中，描写刻画了许多虚构的国度，以理性的角度出发，对英国社会各个领域的黑暗和罪恶进行嘲讽和抨击。而人文主义文学批评的巨擘塞缪尔·约翰逊的散文风格自成一家，集拉丁散文的典雅气势与英语散文的雄健朴素于一体。《莎士比亚戏剧集序言》和《诗人传》是他对文学批评做出的突出贡献。

到了 18 世纪中叶，英国现代小说作为一种崭新的文学形式出现在大众视野中，这种文学不同于传统贵族的骑士文学，而是从英国大众的日常生活中发掘灵感的材料。《鲁滨孙漂流记》是现代小说的开创作品，这一伟大的作品使得丹尼尔·笛福被称为“英国小说之父”。此外，资本主义工业化还使得以大自然和情感为主题的感伤主义作品一度流行。

（四）英国文学浪漫主义时期

1. 历史文化背景

浪漫主义运动是法国大革命、欧洲民主运动的崛起和民族解放的结果。浪漫主义运动反映了不断发展的资产阶级对个体个性解放的要求，是对封建领主和基督教会联合统治局面的政治反抗。这也是对法国新古典主义的一次文学反抗。浪漫主义在法国的出现时间为 1789 年，也就是《抒情民谣集》出版的那一年。1832 年，瓦尔特·司各特爵士、议会通过第一个改革法案标志着浪漫主义的结束。

浪漫主义运动是在人们对启蒙运动“理性王国”的失望，对资产阶级革命中的“自由、平等、博爱”口号的幻灭和对资本主义社会不满的历史条件下产生的。因为浪漫主义作家都经历了封建主义社会的腐朽与不公以及资本主义社会的经济、社会和政治势力的非人性特点。浪漫主义有意将自己的注意力从外部世界的社会活动转移到人文精神的内心世界，旨在把个人看作是所有生命和一切经验的中心。

2. 主要文学特色

在文学上，浪漫主义者把他们关注的焦点从理性移向直觉与情感，认为本能与情感作为个人独特感情的表达方式，是文学最宝贵的因素。在这一时期，有下面几种主要的文学特色：

（1）特别注重想象力的创造作用。

（2）认为自然界中能见到真理显现，崇尚自然。

（3）表现手法大胆夸张。

（4）注重抒发强烈奔放的主观感情，偏好描写内心反应和情绪。

3. 主要作家与作品

许多作家在浪漫主义时期创造了具有大量文学色彩的诗歌。著名的诗人有华兹华斯、柯勒律治、拜伦、雪莱和济慈。他们发起了“诗人革命”，这项运动是这些诗人对新古典主义的反抗运动。其中，华兹华斯和柯勒律治是“湖畔派诗人”的代表人物，这个诗歌风格流派强调对大自然风光的歌颂以及诗歌语言的自然流畅，代表作有华兹华斯的《水仙花》。拜伦的诗歌创作倡导热情和想象，他的诗作被世人赞誉为“抒情史诗”，具有作者本人的思想性格特征的叛逆者，也被称作“拜伦式英雄”。雪莱是第一个表现了空想社会主义理想的诗人，被恩格斯称为“天才的预言家”，代表作有《西风颂》《解放了的普罗米修斯》。与拜伦和雪莱齐名，才华横溢的诗人济慈留下了《夜莺颂》等名篇。浪漫主义时期小说的代表作家是简·奥斯汀，她继承和发扬了英国 18 世纪优秀的现实主义传统，创作了一系列以爱情和婚姻为主题的作品。她的著名作品是《傲慢与偏见》《理智与情感》，她的作品突出的特点就是具有深入的社会观察，文字风格十分活泼自然。

（五）维多利亚时期

1. 历史文化背景

从维多利亚文学时期的时间跨度上来看，这一时期与维多利亚女王 1836 年至 1901 年的统治时间相一致，并且维多利亚女王执政的这段时期是英国得到空前发展的时期。这时的英国获得了前所未有的经济和政治实力，并在文学、艺术、建筑和技术方面取得了显著成就。而这些反映在文学作品中，就形成了时代精神的风貌，包括高贵、体面、严肃和克制的道德体系，同时也反映了社会发展的阴暗一面，如卖淫嫖娼、雇用童工现象，这些社会的阴暗面也是社会快速发展产生的负面影响。文学作品不仅描绘了上层阶级的奢华享乐和钩心斗角，还描绘了中层阶级刻意修饰的生活，他们有着极强的阶级虚荣心，并且想跨越阶级进入上流社会，更描绘了底层的人们无力养活自己，饱受困苦的困境。

2. 主要文学特色

（1）小说成为最广泛阅读和最主流的文学形式。

（2）女性地位的改变带动了女性文学的发展。

（3）以萧伯纳和王尔德为代表的爱尔兰戏剧日趋成熟。

（4）儿童文学不断崛起，如刘易斯的《爱丽丝梦游仙境》。

（5）诗歌在技巧和主题上的突破为20世纪诗歌铺平道路。

3. 主要作家与作品

在维多利亚时代，英国文学的主流是小说。大多数作家都开始从吸引中产阶级的目的出发进行创作，普通民众的市场越来越重要于贵族资助人的喜好。查尔斯·狄更斯在19世纪30年代刚刚开始文学创作时，也采用了当时的连续出版方式。狄更斯在创作过程中更加强调对社会艰辛和人们困苦的日常生活进行描绘，尤其是描述下层社会的穷人如何生活。他相对诙谐幽默的风格能为各阶层的读者所接受。他的早期作品，如《匹克威克外传》是喜剧的经典之作。在他创作的后期，尽管他的作品如《双城记》《远大前程》更加严肃和阴郁，但他写作中的讽刺性夸张特色一直在作品中展现着。其他著名的作品还有勃朗特姐妹的作品、萨克雷的讽刺小说《名利场》等。有一些小说家对乡村的生活和风光更加感兴趣，如托马斯·哈代。他们喜欢在作品中描绘乡下普通民众的生活和心理因为经济和社会的发展而产生各种变化。

（六）现代时期

1. 历史文化背景

第一次世界大战被普遍认为是英国历史上的一个转折点，因为它给英国社会的各个方面都带来了巨大的变化。第一次世界大战大大削弱了英国的实力，英国在历史上第一次成为债务国，伦敦不再是世界金融中心。英国人民受到战争后的经济混乱和精神幻灭等方面的影响，他们开始意识到资本主义发展过程中存在的普遍弊端。

第二次世界大战标志着英国走向崩溃。在二战中，英国经济和人民的生活都受到极大的影响。更糟糕的是，在战争结束后，英国殖民地开始了一场规模巨大的独立运动。到 1970 年，英国之前的殖民地纷纷从英联邦中独立出来，“日不落帝国”终于迎来了落日。

英国的瓦解严重削弱了其实力以及在世界上的影响力，战后英国国际地位改变的过程对人民来说是非常艰难和痛苦的。大多数英国人花了近二十年的时间才真正理解和接受英国不再是世界事务的中心，但英国成功地度过了社会转型时期，英国到今天依然是世界范围内实力较强的资本主义国家。

2. 主要文学特色

现代主义诞生于大众对资本主义产生怀疑的时期，经历了两次世界大战，人们已经对资本主义的发展不抱有希望。在这种背景下，作家和艺术家努力寻求新的方式来表达他们对世界和人性特征的看法。法国的象征主义为现代主义的发展提供了思想的力量。第一次世界大战导致各种现代主义文学流派萌芽的出现，这些萌芽在 20 世纪 20 年代凝聚成一股强大的现代主义潮流。现代主义运动的主要代表人物有卡夫卡、毕加索、庞德、艾略特、乔伊斯等。

在 20 世纪 30 年代，现代主义的发展在某种程度上受到限制，但在第二次世界大战之后，在萨特的存在主义的影响下，现代主义的变种（也就是后现代主义）重新进入人们的视野。然而，到了 20 世纪 60 年代，后现代主义的思想逐渐消失了，或者被整合到其他文学流派当中。

现代主义的理论基础是非理性的哲学和精神分析。现代主义文学的核心主题聚焦于人与自然、人与社会、人与人之间的不正常的关系，这些关系是不健康的，具体表现为冰冷的、病态的、疏远的关系。现代主义的一个突出特征就是与过去决绝的决裂行为，不再注重和遵循以往的伦理、文化和宗教等社会价值。现代主义强调个人的主观感受，而不是客观性的群体感受，并且关注个人的内心世界，也更倾向于一种新的时间观。这个新的时间观认为心理上的时间比物理上的时间更有意义，所以在文学作品中的过去、现在和未来没有什么太大的区别，都作为一个整体存在于个体的意识之中。现代主义与现实主义是一体的两个方面，因为现代主义拒绝理性，而理性是现实主义的理论基础，现代主义与外部的、客观的物质世界没有联系，而物质世界是现实主义文学创作过程中必不可少的思想源泉。现代主义主张自由探索文学的新形式和新技巧，努力摆脱现实主义中必需的传统文学元素，如风格、人物、情节和按时间顺序的叙事，这就是现代主义作家的作品经常被称为反小说、反诗歌和反戏剧的原因。

意识流文学作品比较注重对人物意识流动状态的描绘和改变，意识流文学也是现代主义文学体系中的一个类别。作家可以不必借助于客观的描述或传统的对话来描写人物内心的思绪和情感。英国现代派小说家努力挖掘人类各种潜意识，是这种方法的秉持者和实践者，开创了史无前例的意识流小说。同时，术语“内心独白”也被用来描述人物内心的意识活动。

3. 主要作家与作品

萧伯纳，爱尔兰剧作家，文学评论家，1925 年诺贝尔文学奖得主，主要作品有《皮格马利翁》《华伦夫人的职业》《芭芭拉少校》等。阿尔弗雷德·爱德华·豪斯曼，英国学者、诗人，主要作品有诗集《什罗普郡少年》《最后的诗》等。约翰·高尔斯华绥，英国小说家、剧作家，英国批判现实主义作家，代表作为《福尔赛世家》。威廉·巴特勒·叶芝，爱尔兰诗人、剧作家，代表作品有《茵纳斯弗利岛》《走过黄柳园》《第二次降临》等。托马斯·斯特恩斯·艾略特，诗人、评论家、剧作家，1948 诺贝尔文学奖得主，主要作品有《灰色星期四》《四个四重奏》《荒原》等。

二、美国文学发展历程

（一）殖民主义时期的美国文学

1. 历史文化背景

欧洲殖民者跟随着哥伦布发现美洲大陆的脚步，在 1492 年之后，纷纷进入美洲大陆发掘宝藏。1620 年，102 名英国清教徒乘坐著名的五月花号（The

Mayflower）来到美洲的普利茅斯建立殖民地，他们是第一批的新大陆移民，是未来 150 年后美国大多数人民的祖先。这批移民的到来打开了北美洲的大门，也把他们的清教教义传播到了这片美洲大地，他们被称为清教徒之父，他们的到来标志着美国历史的开始。

作为美国文明和美国文化的主要思想来源，清教主义对美国文学产生了持久而深刻的影响。起源于英国的清教主义在北美殖民地上得到了实践和发展的机会。清教徒在自己祖国的领土上受到迫害，因不满英国恶劣的社会条件而移民到美国。他们确信自己被上帝亲自选中，是上帝把他们从旧世界的罪恶和腐朽中解救出来，并把他们送到北美的土地上。他们具有高度的使命感和责任感，而这也塑造了这一批清教徒自信、坚韧和禁欲的个性。他们作为美国的先驱者，思想随着时间的流逝得以沉淀下来，对美国早期文学的风格产生了深远的影响。

（1）清教主义影响了文学作品的主题

清教主义主张人们对上帝要有虔诚、敬畏和绝对服从的心态，而这些思想是秉承加尔文教义的结果。这些思想表现在文学作品中就是不断宣传清教教义，如对上帝的荣耀、人的堕落的描述以及强调圣徒的坚忍不拔，从而证明上帝的伟大和智慧。

（2）清教主义影响了文学作品的写作技巧

在写作技巧方面，清教徒作品的朴实无华给早期的美国文学留下了清晰的印记。早期文学作品的语言清新、简单、直接等特点都受到了清教主义的影响。

（3）清教主义影响了文学价值观

美国的价值观念在很多方面体现了清教主义。美国文学在很长一段时间内都呈现出说教的倾向，而娱乐作用则是次要的。从某种意义上来说，清教主义束缚了早期美国作家的自由创作，限制其创作的空间。

2. 主要文学特色

当移民到达新大陆时，他们关注的是如何为生存下去而奋斗，所以文学的发展最初很缓慢，文学作品的形式、内容和风格都没有呈现出多样的层次。

（1）最早出版的关于北美的作品是旅行书和日记之类的文字作品。作家们主要描述了他们跨越海洋、适应新气候、培养农作物以及与当地印第安人交往的经历。

（2）殖民时期通俗文学的另一个重要目的是布道，其目的是宣传清教主义。

（3）北美殖民地时期也产生了一些清教诗歌。说教性是清教诗歌的鲜明主题。诗歌篇幅较短、句式工整、言简意赅、声韵优美，因此成为清教徒比较热衷的一种体裁，并构成了美国文学史的源头。

3. 主要作家与作品

带有宣传性的作品是早期殖民地最常见的文学作品，这些作品被英国的殖民者们出版，并得以发布。1698 年，约翰·史密斯（John Smith）出版的《关于弗吉尼亚的真实叙述》（A True Relation of Virginia）是最早描写殖民地生活的作品。人们争相传阅他写的那本小册子，因此他获得很好的声誉。约翰·史密斯一共出版了 8 本书，记录、探讨了殖民者早期垦荒的历史。

被誉为“美国历史之父”的威廉·布拉福德（William Bradford）在当时也是非常知名的作家，其代表作品是《普利茅斯种植园史》（History of Plymouth Plantation）。在殖民地时期有很多清教徒写诗，但大部分诗歌沉闷乏味，不过也有两位教徒的诗达到了相当高的水平，真正称得上是诗作。其中一个名叫安妮·布拉德斯特里特（Anne Bradstreet），另一个诗人名叫爱德华·泰勒（Edward Taylor）。

（二）独立革命时期的美国文学

1. 历史文化背景

18 世纪的美国文学深受“独立革命”这一历史背景的影响，多为宣传和鼓动性的带有政治色彩的文字；同时，该时期的文学也深受启蒙运动的影响，相对殖民地时期的文学更加理性、乐观，并且努力摆脱清教主义的色彩。

18 世纪前半叶，北美大陆上的居民并没有对英国统治者的殖民行为有摆脱的意愿。1733 年，英国在北美大西洋沿岸陆续建立了 13 个殖民地。各殖民地在人口与经济、政治等迅速发展的同时，开始意图联合起来，摆脱英国殖民统治。随着英国加大对北美殖民地的经济掠夺，并颁发了一系列有损殖民地人民利益的法案（《航海条例》限制殖民地的海上贸易，1765 年的《印花税条例》和 1767 年的《唐森德税法》一再增加税收），殖民地居民发动了大规模的游行示威，1770 年，英国当局制造了“波士顿惨案”，后于1773年发生波士顿倾茶事件。1774年英国政府通过一系列“强制法案”，旨在加强控制。这终于导致1775年4月美国独立战争爆发。1776年，潘恩创作的《常识》和杰斐逊起草的《独立宣言》，这些文字与华盛顿、拉斐特的武装力量一样，在取得战争胜利的过程中起到了雄浑有力的作用。随后，独立战争持续了6年，1783年，殖民地人民在经历了一系列的挫折和失败之后最终迎来了美国的独立。1788年，美国宪法得到批准，三权分立的政治体制得以建立。独立革命的胜利离不开大量论点鲜明、充满战斗力和说服力的文学作品的帮助；另一方面，新国家的建立也对文学的新发展起到了极大的影响作用。

启蒙运动是发生在17—18世纪欧洲的一场推崇理性、自由、民主与平等，批判封建专制主义和宗教迷信的资产阶级思想解放运动。它兴起于英国，盛行于法国，覆盖了各个知识领域，受北美殖民地本土宗教状况以及较为落后经济状况等方面影响，启蒙运动直到18世纪中期才盛行于美国。

启蒙主义运动在美国产生了深远的影响。首先，它引导美国人从清教思想的束缚中解放出来，淡化宗教迷信的观念，使之坚决相信人的理性，相信人能自我完善，并可以主宰自己的命运。其次，启蒙主义运动的主要是思想结晶是民主、自由和人人平等的思想，鼓励社会中每人都为建立一个独立和民主的国家做出自己的贡献。在建设社会和国家的过程中，美国和欧洲的启蒙运动领导者们认为，人类的不断进取、教育水平的不断进步和科学技术的发展都为社会的进步贡献了力量，这使得大量的科学家和发明家积极参与科学技术的研发过程，创造了大量的新机器和新的科技成果，促进了工业革命的产生。同时，启蒙运动在思想上的成果也为美国国内文学领域的发展注入了新的活力。

启蒙运动对美国文学的影响，体现在推动了大量政论性作品的出现。这些作品为资产阶级推翻专制政权起到极大的激励作用，其中的语言不是诗化的语言，而是流畅的雄辩性的语言，且富有逻辑性、启发性和战斗性，体现着启蒙运动所推崇的理性的特点。

2. 主要文学特色

18世纪初的殖民地文学仍然以清教主义思想和对新环境的憧憬与描绘为主，

随着社会背景的变化，文学也发生着变化。18 世纪中期，启蒙主义思想盛行于美国，独立成为越来越多殖民地人民的呼声，文学成为宣传独立的有力武器。该时期北美殖民地文坛以其政治性著称，多为宣传和鼓动性文字，传达着反殖民统治的信息。政论文、演讲词、散文、诗歌等大量涌现，其中有的鞭笞英国殖民统治，有的给予“保皇分子”（主张维持殖民统治）强烈的抨击，有的激励着革命者为赢得自由而浴血奋战。这些作品鲜有文学的美学特点，更多地具有政治、社会、道德特色，它们为殖民地人们争取独立战争的胜利起到极大的激励作用。

1783 年，殖民地人民最终迎来了美国的独立。至 19 世纪初，美国文学开始寻找自己的民族身份，作家们开始打造具有美国特色的美国文学，美国的风格从而初露端倪。这一时期的文学具有两大主题：描写自然风光和独立革命。首先，描绘美国本土的自然风景，这与 18 世纪的英国文学的主题一样，不同的是突显出了美国本土特色。其次，美国文学的民族特色也借由以独立革命为背景和素材而创作出的小说、诗歌、戏剧等传达了出来。

3. 主要作家与作品

该时期著名的文学家、科学家、政治家富兰克林是 18 世纪美国启蒙运动的代表人物。他的《穷人理查德的年鉴》（Poor Richard’s Almanac）通过大量的格言警句宣传创业持家、待人处世的道德原则和勤奋致富的生活道路。他在独立战争期间撰写的《自传》（The Autobiography）以亲身经历说明，美国充满机遇，只要勤奋便能成功，他的经验对美国人的人生观、事业观和道德观产生了深远的影响。

《不自由，毋宁死》是弗吉尼亚的革命领袖帕特里克·亨利所发表的一篇文章，激励人们为了自由和独立而奋斗。托马斯·潘恩也在其著作《常识》中提到了类似的想法。托马斯·杰弗逊写的《独立宣言》是一篇优秀的政论散文，成为独立战争的旗帜和动力。

美国的小说创作在独立革命时期正处在起步阶段。威廉·希尔·布朗的《同情的力量》（1784）被认为是美国第一部伦理和感情类小说，该小说与苏珊娜·罗森的《查洛特·坦普尔》（1785）共同打开了美国文学界小说创作的闸门。

（三）浪漫主义时期的美国文学

1. 历史文化背景

美国浪漫主义文学始于 18 世纪末，止于内战爆发，从华盛顿·欧文出版的《见闻札记》开始形成，惠特曼的《草叶集》标志着此运动的结束。因其注重自然、强调抒发主观情感与发挥文学想象力，呈现出前所未有的繁荣景象，所以也被称为“美国的文艺复兴”。

（1）清教主义。这种主义认为人出生之处就是罪恶，也就是“原罪论”“命定论”的观点，认为通过自己的诚心诚意和积极努力可以获得心灵的“救赎”；同时、它主张自律，奉行严厉的道德教条，宣扬禁欲主义，谴责对尘世乐趣的追求；此外，它也主张内省。信徒都希望通过某种方式和上帝的灵魂得到连接，而这种方式一般是阅读《圣经》。因此，这一时期的很多作品都带有道德说教的特点。

（2）超验主义。它于 19 世纪 30 年代在新英格兰兴起，最终成为美国历史上重要的思想解放运动。超验主义认为人可以通过直觉来认识真理，并强调直觉是非常重要的内容；它还认为世界万物受到“超灵”的制约，“超灵”是一种包罗万象的力量，能扬善抑恶，人的灵魂与“超灵”的发展相协调；强调个人的重要性，社会的发展和创新只有通过个人受到教育和修养的提升才能实现，因此，自我完善是人的首要责任。超验主义观点的主要代表人物是爱默生和梭罗。超验主义观点强调人的主动性，有助于打破加尔文主义教条的桎梏，如“人性恶”“命定论”，并为浪漫主义的激情和个人主义文学提供思想基础。

2. 主要文学特色

（1）衍生的美国浪漫主义作品

强调文学的想象力和情感特质。倡导情感的自由表达和人物心理状态的展示。颂扬普通人和作为个体的人。迷恋历史和异国情调。

（2）本土的美国浪漫主义作品

充满全国性“西部拓荒”的体验。自然、美国山水风光成为素材。清教主义下的道德说教特色。超验主义哲学的影响。

3. 主要作家与作品

美国浪漫主义时期的小说富有独创性、多样性，有华盛顿·欧文的喜剧性寓言体小说，有爱伦·坡的歌德式惊险故事，有库柏的边疆历险故事，有麦尔维尔的长篇叙事，有霍桑所创作的心理罗曼史，有戴维斯所创作的社会现实小说。这一时期的不同作家对于人性的理解也各有不同。爱默生、梭罗等超验主义者认为人类在自然中是神圣的，因此人类是可以完善的；但霍桑和梅尔维尔则认为人在内心上都是罪人，因此需要道德力量来改善人性。此外，惠特曼的《草叶集》是美国 19 世纪最有影响的诗歌。

（四）现实主义时期的美国文学

1. 历史文化背景

1865 年至 1914 年间的美国文学在美国文学史上被称为现实主义时期。这一时期的美国文学是对浪漫主义和感伤传统的反叛，注重反映生活的真实性，描写典型环境中的典型性格，揭露和批判社会的阴暗面，体现人道主义关怀，同时为现代主义文学开拓了道路。现实主义小说的真正开端是威廉·豪威尔斯和马克·吐温的创作。欧·亨利的短篇小说被称为“美国生活的幽默的百科全书”。亨利·詹姆斯被誉为美国意识流文学先驱。杰克·伦敦的小说《铁蹄》是揭露“工资奴隶制的《汤姆叔叔的小屋》”。

（1）美国内战（1861—1865）

这场因北方工业资本家与南方奴隶主之间利益冲突而爆发的战争改变了人们的浪漫主义情怀，使人们意识到战争不再是荣耀、光辉和崇高的化身，而是一个血淋淋地展现了人类残酷本性、实现个体利益的工具。美国在战争之后加快了工业化发展的步伐，社会面貌和经济生活也有了根本的转变；同时，也使得劳资矛盾渐趋突出、罢工斗争时有发生。这一时代相应成为了马克·吐温所说的“镀金时代”：一个衰退和进步并存的时代，一个贫穷和耀眼财富共存的时代，一个绝望和希望弥漫的时代。此外，内战还改变了美国大众的价值观、道德观和宗教观。清教观点被人们嗤之以鼻，人们渴望金钱，享受生活中的种种乐趣，同时也开始质疑人的本性和上帝的仁慈。

（2）达尔文的“进化论”和艾米勒·左拉的“实验小说”

达尔文在《物种起源》[①]和《人类的由来》[②]两书中提出，人类是由一种低级动物进化而来的。人类的特殊性不在于上帝按自己的形象创造出来，而在于他成功地适应了不断变化的环境，并把基因上的生存适应传承给下一代。这一思想影响了美国自然主义作家的创作，并被用来解释文学作品里的人物行为。

艾米勒·左拉在《实验小说论》[③]中指出，小说创作其本身是一个实验过程。小说家以实验的方式指出在某种社会环境中产生了某种感情，这可以使人们了解它们并采用各种手段，防止感情的堕落，达到改造人性与社会的目的。同时，作家应该以研究者姿态出现，试图以科学家那种细致入微的观察、分析和推理的方法研究社会，解剖其中的奥秘。

（3）威廉·安·豪威尔斯——美国现实主义作品之冠

豪威尔斯反对浪漫主义文学，在文学创作中始终不折不扣地处理原始材料，强调文学作品在反映社会现实方面的真实性与准确性。他维护资产阶级的统治秩序，被称为“微笑的现实主义”以及“美国现实主义文学的奠基人”。豪威尔斯的作品感情细腻，用词较为庄重典雅，至今仍然吸引着读者不断拜读。然而，他的作品没有被称为现实主义文学的代表性作品，因为他附和了上层社会的人生哲学立场和伦理道德观念。并且没有真正做到在现实生活中观察生活和发现矛盾，将“平凡的现实生活”写进作品之中。

（4）“黑幕揭发运动”

19世纪末20世纪初，随着美国社会变得越来越腐败，政治丑闻、经济丑闻和生活丑闻成为人们讨论的热门话题。一群诚实、正直的记者和作家开始自发地揭露这些丑闻。这场致力于揭露社会阴暗面的文学运动被称为“黑幕揭发运动”，而参与黑幕曝光的这些作家被称为“黑幕揭发者”，“黑幕揭发运动”的代表人物是厄普顿·辛克莱，其代表作是《屠场》。

---

① 查尔斯·达尔文；物种起源［M］. 朱登，译. 天津：天津科学技术出版社，2020.

② 达尔文（Darwin，C.）；人类的由来［M］. 吴德新，吴疆编，译. 北京：人民日报出版社，2007.

③ 左拉. 李天纲主编. 实验小说论［M］. 张资平，译. 上海：上海社会科学院出版社，2017.

2. 主要文学特色

（1）地方色彩 / 乡土文学作品

文学的体裁常常是短篇小说，也有少量诗歌的身影。在文学作品中会使用当地的方言作为表达方式，作品的内容通常是当地的传说、故事或者是世俗的生活，地方的特征较为鲜明。

（2）现实主义作品

追求艺术的真实模式，强调客观真实地反映生活，作家的思想倾向较为隐蔽。注重典型化方法的运用，力求在艺术描写中，通过细节的真实表现生活的本质和规律。强调外部环境对人物的影响以及探索人物内部的心理状况。具有批判性和改良性，特别注重社会底层社会及“小人物”的悲剧命运。提出开放式结局。

（3）自然主义作品

取材于底层社会或是形势严峻的场景，描写垂死的或病态的“强者”。比先前的美国传统文学更具体地揭示了美国资本主义生产的社会心理本质，即生产过程作为“生产欲望和消费欲望”的社会化过程。充斥着命定论情愫，强调人的行为由环境和遗传因素决定、自然对人类的冷漠以及人在自然面前的无助。对素材持有非道德态度。受到了美国式幽默、来自尼采的超人哲学等的影响。

3. 主要作家与作品

现实主义文学时期三位最重要的作家是豪威尔斯、马克·吐温和亨利·詹姆斯。马克·吐温以自己独特的幽默笔触以及生动的口语和地方方言风格开创了美国的文学传统。代表作有《汤姆·索亚历险记》和《哈克贝里·费恩历险记》。亨利·詹姆斯是一位反映人类内心生活的现实主义作家。他创作中所使用的晦涩的文体、开放性结局和内心独白等手法深深影响了后来的现代派作家，尤其是意识流文学。其主要作品有小说《一位女士的画像》《鸽翼》《专使》《金碗》，以及文学评论集《小说的艺术》。欧·亨利的作品构思新颖，语句诙谐，结局常常出人意料。他的主要作品有长篇小说《白菜与国王》，以及短篇小说集《四百万》《剪亮的灯盏》和《西部之心》。

（五）现代主义时期的美国文学

1. 历史文化背景

美国文学在 20 世纪初获得了进一步的发展和成熟。在经历了经济大萧条和第二次世界大战后，美国文学进入了繁荣期，被称为“第二次文艺复兴”，并开始对欧洲文化产生影响。

美国现代主义文学是从诗歌开始的。芝加哥诗人无论在诗歌形式上还是在题材上都坚持惠特曼的传统，反映劳动人民的思想感情。意象派诗人是现代诗歌的主要力量，领导人物有身居海外的庞德和艾略特。他们强调诗歌要具体，语言要精练，意象要明确，形式要自由。

这一时期的小说也在不断革新，技巧革新试验层出不穷。海明威试验用小句、短句，多对话、少描述的“冰山原则”进行创作，并在故事里穿插新闻报道；约翰・多斯・帕索斯尝试在小说中插入电影、新闻片、报纸；菲茨杰拉德注重对细节的取舍，注重故事的氛围；福克纳用繁复的长句和晦涩的语言来表现世界的复杂。他们的作品突出反映普遍的反战情绪，揭示其对资本主义的精神幻灭，同时批评消极的个人主义和悲观色彩。

戏剧领域成就最大的剧作家是奥尼尔。他综合各家之长，既采用传统的手法，又大胆革新，充分吸收自然主义、象征主义、表现主义的长处，探索人物的精神世界，揭示个人理想与现实的矛盾冲突。

第一次世界大战后，尤其是 1923 年到 1929 年，是美国经济飞速发展的阶段。科技革新加速了钢铁、建筑、制造，尤其是汽车制造业的发展。无线电、电话和电影的发明，家用电器的出现，迅速改变了人民的生活方式。广播、电影等大众媒介开始在人们生活中起着越来越重要的作用。生产、消费、娱乐和享受成了 20 世纪 20 年代的一大特点。因此。人们称之为“喧嚣的二十年代”，又因为黑人文化，尤其是黑人音乐的兴起而称之为“爵士年代”。

1929—1933 年爆发的经济危机给美国造成了巨大灾难，大量企业破产，工人失业，人民生活水平急剧下滑。同时，共产主义思潮在 20 世纪 30 年代得到广泛发展，一些进步刊物影响了人们的价值观，左翼阵营最具有代表性的作家是约翰・多斯・帕索斯。

第一次世界大战中，很多已在文坛崭露头角的青年作家参加了欧洲战争。战场归来，他们看到了社会存在的诸多问题。因此，他们对自由民主的信念开始动摇，对国家、社会和个人的前途感到悲观绝望，并对传统价值观念失去信心。于是在 20 世纪 20 年代初他们选择“自我流放”，来到巴黎，在漂泊和寻欢作乐中消磨时光，并以文学形式来描写战争带来的痛苦与烦恼，形成了“迷惘的一代”。

20 世纪初，奥地利精神病学家弗洛伊德提出了精神分析学理论，以解释意识和潜意识的形成和相互关系。这种心理分析的方法在现实生活中以及在文学中极大地改变了人们对人类本性的看法，从而影响了意识流小说的兴起与发展。20 世纪 30 年代末，卢卡契与布洛赫、布莱希特之间展开了论战，“伟大的现实主义”的主张被提出。这一时期的主张说明，当代作家应该从古典现实主义的创作传统中学习，从较为全面的角度看待当代社会的物化现实，特别是资本主义社会中的社会现象，把人和社会作为一个整体来描写，表达人类的全部个性和特征，而不仅仅是突出其中的一个方面。

20 世纪初，一场被称为“表现主义”的国际文学运动在德国兴起，这场运动囊括了文学和艺术的所有领域，强调作品应关注人的主观世界、他们不重视对外在客观事物的描写，而要求表现事物的内在实质。1908 年，立体主义出现于法国。立体主义的艺术家要求在画面上肢解物体的形象，然后再加以主观的拼凑、组合，以求通过平面的效果展示出三维和二维的空间，为了表现出物体比较完整的形象，也应该从肉眼无法观察的结构和时间方面进行完善。

2. 主要文学特色

（1）美国意象派运动

直接处理无论是主观的还是客观的“事物”。使用普通语言，但是使用准确的字眼，避免有意无意、用作装饰的诗歌惯用词汇。节奏、创作要依照乐句的排列，而不是依照节拍器机械重复。意象要在一瞬间呈现出作者的理智和情感，意象主义诗歌必须准确地表现出事物的视觉意象。

（2）“迷惘的一代”

作品具有鲜明的文化反叛性，挑战清教伦理和以资本主义理性为基础的美国文化传统。通过对话和行动来表现人物的个性和内心世界。打破现实主义小说以故事、人物、背景为创作基本要素，以情节为主体的传统结构框架，以碎片式结构、意识流、“蒙太奇”和多视角叙述等为基本特征。

（3）美国戏剧的表现主义

使用不同的创作手法，力图将现实主义和浪漫主义或象征主义等方法融合在一起进行创作。运用反戏剧的叙述模式，将剧作者的主观意念人物化以及人物的无个性化或抽象化。通过象征、暗示、隐喻、自由联想以及语言的音乐性曲折地表达作者复杂微妙的情绪和感受，进而表现理念世界的美和无限性。反映人与社会、人与自然、人与人、人与自我之间的矛盾与冲突，突出人的“异化”和社会危机。

3. 主要作家与作品

埃兹拉·庞德是意象派诗歌的创始人，其主要诗作有《神州集》《诗章》。庞德的诗受到了中国和日本诗歌的影响，充满了密集的意象，对美国现代文学产生了极大的影响。艾略特是后期意象派诗歌的代表，其主要作品《荒原》被认为是现代主义诗歌的代表作。威斯特的诗风明朗，意象鲜明，细节逼真，语言精练，具有明显的美国本土特色。他的《春天与一切》诗集中的《红色手推车》极负盛名。兰斯顿·休斯是美国现代优秀黑人诗人。也是“哈莱姆文艺复兴”的杰出代表。其代表诗作为《黑人谈河流》。肯明斯是现代派著名的诗人，受立体主义的影响，他利用书写变异手法来创作诗歌，使其担负新的美感使命。

美国现代主义小说也在不断推陈出新，涌现出了一大批影响整个现代主义文学以及后世作家的人物。海明威创造了“冰山原则”——简洁的文字、鲜明的形象、丰富的情感和深刻的思想。他的小说《老人与海》在1954年获得了诺贝尔文学奖。菲茨杰拉德是“迷惘的一代”的典型代表作家，也是“爵士时代”的代言人。他的小说《了不起的盖茨比》反映了20年代“美国梦”的破灭。福克纳是美国南部文学的代表人物。他运用“意识流”来揭示人物的内心世界，表达了他对南方传统文化与历史的留恋。

（六）第二次世界大战后的美国文学

1. 历史文化背景

第二次世界大战之后，美国文学进入第三次繁荣时期。20世纪50年代，文坛因为“冷战”、麦卡锡主义和朝鲜战争等事件的影响，并没有得到新的发展；20世纪60～70年代，在越南战争、民权运动、学生运动、女权运动、水门案件等的影响下，文坛中又出现了新的思想风潮，各种流派百花齐放，形成了20世纪50年代新旧交替、20世纪60年代的实验主义精神浸润、20世纪70年代至20世纪末多元化发展的鲜明特色。

第二次世界大战对人类来说是一场史无前例的灾难，是对人们和平生活方式的一种颠覆，打破了人们平静的生活，破坏了旧有的信仰和观念，美国社会出现了许多悲观、崩溃以及仇恨等负面情绪。许多年轻人不能忍受这样的社会环境，通过吸毒、群居等极端的方式，来表达他们的对社会的不满，其中一些人在文学作品中记录下了他们当时的生活和情感，美国文坛上出现了许多反传统的文化潮流，如“垮掉的一代”、自白派、黑山派、荒诞派以及黑色幽默的写作风格等。作家们放弃了传统的写作技巧，用荒诞派的诗歌和不成规则的写法，以悲观颓废的方式表达对现实生活的逃避和对社会的不满。

2. 主要文学特色

（1）新一代小说家的崛起

战后出现的第一股文学浪潮是战争小说，战争一结束，便有一批以第二次世界大战为题材的作品问世。这些战争小说的许多作者都是从太平洋战场和满目疮痍的欧洲归来的军人或记者，他们根据亲身经历和所见所闻为创作蓝本，讲述军旅生活，勾勒历史事件，阐述各自的体验和感受。就创作手法而言，作家们大多继承现实主义的传统，力求真实客观地再现第二次世界大战这一特定的历史时期。反战和写实成为此类作品的一个特点。

第二次世界大战结束后，一批犹太作家相继走上美国文坛。他们属于第二代美国犹太移民，生在美国或在美国长大，并且有机会接受高等教育。年轻一代的犹太人受到本民族文化传统的熏陶和影响，但同时面临来自美国现代文明的压力和挑战，必须接受美国的同化。20世纪50年代以来，不少犹太作家注意淡化犹太特征，强调作品反映的是整个美国社会中普通人的处境。犹太作家使用英语开始进行创作活动，从而扩大了犹太小说的受众范围，最终进入了美国的主流文坛，为全世界人民所接受。

20 世纪，美国黑人小说的思想内容显示出一条鲜明的发展轨迹。前期的图默、赖特等作家创作的“抗议小说”，主要揭露美国社会的种族压迫和种族歧视，揭示种族歧视给黑人心灵造成的损害；中期的艾里森、沃克等作家创作的小说侧重反映在现代社会中黑人个性和自我本质的失落，探索如何实现黑人个性的独立和黑人妇女的解放；后期的哈利、莫里森等作家创作的小说努力追寻美国黑人的文化之根，呼唤黑人民族文化意识的觉醒。

20 世纪 50 年代，美国经济稳步发展，生活水平提高，讲究消费和物质享受成为时尚。生活上的实惠原则和文化上的贵族新倾向使青年一代处于沉默和麻木不仁的状态。但是，这种沉寂并没有能维持很久。率先打破坚冰的是塞林格，以及被称为“垮掉的一代”的一批青年作家，他们追求个性自由，表达对现状的不满和反叛心声，终于掀起一场反正统文化运动。

（2）流派纷呈的诗歌

20 世纪 40 年代末至 20 世纪 50 年代初，在美国西海岸城市旧金山，聚集着一群诗人、作家。他们对艾略特的“新批评”派诗风非常反感，通过一些小杂志和油印的小册子，他们发表了很多“不合时宜”的作品，阐述自己的艺术观。20 世纪 50 年代中期，由于金斯伯格、凯鲁亚克等人的加入，“垮掉派”基本形成。

黑山派是 20 世纪 50 年代初最具影响力的诗歌流派之一，当时在马萨诸塞州黑山学院任教的查·奥尔逊、罗·邓肯、罗·克里利等人联合创办了《黑山评论》杂志，提倡一种“放射体”的诗歌风格。这种风格与 20 世纪 40 年代流行的传统格律风格形成对比，并逐步形成了一个诗歌的流派。这所学校认为诗歌是向读者传达诗人的“能”，所以诗歌是“能的结构”和“能的放射”；以往传统诗歌中的节奏将被更有灵魂的形式的“音乐片语”所替代；一个想法必须直接导致另一个想法的出现，从而能够实现“快速写作”。黑山派诗人还倡导诗歌朗诵的推行活动。他们认为诗歌应该能够更加具有自发性和口语化的特征，应该在诗歌中多使用美国的口语和俚语，与艾略特和其他作家的学院派诗歌风格产生了对立的局面。

第二次世界大战后，美国社会处于动荡不安的时期，传统的学院派诗歌对人们的创造束缚很大。很多诗人因为所处的社会环境和创作环境，处于一种心灵、情绪无处发泄的状态。于是各种诗歌流派如当年的嬉皮士一样，迅速出现并成长。

鲍威尔经过痛苦的反思，将现实、文化中所体现的种种矛盾，融入内心，“坦白地倾诉个性的丧失”。鲍威尔和伯里曼两个互为竞争的自白派高人，使自白派成为千山群峰中的一个较高的山峰。

（3）戏剧的全面繁荣

第二次世界大战后，各种社会问题在美国变得越来越尖锐，人们普遍对社会和生活失去了信心，在一些知识分子中间产生了一种精神危机感。正是在这种社会背景下，荒诞派作家通过他们的作品表达了对资本主义世界的不满和抗争。在内容上，荒诞派戏剧表达了他们对于世界的不可理解和生活中的荒诞场景，但在艺术手法上，他们摆脱了传统的戏剧结构，通过反理性的结构、不合逻辑的情节、性格不完整的人物、机械单调的戏剧动作和荒诞的对话，在作品中强调了“世界是荒诞”的这一中心思想。

3. 主要作家与作品

诺曼·梅勒（Norman Mailer）和詹姆斯·琼斯（James Jones）分别是战争小说中重要的代表性人物，他们分别创作了《裸者和死者》（The Naked and the Dead，1948）和《从这里到永恒》（From here to Eternity，1951）这两本著作。这两本书具有共通之处，都是对战争时期部队中小兵、下级军官与军事机构之间矛盾的描写。其故事的本质是，人的个性和权力机构是存在冲突的，尤其是扼杀个性的权力机构，很有可能会和个体产生强烈的冲突。这些小说已经涉及战后一代文学中最重要的主题。在犹太小说中，最杰出的是美国犹太作家索尔·贝娄（Saul Bellow）的《荡来荡去的人》（Dangling Man，1945），小说采用日记体形式，客观记录了主人公约瑟夫在家闲荡、与家人和朋友无缘无故地争吵的生活，以及他内心进行的一场深刻的自我分析。在黑人小说中，理查德·赖特（Richard Wright）和拉尔夫·艾里森（Ralph Ellison）是两个主要代表人物，赖特的《土生子》（The Native Son，1940）把对美国社会制度的控诉含在一个描写黑人青年犯罪故事的寓言里，其不仅是赖特最优秀的代表作，而且被认为是黑人文学中的里程碑。

垮掉派中真正的大诗人是艾伦·金斯伯格（Allen Ginsberg），《嚎叫》（Howl，1955）是金斯伯格本人和整个垮掉派文学的代表作，这首诗无论在其描写的内容还是在其展示的美学风格上，都是打破常规、惊世骇俗的，它超越了文学艺术领域，影响了美国的社会历史进程。关于黑山派诗歌，毫无疑问，查尔斯·奥尔逊（Charles Olson）是这群诗人的领袖，他不仅是这派诗人活动的组织者，也以独特的诗歌理论与实际的诗歌创作成为大家尊崇的对象，其代表作是《马克西姆斯诗抄》(The Maximums Poems, 1953—1975)，这是一部苦心经营近30年的哲理诗史。

第三节　英美文学精神内核

一、人文主义精神

在英语中，“人文精神”是humanism，也可以被翻译成人本主义或人文主义。欧洲文艺复兴时期提出了人文精神的概念，并形成了有关的思想体系，其是文艺复兴运动的精华。从广义上理解，人文精神是人的内在自我关怀，表现为对价值、尊严和命运的尊重和接受以及对生命的追求，它是人类生存过程中传承下来的一种精神文化，具有极高的文化价值，更是一种对发展和实现理想人格的概括和创新。当我们审视英美文学的发展过程时，我们看到它所关注和提倡的正是这种人类价值和精神的表达。西方人文主义的文化根基可以追溯到古希腊和古罗马时期。古希腊和古罗马学者对人在宇宙中的地位、人与人之间、人与物之间以及人性之间关系的本体论思考，对当时哲学流派的发展有着促进的作用，并为古希腊的民主政治奠定了基础。现代人文主义精神经过了基督教文明、文艺复兴、世俗传统和启蒙思想等思想的考验，成为现代民主思想、科学精神、捍卫人权乃至环境保护的理论和思想来源。人文精神从全人类的命运出发，十分注重以理性的态度看待社会，它能够引导人们进行思考，反思生命的价值，审视生存的意义。它能以其形而上的特质指向人类存在的本质，并深入人类的精神和灵魂世界，在塑造人的精神世界方面具有重要功能。人文主义的核心价值包括人的自我价值和尊严，个人自我实现的能力和手段，以及人类自由、平等和公共利益等观点。现代社会正处于一个快速发展和变化的时代，物质文明的快速发展使人们难以在精神和道德方面及时和适当地做出调整和变化，这样的现象导致价值观的丧失或混乱。在物质世界和精神世界不能够平衡发展的时代，更应该着重关心人们精神世界的发展。大学作为公共教育和社会发展之间的重要纽带，应该对人们精神世界的建设发挥积极作用。高质量的大学教师不仅要具备良好的专业素养，还要有较高的人文知识和人文精神，才能对社会发展和竞争做出积极的应对。因此，我国培养的英语学生不应该成为信息传递的工具，而应该成为文化传播的使者，在学习了西方人文精神之后，更应该发展自己在主观主义精神、独立学习、自我发展等方面的能力。

英美文学教学的主要目标是培养学生成为具有良好语言能力和广阔文化视野的社会型人才，英美文学教学本质上是人文主义领域的教育，注重人类价值和人类精神的实现。英美文学教学一方面注重培养学生的语言能力，另一方面注重培养人的人格，使人的精神融入品格的塑造过程中。英美文学课程的特点有文学本身具备的自然直观和感性，已经成为人文精神传播过程中的重要载体。

（一）人文主义精神内涵

人文主义精神意味着“对人类价值的追求”，英美文学史主张科学与人文主义的兼容，关注的目的是实现每一个人类的自我价值。人文中的规律指的是“区别于自然现象的具体规律”，重点要把人们的言行、思维与信仰、价值观、理想和人文模式等相结合。审美情趣将人文精神视为一种文化活动。人文精神是将理想和价值观带入人类的文化世界和文化生活中，它强调发展文化世界并促进人类的文化生活，以促进个体的完善、发展和进步。人文精神是一种人类在不断探索中逐步完善和扩展自己，从而进一步完善自己的行为和思想，逐步从“自在的”形态迈向“自为”的形态。

人文精神是对生命和人类命运真正意义的理性构想，主要涉及人类对人个性和精神的发展观念。国内一些学者把人文精神的含义分为三个不同的层次：第一是对人的尊严和幸福的追求，也叫广义的人文主义精神，也就是人性方面的观点；第二是全人类对生存真理的追求，也叫广义的科学精神，也就是理性的观点和看法；第三是全人类对生命意义的追求。通俗地说，就是对他人的关怀之心，这个追求超越了一般的世俗观点。这里对超越有多种看法，首先是对他人价值的尊重，以及对他人精神生活的关注，但最重要的是尊重他人，将其当作精神所存在的价值体现。在中国文化不断发展变革的3000年历史中，中国传统文化主要是以实践和伦理为基础。这意味着对人的研究和关注主要集中在人与人之间的社会交际上，从而对人的内在精神和心灵发展有一定程度上的忽视。在西方文化中，人们对宗教和哲学的关注度比较高，因为其把对人类品格和社会发展的研究放在了首要的位置。西方传统意义上的文学受到了希伯来救世主义、古罗马征服态度以及古希腊理性主义的影响。更加强调自我完善和个性的发展。

对人类命运的关注和态度是人文主义精神的主要探究重点，人文精神能够引导人们开展对生命价值和意义的深入分析。人文主义精神利用形而上的基本原则来展现人类的生活本质，将人类的精神世界提升到一个新的高度，帮助人类塑造更加美好的精神世界。在人文主义的基本价值观中，要对个人的自我价值、个人自我实现的道路、个人尊严、个人自由和平等的观念进行充分的展现。目前社会正处于快速发展阶段，物质文明的巨大进步极大地促进了精神文明的发展，但多元文化又对物质与精神的世界产生了负面的影响，如这两者的发展不平衡，这样不平衡的现象在一定程度上影响了人类精神世界的发展。良好的专业素养和人文素养是一个优秀学生应该具备的，只有具备了良好的素养才能促进学生对社会发展的过程做出积极的反应，所以在日常的教学环境中，教师就应该向学生传递人文精神，比如在课堂上对英语专业学生进行英美文学教学。

（二）人文主义精神的体现与发展

艺术是一种独特的精神现象，是人类智慧的结晶，是人文精神的载体，艺术被人类创造出来，并且存在于人类的社会环境，是人类历史中不可分割的组成部分，在人类的世代交替和社会发展中一直占据着重要的地位。可以说，伟大而无限的艺术史也是人类精神世界的历史，帮助人类不断认识自我，在这个历史过程中充满了形象化的心灵历程。

1. 英国近现代文学史上的人文精神

提到英国文学，就必须提到莎士比亚。莎士比亚是一位人文主义作家，他在作品中颂扬人类的美德、爱情、友谊和忠诚，并谴责昏君的暴行和叛国的小人。莎士比亚戏剧中有一句话“世界是一个大舞台”，这句话表明莎士比亚创作戏剧的主要目的是反映真实的人类生活。莎士比亚独特的艺术天赋体现在他对人物内心世界的热爱、对生活的体悟、对生命的拥抱、感受与自然界产生的共鸣等方面，这些都体现了剧作家的宽广胸怀，这种精神被后人称为“莎士比亚精神”。18 世纪末和 19 世纪初属于诗歌的黄金时代，在这个时期也产生了许多伟大的诗人，如英国诗人威廉·华兹华斯。

2. 美国文学史上的人文精神

对个人自由和精神解放的争取和歌颂是美国人文精神的基本特点。以美国民族诗人华尔特·惠特曼为例，他为美国人民写下了代表社会心声的文字，因此被称为美国现代文学和现代诗歌的创始人。他的作品《草叶集》是对自我创造和民主生活的表达。他的写作风格相当丰富：他的大部分作品歌颂普通人的生活情感和价值观，表达得相当直接、大胆，甚至存在着粗鲁的特征；他的许多作品都在歌颂民主理想，这些作品主要特点是高亢、有力、充满激情，让人难以忘怀。他大胆地打破了传统诗歌的创作格律，创造了一种新的诗歌形式，后来被称为自由体诗。又如赫尔曼·麦尔维尔（1819—1891）是 19 世纪最伟大的美国作家之一。他钟爱描写历险的经历，并取得了很大成功，他同时也是一位思想成熟、大胆探索的伟大艺术家。

在总体上说，西方文化的起源与中国文化的起源有所不同。如罗马和雅典都在地中海沿岸，这些国家的人民生活和生存空间是有限的。他们中的大多数人充分利用了海洋这一交流的载体，通过频繁的互动和交往行为，找到了更多的发展空间和机会，从而在这些国家中形成了先进的贸易和手工艺，而正是这种希伯来超越意识、古罗马征服态度以及古希腊理性主义造成的独特影响，他们以上帝为信仰，认为人类社会和大自然都要服从上帝的指令，人类和大自然是天然对立的关系。他们把自然看作是人类要获取和占有的对象，人类是自然界的主人。这种与自然的对立和疏离关系反映在他们的诗歌中。在西方的文学中，自然界是独立于人和物之外的，或者以被神化的形象而出现。

二、个人英雄主义精神

（一）个人英雄主义的起源与发展

英美文学中有很多以个人英雄主义为中心的著名作品，如《荷马史诗》《太阳照样升起》《丧钟为谁而鸣》等。这些不同时代的英美文学作品都从选择个人英雄为核心，在21世纪依然对广大读者产生深刻的影响，超越了时间和空间的限制，这样大的影响和这些作品中呈现出的英雄主义精神有密不可分的关系。英美文学中对个人英雄主义题材的热忱源于英美国家的社会背景和价值体系，英美等西方国家在历史上形成的个人英雄主义文化以及西方国家对自由和个人价值等观念的大力推行，使英美文学中的个人英雄主义题材历经几个世纪历史的洗礼依然广受欢迎。读者对英美文学中个人英雄的崇拜，使个人英雄主义题材的作品受到广泛的关注，不断激发文学创作者们创作个人英雄主义作品的热情。此外，这些作品中的英雄人物拥有人人向往的品质，如对权威的蔑视和不屈不挠的个人性格，这些积极、正面的品质决定了英美文学中个人英雄主义存在的必要性和重要性，特别是个人英雄主义精神展现的超越性，如自我牺牲和不畏强权，表现出一种超越时代的美好特质，可以克服对死亡的恐惧和追求财富的本能，这些特质的展现能够更好地满足观众的审美期待。可见，个人英雄主义是英美文学创作的精神核心，英美文学作品是宣传和传播个人英雄主义的外在载体。英美文学中各种形式的个人英雄主义精神，不仅可以使文学作品具有更深刻的思想色彩，而且有助于个人英雄主义文化的不断传承、完善和发展。

个人英雄主义既浪漫又悲壮，这两种感情能够很好地融合在一起，表达了人们对美好事物的希望和憧憬。虽然英美文学中总是有个人英雄主义的身影，但个人英雄主义在英美文学中的表现随着社会及其需求的变化而不断发展。英美文学中的个人英雄主义最早可以追溯到古典时期，当时英美文学中的个人英雄主义主要以“神”的方式表达出来。这样具备神的特征的英雄是个人英雄主义在文学中的表现形式，这样的特征在希腊神话中体现得淋漓尽致，如奥德修斯、阿喀琉斯等英雄人物就是“神化”的代表形象。文艺复兴时期，随着人文主义意识的萌芽和发展，人文主义逐渐发展壮大，社会也对人文主义的精神产生了认同感，在文艺复兴时期的文学作品中，一些人物不再一味地追求“神”的形象，而是成为更有人文主义气息的形象，著名的《堂吉诃德》和《哈姆雷特》就是在文艺复兴时期产生的。在17和18世纪，启蒙运动促进了自由和民主思想的稳步发展，个人英雄主义在这一时期得到了极大的发展，因为人们更加重视对自由和个性的宣扬。19世纪的著名作家之一拜伦，他的作品《唐璜》和《普罗米修斯》中出现了大量的英雄人物，由于他们在拜伦的笔下具有反叛和强烈的反抗意识，这些人物也被称为“资产阶级英雄”。20世纪，世界大战和严重的世界经济危机给人们的生活和思想都带来了挑战，人们生活状况困窘，经济萧条，所以英美作家对个人英雄的形象塑造产生了一定的怀疑态度，这一时期英美文学中的个人英雄题材比例急剧下降。相比之下，这一时期的文学作家更关注对社会环境中小人物的描写和刻画，注重普通人身上的英雄气概。作家海明威在小说《丧钟为谁而鸣》中，选择了罗伯特·乔丹作为主角，他是一名普通的教师，在战争爆发后积极参加反法西斯战争，以自己微薄的力量与法西斯势力对抗，最终牺牲了自己年轻的生命，在这个过程中表现出了普通人的英雄主义和无畏精神。显然，英美文学中个人英雄主义的出现和发展过程，在一定程度上与对应国家的历史发展有关。因此，文学作品中的个人英雄主义，不仅是对英雄事迹和英雄精神的弘扬和歌颂，也是对民族思想和时代价值的反映和传承。

（二）个人英雄主义探讨

1. 个人英雄主义类型

在不同的分类原则和标准基础上，英美文学有不同的个人英雄主义类型，英美文学中的个人英雄主义根据英雄的斗争对象可被分为两种类型：与自然环境的斗争和与社会的斗争。在与自然环境的斗争类型中，最具代表性的是《鲁滨孙漂流记》中的鲁滨孙，他与大自然的严酷条件做斗争，在经过危险的旅程后，最终生存下来并离开了无人居住的岛屿。在与社会的斗争类型中，《丧钟为谁而鸣》中的罗伯特·乔丹是最典型、最有代表性的人物，他为捍卫社会正义牺牲了自己的生命，为社会文化和社会机制的变革做出了贡献。以个人英雄主义精神为分类标准，英美文学中的个人英雄主义类型可被分为两类：个人牺牲和个人救赎。无论什么样的个人英雄主义，都需要有坚定的信念和理想信仰。个人英雄主义在英美文学的不同体裁中也有所不同，史诗和小说这两种文学体裁是个人英雄主义最常使用的文学诠释类型，因为这两种文学诠释类型可以充分地体现出个人英雄主义的特点和精神。我们可以通过许多文学作品总结而知，英美文学中的个人英雄多为成长型的人物，不同时代的英雄都能随着自己的经历而成长，因此，个人英雄主义的精神是随着英雄人物的成长而不断拓展和成长的，英雄的形象也是立体和生动的。不同类型的个人英雄主义提升着文学作品中的精神世界。

2. 个人英雄主义的共性与个性

英美文学中的个人英雄主义主题在不同的时代是有所区别的，用来表现个人英雄主义的方式也不同。英雄在不同的类别中，都敢于用自己的个人力量与命运和环境做斗争，表现出不畏艰险的坚定、勇敢和高尚的精神，这些优良的品质是个人英雄主义最主要的共性特征。英美文学中个人英雄主义的共性特征也表现在其超越性方面。个人英雄必须克服恐惧死亡和恐惧生命的本能，为更高的个人价值和更高的理想而奋斗。个人英雄主义的精神因为超越性的难以达到而显得更有价值，在这种精神传承的背景下，需要英美文学这一种载体来传播个人英雄主义精神和英雄主义的信仰。

个人英雄之所以能被人们铭记，其个性能够广为流传，是因为个人英雄主义具有显著的个性特征。个人英雄主义的个性取决于不同的价值取向和英雄色彩，这样的个性和特征也是英美文学作品多样化的核心所在。就英美文学中个人英雄所体现的价值观而言，《贝奥武夫》中贝奥武夫的无畏，《暴风雨》中普罗斯佩罗的宽容和博爱，《红字》中海斯特的爱恨表达，这些个人英雄通过他们的不同的价值体现延伸和拓展了英美文学中个人英雄主义情怀的范围。就英美文学中个人英雄主义的色彩而言，曼弗雷德以自己的毁灭为代价，表达了渴望解脱的悲剧性精神；圣地亚哥在经历了艰难困苦的考验后取得的胜利是鼓舞人心的，显示了个人英雄的激励和鼓舞作用；鲁滨孙的乐观精神与英美文学中一些个人英雄的个性和特征不谋而合。英美文学中某些人物的个性塑造也与写作环境密切相关，以海明威为例，他经历了第一次世界大战，战争的残酷和生死的考验使他的作品饱含着对生活的慈悲和感恩，海明威的作品以悲剧色彩为主要特征。

（三）个人英雄主义的影响力

1. 基于积极视角

英美文学作品中所描绘的个人英雄不仅是存在于文学作品中的虚构人物，这些个人英雄也有其积极的作用，在价值观和精神方面对个人和社会产生了正面的影响。在个人层面上，英美文学中的个人英雄主义可以为个人的行动提供精神上的动力。《太阳照样升起》中的佩德罗·罗梅罗用顽强的毅力打败了实力远胜于自己的科恩，《丧钟为谁而鸣》中的罗伯特·乔丹将自己的生命奉献给了正义与公平，他们也是许多英雄人物形象的代表，这些个人英雄都具有崇高的使命感和正义感，具有坚韧不拔、永不放弃、敢于担当等优秀品质和英雄主义情怀的特征。这种使命感和责任感是对社会大众产生鼓舞的根本力量，激励的作用由一种根深蒂固的敬佩之情所激发。个人英雄的激励作用对年轻人来说是最有激励效果的，这些英雄人物激励他们追求和坚持自己的梦想，探索个人的人生价值，是他们人生道路上最强的精神源泉之一，激励他们努力成长，对培养他们积极的价值观和审美取向起着关键作用。在社会层面，英美文学中个人英雄的出现也反映出了人们对压制的反抗精神，这些作品中的个人英雄代表了整个社会人民的心声，并为他们带去反抗的力量源泉。英美文学中的英雄人物有助于在英美社会中形成一种个人英雄主义文化，有助于防止社会上的不良现象和不合理的社会机制，促使社会向更积极健康的方向发展。无论是个人还是社会，英美文学中的个人英雄主义精神都能对其产生深远的影响，从人们的思维理念和价值观等方面产生作用，并超越时空和国家的限制，为不同历史时期的人们提供同样的精神力量。

2. 基于消极视角

虽然在大多数英美文学作品中，个人英雄及其精神都具有积极的意义，并对人类产生正面的影响作用，但并非所有形式的个人英雄主义和个人英雄精神都是积极和正面的。在英美文学中，《间谍》等文学作品中的英雄人物经常使用暴力的手段维护正义，这种个人英雄主义会宣扬一种“以暴制暴”的错误观念，经常使用暴力的个人英雄甚至会对社会秩序产生不同程度的负面影响。此外，个人英雄主义作为英雄主义范围内的基本形式之一，比其他形式的英雄主义更强调个人在社会事件中的作用，在一定程度上模糊了集体的力量，夸大了个人的价值，并试图以牺牲集体力量为代价强调个人力量。这些理念和我国传统理念中的一些观点有很大的出入，如我国更加强调集体的力量，而集体意识的缺乏表明个人更容易有失败的可能。

第六章　英美经典文学鉴赏导读

本章主要为英美经典文学鉴赏导读，从三个方面进行阐述，分别是英美文学作品的宏观研究、英美文学作品的微观探求、英美文学作品的赏析策略以及英美文学作品的经典导读。

第一节　宏观研究

一、文化意识

世界政治、经济和技术正处于全球化的统一发展阶段，人类社会已经逐渐变得多元化。世界文化体系正在跨越文化界限，文化已经不再以传统的方式存在。人们不再以片面和独立的文化思维方式为文化交流的主导，而是采取多元的、系统的方式探索世界文化的发展。世界上的文化正处于一个碰撞和融合的阶段。在这种背景下，我们需要一个清晰的认识来研究不同国家的文化和做法，从而更加了解不同国家的习俗和习惯。只有这样，我们才不会在日常交往时让自己处于文化冲突的被动局面中。

文学是一个民族文化的成果精华，它既是研究一种文化的重要工具，也是民族独特性的体现。通过学习英美文学，我们可以了解到西方文化中隐含的内涵和价值观。换句话说，通过英美文学，我们可以对英美文化和民族性格有更加深入的了解，这种跨文化的交流层次以文化认知为基础。因此，以跨文化的视角对英美文学展开研究，是我们在外语文学教学和研究中应该重视的一个问题。

（一）文化与英美文学

文化和文学在一定程度上是紧密相连的，通过阅读和分析英美文学作品，读者可以提高其基本的语言能力和人文素质，并提高有关西方文学和文化的知识水平。文学研究不仅有助于读者在生活中培养情感、开阔眼界、提高认知能力，而且对改造一个民族的精神文化也起着不可或缺的作用。

如果要将英语这门语言学精、学深，学生就要具备上述这些基本的技能和能力。因此，在开始深入研究英美文学之前，我们必须首先掌握文化和文学之间的关系。

1. 英美文学发展与文化的关系

英国文学是世界文学的一个重要组成部分。文艺复兴时期的思想是英国文学得以发展的基础，英国文学经历了文艺复兴、浪漫主义和现实主义三个时期，最终得以成熟。

第一次和第二次世界大战结束之后，英国文学开始追求多层次的发展，其作品对社会的变化和发展有客观和全面的描绘。面对文化全球化的发展态势，英国文学的现实主义视角对社会的未来发展有了更加深入的探求，其作品反映了英国的社会、政治、经济和文化等多个方面的发展。而美国的文学在这三个时期中，一直受到欧洲的影响，还没有从传统的风格中实现自身创新的突破。美国文学的发展一直从欧洲文化和北美新大陆文化中汲取养分。

在 19 世纪中期的浪漫主义时期，美国文学开始摆脱欧洲文化的影响，寻找自己的创新发展，慢慢达到创作意识的成熟，这一时期出现了许多伟大的作家。

在 20 世纪，特别是在二战结束后的时期，20 世纪 60 年代的实验主义和 20 世纪 70 年代的多元文化都对当时社会发展的特点反映明显。

英美文学的发展历程表明，不同文学的流派可以清楚地反映不同时期的社会变化和文化沉淀。它们代表了人类社会本身的文化存在，是整个文化系统多元体系中的一分子，最能体现人文精神。

2. 英美文学与文化差异

作者想要对社会现实进行深入的刻画，就必须重视文学作品中的表现方法，表现方法是对作品的现实社会、政治、经济和文化方面的再现和概括。

英美文学的语言文化知识和文体特征，显示了语言文化交际的张力，让人感到语言的魅力是如此丰富。因此，学生要将文学作品的学习与英语语言文化进行深度的融合，这是一个将个人的思考和见解融入作品的过程，对于形成艺术价值的认识和培养基本价值感都是必要的。此外，对英美文学的解读实际上是一个学习和了解英美文化的过程，包括学习作者的价值观和意识形态的内容。因此，我们学习英美文化和文化研究的过程就是一个理解作品内在意识的过程。对英美文学的研究需要我们不断理解作品内在的意识，并考虑到文化理解和文学特质的差异。这将有助于我们提高识别不同地区不同文化的能力，并在体悟文化差异的过程中学习知识。以中西方文化为例，我们只有从根本上理解两种文化差异产生的原因，消除两种文化之间的矛盾，促进不同文化的融合，才能提高我们跨文化交际能力。因此，从对英美文学的学习到对其作品的研究和解读，都是一个不断消除文化障碍的过程，这将更好地减少文化冲突，促进中西文化的交流。

（二）英美文学研究中的跨文化培养

著名的美国学者霍尔（Hall），在 1959 年提出了跨文化交流的概念，最终使其成为一门独立的学科。当一种文化和另一种文化相遇、融合，并在不同的文化背景下被理解时，就会发生跨文化交流。同时，在文化融合的过程中，人们对彼此的文化交流和文化的评价，从一开始就来自于我们对自己国家或者民族的理解，文学镜面折射的原理是对这种现象的最好解读。换句话说，文学构成了一个文学生产的场域，而这个场域是由文学自己的历史、特点以及固定的规则而形成的，它之外的社会现象只能通过折射反映出来。

在这个过程中，文学作品所反映的社会现象会出现一定的偏差，可能会出现“鸡肋”的现象。这种文学和文化意识的现象并不是直接产生的，它们所反映与被反映的关系是相生相吸的，以致最后在文学场的作用下得到转换变形。

因此，可以很明显地看出，文学作为文化生产的一个场域，作为一个民族个性的表征，是读者了解一个民族的文化态度、政治和经济现象以及生活方式的最客观、最真实的材料。此外，从跨文化角度看待文学，我们只有完全理解了文化信息符号，才能对英美文化等产生全面的了解。在一些文化交流中，相对隐性的文化元素，如意识形态、价值观和人文精神等，都是学习隐形文化的好例子。在英美文学的研究学习过程中，教师可以通过这些隐性元素为跨文化交流提供材料。文学是文化符号的表现方式，其作品中所反映的社会历史文化现象和变化，使读者，特别是跨文化的读者使用跨文化意识进行阅读和学习。

简而言之，跨文化意识就是对文化差异的敏感与宽容。培养跨文化意识首先要了解母语和学习语言的文化意识，其次培养跨文化意识的习惯。在培养跨文化意识的过程中，文化适应性的发展是至关重要的，教师要从母语的文化意识出发，培养学生目标语言的文化意识。

由于在阅读英美文学作品的过程中会传递出文学作品的隐性和显性文化元素，跨文化读者需要对英美国家的文化共同性和差异性都有所了解，并在跨文化阅读中具备文化顿悟的能力。通过中西文化的比较，教师可以运用比较中国文化的方法，引起学生对英美文学文化现象的关注。

例如，在学习富兰克林的自传时，教师可以将“修身、齐家、治国、平天下”的儒家文化思想与富兰克林提出的整齐、公正、勤奋、谦虚等十三种美德进行对比，更好地培养学生的跨文化意识能力，从而加深学生对作品的欣赏和理解水平。

二、人文素养

英美文学是世界文学版图的重要组成部分，也是世界文学发展重要的推动力。英美文学较为擅长人物形象为主题的作品创作，这些作品具有丰富的特点、内容和主题多样性，题材也是丰富多样的，以文学的形式表达了特定社会背景下群体的价值观、内心感受和文化思维模式。不同的英美文学作品中所塑造的人物形象是不同的，对人文素质的表达也是不同的。

（一）文艺复兴时期英美文学作品中的人文素养

传统英美文化对英美文学的创作也产生了一定的影响，人物形象多为贵族，但也有一些性格较为突出的贵族形象。这些人物通常具有反抗和斗争的特质，他们的行为与社会的传统形象相悖，通常具有强烈的个性。这些人物的刻画表达作者对欧洲文艺复兴时期普通社会群体社会地位的认可[①]。英美文学的特点是充满了浪漫主义的核心思想。作者们敢于挑战社会的规则，不断争取人人平等，这说明人们的民主和自由意识得以发展。在今天的社会环境中，英美文化根据时代的要求不断演变和发展，英美的文学作品也更加人性化。通过阅读英美文学，学生可以全面了解英美国家的社会发展和当时人们的思想变迁。

1. 文艺复兴时期英美文学作品中人文素养的社会体现

文艺复兴对西方文学产生了非常大的影响。在当时的社会环境背景下，人文主义和开明的思想成为社会思想的主流，在这种思潮下产生的文学作品必须充分反映支撑文学创作的时代观念，这些思潮也是文学创作的思想根源。在英国和美国文学中，人物的塑造比较能够体现出当时人们的追求。这些英雄通常心地善良，有勇气追求自己的生活，寻求自我的解放，与宗教环境中塑造的英雄相比，他们会更有意识地进行自我表达。在描绘这些人物时，英国和美国作家摒弃了传统的创作模式，而是将贵族描绘成叛逆的、不服从传统礼仪的人。这些人物更加勤奋和果敢，他们的主要目标是为全新的生活而奋斗。

在英国文学中，莎士比亚的文学作品中就经常出现这种具有社会代表性的人物。在莎士比亚的作品中，男性是勇气和智慧的结合体，人的内在道德品质通过对外在形象的完美塑造而得到完美的体现。[②]《罗密欧与朱丽叶》是莎士比亚的代表作之一，主人公罗密欧为了追求属于自己的真爱，放弃了家族的仇恨和家族财富，不惧世俗的眼光，与爱人一起逃亡，在结局得到了爱情而失去了生命。这部作品中，主人公罗密欧是勇敢的化身，敢于与社会对立，显示了他突破社会桎梏，为自由和爱情争取的非凡勇气。莎士比亚不仅在作品中对这种男性大加赞美，更是用诗歌表达对自由和爱情的赞美，使读者对文学作品中的女性形象准确定位。

2. 浪漫主义文学时期英美文学作品中人文素养的社会体现

女性作家也在这一时期纷纷涌现。在女性作家的作品中更多地出现了女权主义的思维和表达，让这些文学作品在广受读者欢迎之外，还在英美文学作品中有

① 杨静. 英美文学作品的鉴赏与阅读审美初探 [J]. 语文建设，2013（36）：35-36.
② 王愿. 英美文学的精神价值和现实意义 [J]. 武汉纺织大学选报，2013，26（02）：43-44.

了独特的地位。例如，英国女性作家简·奥斯丁创作的《傲慢与偏见》，在这部作品中作者将女性主义的思想与对现实社会的批判结合在一起。作品的主人公伊丽莎白是乡绅的女儿，因为其博学的知识、机敏的智慧以及傲人的美貌，成为当地男性追求的对象。出身高贵的达西先生来此参加聚会，被伊丽莎白的聪慧所吸引，在暗中默默关注着伊丽莎白的动态。而伊丽莎白因为种种原因对达西产生了误会，拒绝了达西的追求，后来经过故事的发展，两人消除了误会，伊丽莎白消除了对达西的偏见，达西也放下自己豪门子弟的偏见，两人的爱情故事迎来了美满的结局。

（二）刻画人物形象中所体现的人文素养

1. 突出人物对自我独立的追求

英美文学作品的风格因为创作者所在的社会环境变化而产生了变化，在文艺复兴时期，一些黑人作家开始崭露头角，因为他们十分了解黑人的处境和社会地位，所以对黑人的形象刻画也更为饱满和客观。因为一些历史的原因，黑人很难在美国的社会中立足并得到发展，然而，他们能够迈出前进的脚步，为自己的自由、工作和社会地位的提高而努力。黑人作家的成功也是社会向前发展的一个表现。在过去，文学创作者更多将黑人描写为纯洁和单纯的形象，这种情况是由黑人弱势的社会生活所决定的。黑人的反叛和抗争行为往往是为了争取自由和社会上的尊重。在文学作品中，描绘人物时更多注重的是生活细节，从中体现出对人物命运的暗示。

2. 突出女性形象的个性化

在英美文学中，人物内心世界的表达主要是通过情感的塑造展现的。例如，《简·爱》中的女主人公是一个没有社会地位的普通妇女形象。但简·爱是有自尊和自信的，她的性格中更多的是独立和自爱的特点，她有自己的想法，内心充满了爱与宽容。通过对简·爱这个人物性格特征的刻画，作者表达了独立女性不屈服于世界的气质。

总而言之，英美文学对世界文学产生了深远的影响。欧洲文艺复兴时期，女性作家的作品也受到了文坛和读者的欢迎，她们创作了许多文学作品，并留名史册，女性形象在英美文学中发挥着举足轻重的作用。在英美文学中，女性的形象蕴含着人格的魅力。

三、语言艺术

文化是一个宽泛的人文概念，我们很难根据宽泛和人文这两个特点来准确定义文化是什么。在面对与本民族和本国家文化不同甚至相抵触的文化时，我们要用包容的态度理解其他文化，这就是跨文化的概念。具体而言，人类文化包括历史、地理、习俗、传统、文学、艺术、生活方式、法律制度、价值观、图腾等，在这些特定的人类文化中，文学和艺术是最稳定和最表层的文化表达形式。在历史文化的发展过程中，许多伟大的文学作品从古代流传到今天，在跨文化背景下研究英美作品，可以帮助人们更好地深入理解作品的精神内核。文学的形式可以帮助人们用语言来创造形象和传达情感，英美文学也具有这样的作用，它不仅可以对外部世界进行客观或者抽象的描述，也可以描写人的内在的精神世界。

（一）语言来源

古希腊文化和希伯来文化在整个西方文化中被称为“两希”文化。被大家所熟知的古希腊神话是古希腊文化的核心，而犹太教基督教的经典《圣经》是希伯来文化的核心。古希腊神话和《圣经》在全世界范围内仍然有许多的读者，它们对西方世界的深刻影响和重要性，在英国和美国的文学作品中体现得尤为明显。事实上，英美文学的发展可以说是以“两希”文化为基础的。在“两希”文化的影响下，英美文学得以产生了无数的杰作。

具体来看，首先，古希腊神话对英美文学的语言表达习惯产生了极大的影响。古希腊神话对英美文学语言的影响主要在于，它为英美文学提供了大量的素材。许多英国和美国文学作品的故事灵感都直接来自古希腊的神话故事。莎士比亚，被中国的读者和学者们称为“莎翁”，他写的《特罗伊斯与克瑞西达》和长诗《维纳斯与阿多尼斯》都是直接基于神话人物的名字而创作的。出于文学目的引用神话英雄的名字，只是一种表面的语言学引用。“阿喀琉斯之踵”则是从神话故事中形成的一种固定的俗语表达方式。阿喀琉斯的母亲海洋之神特提斯，在他还是婴儿的时候就把他浸泡在斯提克斯河里，让他拥有一副金刚之身，在刀枪剑戟面前无往不利。但是阿喀琉斯的脚跟是他致命的弱点，因为特提斯必须抓着他的脚跟才不会让他掉进河里，所以他的脚跟没有在河中浸泡过。在特洛伊战争期间，阿基里斯的脚跟被箭射中，使得他死亡。“Achile’s heels”在英美国家中被引申为“关键要害”的意思。这是古希腊神话对英美文学影响的一个常见例子。

另外，《圣经》对英美文学的影响也是特别大的。如同古希腊神话一样，《圣经》对英美文学的影响表现在后代作家创作的文学作品中，许多的作品都以《圣经》中的故事和题材为基础，另外，《圣经》中的一些情节也衍生出了许多引申义，如“Adam’s apple”“apple of Sodom”“at the eleventh hour”“at one’s wit’s end”等都是从《圣经》中的故事衍生而来的。例如，“Adam’s apple”在英语中的意思是“男人的喉结”。根据《圣经·旧约》第二章中的情节，在伊甸园里，住着上帝创造出来的亚当，和用亚当的肋骨制造的夏娃。一开始，两个人安分守己，守护着伊甸园，后来，夏娃被撒旦诱惑之后，想要品尝树上的禁果，她让亚当也品尝一下，正在亚当品尝禁果的时候，上帝来了，吃了禁果的亚当被果核卡住了，既不能吐出来，也不能吞下去，果核只能被留在亚当的喉咙里，这就是男人喉结的来源。这种语言的创造在英美文学的语言选择中具有取之不尽的价值，既丰富了语言的来源，又增加了语言叙述的价值。

关于这部分内容，我们会在后文中进行更为详细的阐述。

（二）语言表达形式

文学作品的基础和表达方式就是语言，没有语言的发展就没有文学的产生，反之亦然，如果没有文学作品，语言就缺少一种传播的方式，而口头语言的稳定性和创造性远不如书面语言。因此，文学作品中的语言是作者进行的更深层次的语言加工过程，其背景和基础是特定时代的文化，在此基础上形成了文学语言的表达方式和表现手法。语言在具有文化共性的同时也具有创造性的特征。文学作品中的语言往往有一种固定的风格，诙谐的、生动的或可理解的，这取决于不同作者使用的不同语言表现手法。

如本书第四章所述，在英美诗歌中，经常使用戏剧性的独白。戏剧性独白的定义是，改变传统剧作家使用第三人称叙述的形式，让语言艺术作品中的人物在英美跨文化背景下以第一人称进行叙述，作品中的人物想法就代表了创作者的观点和认知。戏剧性独白是由诗人索恩伯里开创的，他在 1857 年以《骑士与圆颅党人之歌》为标志，开始使用戏剧性的独白。戏剧性的独白将戏剧人物与创作者分开，从而使文学作品具有更强的独立性和客观性，反过来又使表达更充分，更容易被读者理解。同时，由于戏剧性独白是主人公的独白，更容易表达主人公的内心世界和心理变化过程，使所塑造的人物更具有人格魅力，人物也更丰富，具有层次。

语言中隐喻和象征等手法的使用也是英美文学的一个重要特征。这种通过比喻和隐喻来表达人物复杂心理和性格的方式后来被莎士比亚发扬光大，他在《哈姆雷特》中广泛使用这种方式来描绘哈姆雷特复杂的内心世界。因此，“松散的象喻”也是英美文学中具有很大特色的语言艺术。

（三）语言的结构和韵脚

文学不仅是一门表达的艺术，也是一门音乐和形式相结合的艺术，而诗歌可以将这三种品质完美地结合在一起。中国学者闻一多先生提出了“三美”内涵，即音乐美、图画美和建筑美，而在西方，对诗歌语言的结构和韵律也有详细的要求。虽然诗歌的语言结构和韵律比较明显和严格，但在其他文学作品中也要注意语言的形式结构和韵律，如此可以达到更好的艺术和审美效果。

语言的韵律也是一种语言的艺术，在此我们仍然以十四行诗为例。在学习十四行诗韵脚的时候，我们应特别注意十四行诗的结构。从某种意义上说，韵脚的作用就是服务于诗歌的结构。为了符合音乐合律的需要，十四行诗的韵律有时比中国古典诗词更为严格。英美文学中的押韵使诗歌令人难忘，具有丰富的韵味。在英美文学的抒情作品中，诗歌不仅读起来流畅，而且往往以更大的篇幅和更真诚的态度表达情感，打动读者的心。除了抒情诗之外，小说中适当的押韵往往能使语言更具乐感，并能带出人物的形态和情绪。这在拜伦的长诗《唐璜》中有着很明显的表现，拜伦也用这种手法表现了唐璜的性格变化过程。

所有的文学作品都植根于本国家或者本民族独特的历史文化土壤中，都被赋予了民族的独特艺术魅力和审美特质。在当今政治和经济全球化的背景下，各个国家和民族的文化不可避免地联系在一起，产生融合发展的态势，这些文化交流一定会出现跨文化的特点。人类文化的伟大遗产都是民族的，也是世界的，只有在不断的交流和融合过程中才能获得新的发展。就跨文化背景下的英美文学作品语言艺术研究而言，这些文本只是浅显的，我们还需要更深入的研究才能更好地学习英美文学作品，我们只有明确考察文学之下的文化特性，才能更好地阅读英美文学作品。

四、特点与文化

英美文学作为国际上拥有重要影响力的流派或领域，其自身发展具有鲜明的特点和风格。通过对英美文学作品中的主题选择、表述风格、发展历程等维度进行剖析和解读，我们可以勾勒出其发展的基本脉络和特点，通过文化土壤的分析和研究，则可以发现这些特点产生的原因和规律。

英美文学在当今世界非常有影响力，在一定程度上带领着文学界的趋势和潮流。读者可以从大量的经典作品中学习语言的特点和时代文化。这些经典作品中的许多人物和情节已经被广大读者们接受并认可，还产生了许多文化衍生现象。在分析英美文学的特点和内涵时，从其发展的成功之处进行分析，可以帮助我们更好地了解英美文学发展的脉络，具有很强的现实意义。

不同民族和国家的文学有着其独特的发展特点和历史进程，这些差异导致了不同国家在主题选择、表达风格等方面存在较大的差异。

与其他国家和地区的文化不同，英美文学的特点和发展趋势非常明显，可以帮助我们对英美文学进行学习和研究。

（一）主题表达明确

直观和明确地表达主题是英美文学的一个鲜明特点，在许多文学作品中，作者使用类似“白描”的方式向读者展示自己的目的和情感诉求。这个特点在近代的文学发展过程中比较明显。现实主义流派是起源于欧洲，发展于北美等国家的典型欧美文学流派，此流派推动了这种风格和特点的发展，并在很长一段时间内都维持这种风格不变。与中国为代表的东方文学的风格不同，英美文学的创作过程主线发展非常明确，读者无法猜测故事的结局走向，但可以跟随作者的文字和写作过程推进，逐渐进入艺术的世界，享受文学的世界。

阅读是一个让读者非常享受的过程，英美作家很少让读者陷入其文学作品“伏笔”“陷阱”中。读者被作者设置的一个又一个的悬念诱惑，但是不会在纷繁复杂的细节线索中忽略关键的要素，阅读过程也只能从“表面”进行[①]。换句话说，与东方文学中同时使用“明”和“暗”双线并用的习惯相比，英美文学更偏向于使用更明了的“明”线来描述和呈现故事，如使用“明”线展开故事的铺垫和陈述过程。

例如，在小说家马克·吐温的代表作《The Gilded Age》(《镀金时代》)、《The Adventures of Tom Sawyer》(《汤姆·索亚历险记》)、《The Prince and the Pauper》(《王子和贫儿》)、《The Adventures of Huckleberry Finn》(《哈克贝利·费恩历险记》)中，作者经常会设置一些悬念的情节，还有欧·亨利的短篇名作《麦琪的礼物》《最后一片藤叶》等作品，为读者提供了“出乎意料，又在情理之中”的内容，被读者称为“欧亨利式结尾”。然而，这种紧张的悬念会随着故事的发展逐渐展开，读者也能够运用自己对故事的理解和分析，得出自己对于作品的推理。但在《红楼梦》这样充满东方特色的作品中，则到处都是暗示和设置悬念的情节，需要读者反复阅读和欣赏，甚至在专家的指导下，才能发现故事的巧妙用意，最终拥有豁然开朗的感觉。

（二）多为现实性主题

从某种角度出发，英美文学植根于古希腊和古罗马文明，具有悠久的历史，然而，从不同的角度分析，它们的历史也很短暂。

近几个世纪出版的英美文学经典作品，才是真正将英美文学发扬光大的作品。这些文学作品，都有着深刻的历史原因和文化底蕴，从这些角度看，英美文学会具有现实主义的特点也是必然的。

① 魏燕. 后现代叙事文本的三大特征——从塞林格的《麦田里的守望者》谈起 [J]. 南京师大学报（社会科学版），2001（4）：126-131.

自从英国诞生和美国独立之后，追求实用、进取、冒险的精神和对权力的崇拜一直影响着英美国家的历史进程，成为这些国家和地区文化基因中重要的精神传承。在工业革命、远洋航行、征服北美和全球扩张期的历史中，现实主义文学的题材和表现手法开始在英美文学中自觉或不自觉地得到了推广。几百年来，陆续出现了现实主义和超现实主义等思想流派和运动，人们开始推崇“不说假话，谴责人的灵魂优于肉体等陈词滥调”等思想，推崇现实、描绘现实和影响现实等观点开始成为英美文学的主旋律，与世界其他国家和地区的文学注重情感、神话传说等主题的文学创作形成了鲜明对比。当然，这并不是说世界上其他国家和地区的文学作品缺少现实主义的题材创作，英美文学中同样也有虚构主义等题材的创作，但总的来说，英美文学更加注重现实主义的主题，并在其作品中得以展现。

英美文学作家特别关注具有“开拓精神”和“领军色彩”的主题，尤其将创作范围固定到某些历史片段中，这些历史说明了英美国家在现代化历程中遥遥领先，文学领域也更加追求改革和创新。例如，在 20 世纪初的一些历史时期中，这种现实主义的主题包含的“觉醒成分”“反思意识”特别突出[①]。

（三）发展节奏明快

英美文学的另一个明显特征是发展历程较快、阶段明显。总的来说，英美文学的发展也有类似“加速”的感觉，自几百年前出现成熟的英美文学作品以来，其历史发展是一个逐渐加速的过程，因为早期的发展往往是百年才出现一次变革和创新的发展，而随着时间推移和经济的繁荣，这些变化的步伐逐渐加快。近代以来，英美文学发展迅速，每隔二三十年就能够产生一次新的趋势和潮流，代表性的作品和作家小说的出现频率也在逐渐地加快[②]。

这种新的趋势或思维方式迅速蔓延到其他国家和地区，从而直接或间接影响了这些国家和地区的文学发展道路。经过众多学者的分析，英美文学发展中所经历的历史发展阶段是非常复杂的，恐怕很少有国家和其文学与之相提并论，如“玄学派、达达主义、超现实主义、宪章派文学、美国自然主义、清教主义、超验主

① 金立江．论美国梦及其在 20 世纪 10、20 年代美国长篇小说中的表现 [D]．长春：东北师范大学，2007：5-20.

② 王诺．当代美国小说里的自我意识 [J]．当代外国文学，2001（02）：150-154.

义、迷惘的一代、左派文学、黑色幽默、非虚构小说”等[①]。近年来，出现了一系列令人眼花缭乱的文学潮流或文学主张，给人带来了目不暇接的感觉，不同流派之间没有太大的区别。从某种角度看，英美文学的发展是政治、科技、文化等因素得到发展而产生的结果，由于物质基础得到了保证，不同阶段的社会矛盾和问题不断出现，导致人们生活价值观的不断变化和生活理念的反复转变。文学创作的灵感既有物质层面又有精神层面的基础和保障，政治、科技、文化等因素的发展从客观的角度有效地促进了文学的发展速度。它还开辟了观察和描述的新视角，并催生了许多新作品。

（四）多元化的文化

英美文学的发展以其自身的文化土壤和价值观为基础，尤其是美国移民文化，使得美国社会中一直存在着不同国家、地区的民族、宗教等元素的文化交流和碰撞。这种具有文化包容性的环境在文学创作中产生了意想不到的“化学反应”，不同文化的交流和借鉴使作家的思想得到了培养和熏陶。社会对这种移民文化持包容和宽容的态度，所以英美国家社会中的价值观是多元的、多样的，作家的自主意识和权威得到充分保障，因此创作的自由度很高。

上述各种原因也使英美文学能够在短时间内形成多次的文学浪潮，并在世界文坛中取得令人瞩目的成绩[②]。例如，华裔作家在美国文坛中开始崭露头角，已逐渐成为英美文学中一支不可忽视的力量。

英美文学界逐渐接受和认可了华裔或者华人作家的作品，积极宣传并开展多种推广活动，客观上促进了英美文学多样化的发展。此外，包括伊斯兰世界的文学创作、非洲地区的文化传统等，都对英美文学的未来发展提供了许多灵感和借鉴。

许多英美作家正在积极探索将东方文化作为灵感和创造力的来源，希望通过这种方式为自己的创作提供文化养分。例如，近年来我国传统文化中的多种元素

① 何文贤. 一场深刻的反正统文化运动——二战后的美国文学概观 [J]. 福建师范大学学报（哲学社会科学版），2000（4）：81-83，98.

② 胡琳. 欧洲近代长篇小说成型过程中的史诗距离与文体研究 [D]. 上海：上海师范大学，2007：108-124.

成为影视剧和动画片的题材，更频频进入电影院中，给观众带来了全新的文化感受和视听体验，《功夫熊猫》《花木兰》等影片就是最好的例子。

英美文学在其发展的过程中具有鲜明的特点，而这些鲜明特点和世界公认的巨大成就都来自这片文化土壤所给予的文化养分。在文化交流和学习方面，英美文学已经迈出了成功的一步，并获得了很好的反响，确实值得其他国家和地区探讨和借鉴。

从某种角度看，文学是文化的一种非常集中的表现形式，基于文化的文学创作自然而然地、永久地保留了这种文化的基因和本色。因此，伟大文学作品的创作必须从合适的文化背景中学习和吸收养分。我们不能忽视英美文学在世界文学领域取得的成就，但其发展中也存在着不能忽视的问题和不足。一些文学作品宣扬使用暴力解决问题，推动价值观念的输出，甚至参与文化歧视和种族攻击等恶劣的行为，或者成为政治宣传的载体，都已经脱离了文学作品本身的意义。

在学习和研究英美文学的过程中，我们应该采取辩证看待英美文化背景的方式，这样可以达到帮助自己提高见识、从中学习知识的效果。

第二节　微观研究

一、讽刺与幽默

马克・吐温作为世界闻名的美国籍作家，一生创作了许多脍炙人口的文学作品。在当时的社会背景下，马克・吐温一针见血地讽刺了当时的社会黑暗背景，他针砭时弊，以幽默的笔触创作出了一个又一个耳熟能详的人物形象，深刻地体现出了他所创作的文学作品中的现实主义色彩，反映了社会现实，读者徜徉在诙谐幽默的文字之中时，也可以对社会进行深入的思考。

幽默是马克・吐温文学作品中十分常见的一种写作特色，这一写作特色也对后世美国文学领域的发展产生了深远的影响。马克・吐温所生活的时代正值美国幽默文学的诞生时期，这时的美国幽默文学以幽默夸张为主要特征，是一种来源于民间的口头文学形式。然而，马克·吐温对这种文学形式的态度并不是简单的复制粘贴，而是推陈出新，在原本的基础之上加入了自己独特的讽刺艺术，逐渐形成了自己的文学风格。这时，马克·吐温的幽默不再是仅仅将读者逗笑，而是借助一种讽刺的手法来揭露当时丑恶的社会现实，发人深省，他就是采取这样一种对比和口语化的做法来达到他自己幽默的目的。马克·吐温的一生是十分艰难而坎坷的，他出身于一个不富裕的家庭，父母在其年幼时就已经去世，为了生存下去，他也前后做过打印员、领航员、矿工等工作，正是这些工作为他以后的文学写作奠定了基础，提供了非常丰富的素材和灵感来源，也在一定程度上使得他的幽默细胞根植于美国西部的农民、渔夫、伐木工人等底层人民之中，形成了他独特的口语化幽默方式。这一点在他所创作的《哈克贝利·费恩历险记》中就得到明确体现，这本书中生动形象地再现了当地的风土人情，人物形象刻画得尤为成功。不仅如此，在《苦行记》中，马克·吐温也描述了这样一个极富生活化特征的场景，以一种极为夸张的方式展现了当时的一夫多妻制，甚至为此他还创作了一个男人娶七十二个妻子的故事：

“（我）造了架七英尺长九十六英尺宽的床。但我没法入睡，我发现那七十二个女人一齐打呼噜，那咆哮声震耳欲聋。还有性命危险呢！我是这么看的。她们一齐吸气，你可以看见房子墙壁真正给吸进来了；然后一齐呼气，你会看见墙壁又给吹得胀了出去。”① 这其中语句不是清新优美的，且浅显易懂，这一恐怖的场景就是运用这样几句生活化而平凡的语言刻画出来的。不仅如此，马克·吐温在文学作品中所运用的对比手法在文学创作领域也产生了深刻的影响。例如，在其所创作的《汤姆·索亚历险记》中就有这样一幅场景：当牧师和虔诚的教徒们正沉浸在宗教的洗礼和教导之中时，突然有一条狗冲了进来，打破了当时宁静的氛围，却仅仅是为了捕捉一只甲虫。这其中，狗的欢脱行为和人类沉浸在布道之中的状态就形成了鲜明的对比，给予读者以强大的视觉冲击，让其不禁开怀大笑。由此可知，对比不仅仅是为了让读者获得心灵上的愉悦，更是为了读者能收获心灵上的触动，由此来引发他们对于社会现实的深入思考。

① ［美］马克·吐温．苦行记 [M]．桂林：漓江出版社，2017：100.

马克·吐温所擅长应用的讽刺手法，是对19世纪60年代美国幽默文学的一种发展，这在他的早期作品中就可以看出，如他所创作的《加利维拉县有名的跳蛙》中就描写了这样一个人物形象，一个名叫吉姆·斯迈利的人嗜赌如命，每时每刻都在与其他人打赌，“别人乐意怎么赌，他就怎么赌，只要能和人家成赌，他就心满意足！他老是一心一意找机会，不管什么事情，只要有人提起，那家伙就要和人家打赌——要是有人斗狗，他也要赌；有人斗猫，他也要赌；有人斗鸡——嘿，哪怕是两只鸟落在栅栏上，他也要赌哪一只先飞；他哪怕是看见一只金龟子在往什么地走，他也要去赌一赌它走多大功夫才能到它要去的方，要是答应和他打赌，他就是跟着那只金龟子一直走到墨西哥去，也要弄清楚它究竟到什么地方，以及在路上走多久。”① 这种终日碌碌无为的青年形象已被深深地刻画进了当时的读者心中，也在一定程度上讽刺了当时美国小市民内心的空虚。马克·吐温的这种写作手法不仅增强了小说本身所具有趣味性，也使这部文学作品的思想境界有了质的提升。他在美国传统幽默文学风靡的背景下，勇于独创出自己的讽刺和幽默风格，为美国文学创作领域开辟了一个新的天地。这种幽默讽刺的文学写作手法不仅是起到逗笑读者的作用，还在当时的社会背景下鲜明地提出作者自己的观点，讽刺了当时的社会现实，嘲笑了当时美国社会上普遍存在的不平等和歧视现象。美国民众当时的心理状态正处于一种极大的空虚之中，而作家则通过这种写作手法表达了自己对于社会现实的殷切关注，并非仅仅沉浸在自己的文学创作中，而是勇于呼吁群众发现和解决问题，这一点在当时是十分难能可贵的。马克·吐温的幽默风格是不失严肃但又不失诙谐的，让读者在阅读的同时能够不断地思考社会现状，以引发群众之间的共鸣，也营造出了一种如鲠在喉的感觉。由此可知，马克·吐温称得上是一位真正的艺术大师。

二、女性文学

自20世纪起，女性文学开始在文坛中刮起一阵狂潮，而这正与当时风靡全球的女权主义运用相得益彰，也为20世纪女性思想的觉醒奠定了基础，谱写了

① ［美］马克·吐温（Mark Twain），马克·吐温短篇小说集[M]. 张友松，辑译. 北京：人民文学出版社，1954：2.

一曲激昂的乐章。在当时，由美英两国的女权主义文论家们率先举起了旗帜，他们倡导“维护女性尊严，促成两性平等，争取女性自由与独立”。在 20 世纪以前，女性处于一种绝对弱势的地位，在当时的社会背景下男性的地位是完全高于女性的，当时的女性始终是处于一种被支配和压迫的状态之下。随着时代的发展，20 世纪后的女性开始意识到自己真正的价值，当时的英美文论家们也逐渐开始认识到女性在社会中所发挥的作用，进而开始体察当时的女性人物。

（一）女性人物自觉觉醒

1. 坚忍

在传统的英美文学作品中，女性人物的形象一直是处于一种缺乏性别归属感的状态，久而久之，这种状态也就变得司空见惯起来了，这被认为是一种性别从属。而这种性别从属是女性自出生之日起就必须要面对的，这种不平等的社会关系是一种超然于女性之上而她们又无力挣脱的枷锁，女权主义就是在这样一种背景下应运而生的。我们众所周知的《简・爱》就是当时创作出来的一部女权主义作品，作者借女主人公之口道出当时女性在社会之中所处的地位，也帮助读者以简・爱的视角来体验了一遭她的人生。

《简・爱》这部文学作品的伟大之处在于，在当时的社会背景下，作者就已经认识到了这种“男性霸权的自私性”，这是十分难得的。

2. 抗争

在传统的英美文学作品中不乏以作者自身为本体创作出来的女性人物形象，在女性不断寻找自身价值时，由最初朦胧的女性意识，发展到后来不断觉醒的女性意识，进而开始意识到自己所处的第二性困境，再由此发展到对性别、家庭和社会权力，乃至形而上的政治权力思考的过程，而要想切实完成和实现这一过程，唯一的途径就是抗争。我们熟知的《苔丝》这部文学作品的原名其实是《德伯家的苔丝》，从原著的名称中就可以看出作者已经把反讽运用得炉火纯青，但是现在大多数的翻译作品将这部作品翻译成《苔丝》，这就在一定程度上降低了原著的反讽性，这是十分令人遗憾的一点。《苔丝》与《简・爱》的女主角都经历了相同的人生遭遇，但是苔丝的境遇与简・爱相比更加糟糕。在这样的生存背景之下，女主人公苔丝果断选择进行抗争，她生命中这短短五天的幸福就昭示了女权主义胜利之后的那种喜悦。

3. 觉醒

虽然苔丝最终在面对不公的遭遇时发起了反抗，但这种反抗背后的女性意识觉醒还是处于一种比较早期的阶段。

反观《悲伤之野》这部文学作品，其中的女性形象的意识觉醒显然已经达到了更为高端的阶段，她们不仅具有超强的意志品质，还能够挣脱男权社会的束缚，勇敢反抗，使得女性意识真正实现了觉醒。

与此同时，更值得一提的是，这部作品与其他作品相比具有更为深刻的社会影响，每一位女性读者都可以从这部作品中窥见自己的影子，以最终实现女性意识的觉醒。在这部作品以前，其他的英美文学作品都是在倡导其中的女性人物形象能够获得身份和人格上的独立，但是这种想法在当时以男权为主导的社会背景下是很难实现的。《悲伤之野》在当时的社会中所发挥的积极影响就是使女主人公以一种自觉的形式实现了自我的主宰，而这种主宰也为后续女权主义的发展奠定了坚实的基础。

（二）女权主义的理性实践

1. 自主意识实践

英美文学作品中的女性人物形象自我意识的觉醒在一定程度上为女权主义的发展奠定了基础，而女权主义理性实践的第一个阶段就在于透过自我觉醒来获得自我解放，进而实现女性在家庭、社会和政治等方面的逐级解放。[①] 例如，《盲刺客》这部文学作品就为女权主义的理性实践构建了第一阶段所需要的理性积淀，这种积淀为这部作品中的两姐妹提供了自由和平等的生长环境，在这种环境下成长起来的女性往往和其他的女性相比具有更加深刻的自主意识，这种自主意识对于拥有女权的两姐妹而言，虽是一种优势，但在某些程度上对她们而言也是一种缺憾。这部作品中的两姐妹不仅是幸运的、为数不多的女权主义的践行者，也是悲剧的践行者，因此，两姐妹就在这样一种状态下相互牺牲，最终被剥夺了爱的权利。

① ［英］弗海姆，佩特洛娃. 解读身体语言 [M]. 张宗祥，译. 北京：电子工业出版社，2011：112-113.

2. 理想模型实践

从大多数的英美文学作品中我们可以看出，大多数女权主义身份构建的复杂性都是远超男权主义的。不仅如此，在反对男性的话语霸权时，女性所蕴含的力量是难以想象和估量的。例如，《黑暗的左手》这部作品就是以这样一种超常的思维营造出一种与传统思维完全不同的中性社会，显然从上述的视角来看，这可以被称为乌托邦。在这部作品中，传统的社会已经不复存在，由最初的女权追求与男权对立，进而发展成一种两性和平共处的社会，在这样的社会中，女性与男性享有相同的权利和义务，既没有被占有，也没有被强迫。从这样的乌托邦社会中，反观后来的女权主义发展，女性对于男性无原则顺从的社会已经一去不复返了，女性在之后的社会发展中终将会变得更加独立、自主和自由。

3. 理想人性实践

女性文学在英美文学的发展过程中呈现出一种上升的趋势，从最初只关注女性的人生遭遇，到后来开始实践女性对于自主的追求和理想模式的幻想，这种变化是显而易见的。

沃斯通克拉夫特在其所著的《为女权辩护》一书中就曾指出，女性想要最终获得属于自己的权利，就必须要致力于理性实践，只有这样才能透过社会中的多元化女权身份来最终获得自己的权利。[①] 由此可知，我们要想改变这个世界对于女性身份的认知，就需要站在全新的高度、角度和境界上对女性文学作品中的人物形象再基于性别平等、人格尊严等理念对其进行重新构建，这也已然是一个顺其自然的过程。[②] 只要回顾以往的英美文学作品，我们大脑中就会闪现出一系列不同的人物形象，但如果我们细细品味就会发现，这些人物形象都是存在一定瑕疵的，虽然她们在一定程度上已经摆脱了男权的束缚，但最终仍然难逃物质和情欲的双重诱惑。而在《红字》这部作品中，我们就能够很清晰地看见女性人物形象中那种能够代表女权主义的勇气，这部作品不仅是理想女权主义的一种生动总结，还是一种远高于女权主义的人性救赎。

① ［英］玛丽·沃斯通克拉夫特，王蓁，等. 女权辩护 妇女的屈从地位 [M]. 王蓁，译. 北京：商务印书馆，1995.

② 王丽，邓桂华. 英美文学中典故的翻译考虑因素及技巧分析 [J]. 语文建设，2014（08）：73–74.

（三）父权秩序的解构与消解

1. 意识自主性

众所周知，随着女权主义运动在全球范围内开始取得一定程度上的胜利，之后必然带来的就是男权主义和父权秩序的崩坍。到了这一阶段，崇尚女权主义的女性基本诉求也开始不断攀升，由最初的解决性别歧视和权力失衡的问题，到后来发展到更大范围内的要求。从另外一个角度来看，女权主义的兴起也可被理解为是对男权主义的解构，在女权主义的发展过程中，父权的话语霸权、性别霸权、社会霸权逐渐被削弱，与此同时，性属差异和男性性别中心意识等主观意识也受到女权主义发展的影响在逐渐消失，而这些意识观念正是维系父权社会存在的基石。[①] 而《威力之书》这部文学作品就是女权主义的有效体现，从中我们可以看出，女权主义的强大不仅是体现在身体上，更体现在意识形态上。

2. 命运自主性

父权秩序的解构虽然从某种程度上而言是女权主义的胜利，但父权意识其实很早就已根深蒂固地存在于男性霸权者的思想形态之中，就像光明之下的“黑暗的左手”。英美文学文坛中所抨击的不仅仅是那些诋毁女性的文学作品，对于那些以文学之实来抨击女性的作家也是呈强烈的批评态度的。但事实上，这种黑暗的、带有抨击女性事实的文学作品其实是不常见的。随着时代的发展和人们思想境界的提升，英美文学中那些带有女权主义色彩的人物形象所发出的语言已经十分具有力量了，她们在英美文学的文坛中不断掀起女权主义的新浪潮。

例如，《茫茫藻海》这部作品就是将读者的视角放在具有女权主义色彩的人物形象上，让读者可以更加明晰的角度来看到女权主义人物的所思所想，让他们可以更加深刻地了解到女权主义的精神内核，这也是对其的一种双向剖析。显而易见的是，女权主义是一种相当悲观的权利色彩，是由苦难和死亡所书写出来的生命赞歌，这些女性人物形象即使是死亡，也要紧紧抓住自己的前途和命运。

3. 对男权的反规训

随着时代的接续发展，女权主义已经开始显现了意识自主性和命运自主性的特征，这也在一定程度上使得女权主义的发展空间得到扩大。在这样的时代和社

① 王小清．英美文学中典故的阅读分析 [J]．语文建设，2013（15）：45-46.

会背景下，英美文学中的女权主义不断发展，具有后现代主义色彩的女权主义作品也不断开始涌现。与此同时，也宣告了男性霸权和传统父权秩序最终崩塌、瓦解。除此之外，女权主义在不断的发展过程中还实现了对男权（或男权社会）的反规训。例如,《魔女的复仇》这部作品就生动形象地展示了对男权主义的反规训;《金色笔记》中也有从自由的女性视角来对男性进行反规训的情节，甚至还被称为是一部以四章巨著诠释女权主义的文学作品。这时的女权主义已经在英美文学的文坛中掀起了一阵不小的风波，成为世界文学史上一抹靓丽的色彩。

在英美文学作品中，如果我们仅仅认为女权主义只是在追求阴阳和谐和男女平等就错了，真实的女权主义还包括达到乌托邦式的自由平等的幻想，期望达到不具备差异性的、真正意义上的自由。英美文学所书写的正是这样一部在 21 世纪的背景下，具有现实主义色彩的、事关女权主义现状与未来的巨著，而这部文学作品的书写者并不仅仅限于写手和作家，而是包括所有作者与女性读者的共同参与下，她们高举女权主义旗帜，誓将女权主义发展到底。

三、城市书写

当时间来到 20 世纪 70 时代，社会空间这一概念开始被世人注意到并得到广泛应用，但这种应用是具有一定隐喻性的。不仅“空间”问题开始受到文学领域的关注，随着后续的发展，甚至还衍生出一种极具理论穿透力的“空间批评”，这种批评方式是从文化地理学角度来审视各种景观的一种方式，以此来探究景观中的社会文化要素。随着社会经济和文化水平的不断提升，城市这一概念中容纳了太多的文化与历史积淀，可以说是现代社会发展到一定阶段后的重要产物，这些社会要素与城市景观相比更具有研究价值。正是由于这样的原因，学术界中对于城市的研究也更加广泛和深刻了，特别是对“城市空间”具有更加浓厚的兴趣，从文学文本的书写角度而言，一些文化研究和文学批评学者开始逐渐将社会学层面的城市研究方法应用到文学文本层面的城市空间，最终形成了城市书写的研究。

（一）城市符号文本

在最初开展系统城市研究的众多学者中，以空间批评家亨利·列斐伏尔

（Henry Lefebvre）最为典型。列斐伏尔曾经指出，“城市是一部作品，近乎于是一件艺术品而非一件简单的产品。倘若城市和城市的社会关系是生产出来的，那么它就是人们在不断地生产和再生产出新的人们，而不是物品的生产”。① 从中可以看出，列斐伏尔在这时就已经注意到了城市的社会属性。不仅如此，后期，列斐伏尔还从语言学的角度对城市进行了解读，他指出对于城市符号学的研究和阐述是具有一定理论和实践意义的，“可以从语言学的概念，如能指、所指、指涉关系和意义层面解读城市，因此，城市完全可以被理解为一个独特的、具有各种价值观念、由符码指涉关系及其意义所形成的系统”②。列斐伏尔当初所提出的空间及城市理论在一定程度上为城市研究的社会转向提供了理论上的基础，从此，学术界中的众多学者也开始关注“文本中的城市”，并加入对其的研究和学习中。自 20 世纪 90 年代起，就有一批来自欧美的学者开始加入对城市的研究队伍，其中，英国杜伦大学的迈克·克朗（Mike Crang）博士等学者更加侧重对于城市文本的研究。迈克·克朗曾经指出，文学作品中“重要的不是城市或都市生活的精准描述，重要的是都市的符号意义以及都市景观的象征意义”③。而当代的学者们则主要从文化地理学和空间批评学的角度来解读文本中的城市，这在 19 世纪以来的众多作家的文学作品中都有所体现。而众所周知，城市之所以具有文本理念，原因之一就是城市是由众多潜在、可解释的象征物和符号组成的。由此可知，当代的一部分学者就将城市看作是一个如“文本”一般的符号系统，文本中的每一个符号所代表的就是城市中的街道或建筑、河流桥梁以及景观场所等。换句话说，城市就是由众多具有一定文化内涵的“城市符号”所组成的。

随着时代的不断发展，社会工业化的程度也在不断加深，英国的现实主义小说家就在其所创作的文学作品中深刻地体现出强烈的“城市空间意识”。这是因为，许多的文字工作者都将城市作为自己灵感的来源，他们所创作的小说大都是以城市为背景的，也就是说，城市已经成为他们的文学作品中不可或缺的一个重要元素。随着城市化进程的不断加深，作者们也开始将城市中的社会文化元素加

① Lefebvre，Henry. Writing on Cities[M]. Trans. Kleonore Kofman and Elizabeth Lebas. Oxford：The Blackwell Publishers，2000：114.

② Lefebvre，Henry. Writing on Cities[M]. Trans. Kleonore Kofman and Elizabeth Lebas. Oxford：The Blackwell Publishers，2000：114.

③ Crang，Mike. Cultural Geography[M].London and New York：Routlrdge，1998：50.

入自己的文学作品，我们也可以将其理解为作者在文字中进行城市的建设，小说中的城市是主人公们经历的见证者，它们随着主人公的转变也在不断进行变化。例如，从英国著名的现实主义作家查尔斯·狄更斯（Charles Dickens）所创作的小说中就可以看出，其中所描绘的伦敦的街道、店铺、学校和监狱等城市元素无不展现着维多利亚时期的贫穷、腐败和堕落等社会现状。其在小说中所描绘的伦敦城完整地展现在读者面前时，就好像一个城市文本，它蕴含有一个内涵丰富的能指符号系统。在这其中，监狱、城市街道、救济院以及学校等场所都成为具有不同含义的能指符号，如监狱所代表的就是象征权力的能指符号，而救济院所代表的就是象征压迫与哀婉的能指符号，这些符号所象征的就是真实的社会。而城市文本所具有的含义对不同作家和写手而言还是具有一定差异的。例如，现代主义作家弗吉尼亚·伍尔夫（Virginia Woolf）就对伦敦情有独钟，他所创作的多部文学作品都将背景设在伦敦。如果我们将狄更斯的城市书写定义为有压迫和剥削的能指符号系统，那么伍尔夫的城市书写就是一种充满了迷茫和焦虑情绪的能指符号系统，这在其所创作的《达洛维夫人》和《岁月》中就可以很清晰地展现出来。小说中所涉及的街道建筑和河流码头等场所也蕴含着十分丰富的社会历史信息，但对于一座城市的解读，仅仅依靠建筑和街道等元素是行不通的，由此我们可以看出研究城市书写的必要性和重要程度。

（二）社会文化符号

“城市书写”一词最初是由德里达等西方后现代学者所提出的“书写”一词引申而来的，属于后现代语境下的文化研究范畴。传统的书写理论指的就是对情境或事件加以描绘和记录，这种理论在自身所构建的逻辑中心内徘徊，认为语言的地位是高于书写的，认为语音和言说是一种在场的行为，而书写则相反，是一种不在场的行为。但德里达并不这样认为，他认为书写所处的地位并不能仅用这些来衡量，书写不仅可以记录历史，也是可以产生意义的[①]。与德里达相类似的后现代主义的思想家不仅打破了语言对文字的束缚，也为文学创作中城市的书写和构建奠定了基础。简而言之，小说中所涉及的城市书写是可以被简化为一个由符

① 吴庆军．英国现代主义小说空间书写研究 [M]．天津：南开大学出版社，2016：193.

号组成的文字系统的，而其中所包含的能指符号就是城市书写中所涉及的场所和景观等元素，这些元素是具有一定文化和历史意义的。由此可知，小说中所描绘的城市并不是仅仅为展示景观和建筑要素等而存在的，更是为了将其中所包含的城市理念、记忆和文化等要素组合成一个有机整体，在其中赋予更加深刻的历史内涵和社会意义，将一个更加全面而清晰的城市面貌展现在读者们面前。“城市书写”可以被理解为作者在文字中对一座城市中景观、建筑和历史文化内涵等要素的再现，让读者不仅可以看到城市的最表象，还可以看到城市景观中所蕴含的文化和历史痕迹。例如，我们所熟知的伦敦的白金汉宫、议会大厦以及泰晤士河等，通过文字的再现，就可以使读者发现其背后所蕴含的历史和文化特征，其中所折射出的就是英国历史上繁荣的社会经济、文化和政治交锋。在这里我们需要明确的是，城市书写与城市描写并不是相同的概念，它们之间既相互联系又相互区别。一方面，城市描写所关注的更多是城市中某一特定的场所或环境，而对小说中整体的情节和布局并不是十分注重；而对于城市书写而言，作者更加关注的是对城市文化和历史内涵的解读，将自己的城市理念融入其中，进行一种城市的再创造，这时小说中的景观与小说情节的联系是十分密切的，作者抓住了城市在特定语境下的特征，使之成为小说中与情节紧密相连的重要组成部分。我们也可以这样理解，城市描写与城市书写对比而言，是更为微观而局部的，而城市书写则是更为宏观和整体的。另一方面，城市书写和描写二者对文学创作而言是相互融合的，城市描写被看作城市书写的一个组成部分，我们也可以理解为城市书写是更为深层次的城市描写，而城市描写的细微之处也可以体现出城市书写理念。

在英国的文学史上我们可以发现，一些作家是以城市书写而闻名的。他们往往出生在城市，成长在城市。这些小说家也往往对于某个城市格外青睐，他们对这座城市的了解也格外深刻，可以将这座城市的景观和文化内涵更好地融合进小说的创作过程中，使得这些元素成为小说中重要的推进情节的要素。其中，我们常常听说的作家，如查尔斯·狄更斯、弗吉尼亚·伍尔夫、伊夫林·沃以及多丽丝·莱辛等就是以伦敦为主要描绘对象的作家。在他们所创作的作品中，城市不再仅是故事发生的所在地，更是一个融合了作者城市创作理念和情感的一个集合体，作者借助城市书写这一形式将一座城市在特定历史语境下的社会文化元素融合进小说的情节构建中，这种行为可能是无意识的，也可能是有意识的。例如，在狄更斯的所创作的作品中，读者们不仅可以深刻地体会到主人公在伦敦街头困苦、贫寒的生活，也可以感受到伦敦作为当时英国工业化的先驱的社会境况。而与狄更斯完全不同的是，伍尔夫所描绘的伦敦城已不再强调工业革命在景观中的印记，而是转而去强调人们在城市中所留下的精神印记："然而流言立刻从邦德街中段传出，一头传到了牛津街，另一头传到了阿特金森香水店；它既看不见又听不见，像一片浮云，迅速地如面纱般飘到山头，确实以云一般突然而至的庄重和静谧飘落到一秒钟前还全然是一片慌乱的人们的脸上。现在神秘之翼擦过他们身旁；他们已听到了权威的声音；宗教的灵魂弥散在四处，她的眼睛被紧紧地蒙住，她的嘴唇大张着。但是没有人知道看见的是谁的脸。是威尔士亲王的，还是王后的，还是首相的？究竟是谁的脸？没有人知道。"[①]

在伍尔夫所创作的小说中，城市书写所聚焦的不再是简单的社会生活景观，而是转而聚焦在街头匆忙人群的内心的疑惑和焦虑上。如果读者细细品味就可以发现，狄更斯和伍尔夫所创作的小说世界就是两种完全不同的风格，如果用不同的绘画方式来比喻的话，狄更斯所创作的作品就像中国的《清明上河图》，而伍尔夫所创作的就更像毕加索的立体派绘画作品。虽说如此，但是二者所创作的文学作品还是具有一定相似性的，他们的城市书写都是在各自时代以不同的城市符号再现城市中的社会文化记忆，是城市能指符号在小说世界中的再现。但是，其中现实主义的作品更加注重对社会物质生活的描绘，而现代主义作品则聚焦于由文中城市所折射出的人物形象的精神世界之中。

（三）漫游式叙述

如上文所述，在城市书写视角下的小说城市更像是一个包含有多元文化元素和信息的符号系统，这样的城市书写过程是凝聚了现代主义作家高超的艺术创作手法的。漫游式叙述手法是一种在英国极具现代主义色彩的小说中十分常见的一种创作手法。其是以主人公的人物视角带领读者展开的一场漫游式城市书写。这一观点最初是波德莱尔在研究现代都市的过程中提出的，他指出"漫游者就是为

① ［英］弗吉尼亚·伍尔夫著；王家湘，译. 达洛维夫人 [M]. 南京：译林出版社，2003：13.

了感受城市而在城市游逛的行者”。[①]

漫游式叙述这种书写城市的手法在一些现代主义的文学作品中是十分常见的。例如，乔伊斯所创作的《都柏林人》就是采用了这种创作手法，其中 15 篇故事的主人公都是在都柏林城区的不同地点进行活动，他们的故事串联起来就是城市书写的一种方式——漫游式叙述。这部小说中的 15 篇故事的发生地点也不是只集中于一处，而是遍布在都柏林市区的各个方向上。作者乔伊斯以市区的利菲河为界限，其中《阿拉比》中的北里士满街、《寄宿舍》中的哈德威克街和《一片浮云》中的国王宿舍等都位于利菲河的北面，而《两个街痞》中的巴戈特街、《委员会办公室里的常春藤日》中的威克洛街、《死者》中的厄舍岛等都位于利菲河的南岸，这些故事发生的场所串联起来就构成了一幅全方位的都柏林市区地图。乔伊斯曾言，“如果哪天这座城市突然从地球上消失了，它仍然可以从我的作品中得以重建”。[②] 这就是一次全面的城市书写。

乔伊斯就是用这种方法记录下都柏林的大街小巷。在作品中的人物形象的所到之处，乔伊斯所描绘的不仅是简单的城市景观，更为重要的是描绘城市景观中所暗含的环境的肮脏和凌乱以及人物形象言行和形态的延伸，进而突出人物内心的扭曲和病态，以此来展现整个都柏林人精神上的瘫痪。乔伊斯就是通过这样一种人物的描写，不仅对不同场景进行描绘，同时还对人物的内心和情绪表现进行细致的刻画。这种形式的漫游式叙述是充满挫败感的，所展现给读者的也是现代都市的疏离感。

漫游式叙述的城市书写方式并不仅仅存在于乔伊斯的作品中，在乔治·奥维尔所创作的《巴黎伦敦落魄记》也可以见到，这部作品是一部以第一次世界大战为背景的小说。这部小说创作于 1931 年，讲述的是一位贫困的英国作家在伦敦和巴黎不断漂泊并进行创作的故事，通过对这两个城市中人民的生存和精神状态进行分析，来揭示在第一次世界大战背景下人们的生存和精神困境。

《巴黎伦敦落魄记》的前半部分所展现的是主人公在巴黎的生活境遇，而后半部分则转移到了伦敦，伦敦的城市书写就是以主人公进行街头漫游的方式来展

① Charles Baudelaire. The Painter of Modern Life and Other Essays[M]. New York: Phaison，1995：56.

② 詹姆斯·乔伊斯. 都柏林人 [M]. 长春：吉林大学出版社，2020.

开的，这些场所主要集中于伦敦街头的餐馆、收容所和教堂等。这部小说所展现的就是这位落魄的主人公的亲身经历，在伦敦街头遭遇了欺诈与贫寒。不仅是主人公，其他人物形象在城市漫游的过程中也起到了非常重要的作用，如流浪汉、餐馆的厨师和街头艺术家等都是十分重要、不可或缺的，他们的精神和生活状态也是读者和学者们的主要关注点。换句话说，就是作者将主人公的行为和情感连接起来来完成对伦敦的城市书写。

（四）碎片化展现

城市书写的碎片化展现就是作者通过表现精神危机来展现故事的叙事手段和技巧的一种方式，就是指将完整的叙事过程打碎，而在形式和内容上增加故事的破碎感，这一过程还可以借用其他的艺术形式来加以完善，以凸显城市的支离破碎和异质性特征，从而表现出精神危机对人们的影响——不论是从行为上还是从情绪上。其实，在英国的现代主义文学作品中，表现城市空间碎片化的并不多，其中最为典型的就要属乔伊斯和伍尔夫的作品。例如，《尤利西斯》中的蒙太奇拼贴、《达洛维夫人》中主人公充满失落与惆怅的游走和《青年艺术家的画像》中斯蒂芬的城市漫游，无不是在不同视角下展示都柏林和伦敦城，它们的碎片化和异质性特征显露无遗，进而将现代社会汇总的精神危机表现得淋漓尽致。

乔伊斯对于都柏林的碎片化描写在《尤利西斯》的第十章中就很明显地体现出来了，虽然在最初他并没有写这一章的打算，“他决定加一章荷马史诗中没有的一章，即游岩一章，这章是根据阿古斯塔德航行写成的，其目的是将都柏林这座城市更全面地展现在读者面前，并且聚焦于都柏林这座城市而非人物斯蒂芬与布卢姆身上”[①]。这一章总共花费了 19 个镜头描绘布卢姆在下午一个小时内的游荡，描绘了不同的人物形象在都柏林城区不同的地点中所进行的活动和行为。这 19 个故事片段的内容和格式各不相同，其中出现的人物形象也形形色色，有的直接以主人公的身份出现，有的则出现在其他人的话题和对话之中。除此之外，乔伊斯对神职人员康米在街头的游逛和都柏林总督的出行这两个场景也花费了相当多的笔墨，这就在一定程度上充分体现了作者对宗教和爱尔兰身份主体的关注。

① James Joyce. Ulysses[M]. New York: Oxford University Press，1983：452.

在这一章中，乔伊斯用蒙太奇的拼接手法将处于不同地点，正在进行不同活动的人联系在一起，并采用空间并置以及碎片化的形式将都柏林城区展现在读者眼前，这就好像是一幅杂乱的拼接画，将支离破碎的都柏林展现得淋漓尽致，其异质性特征显露无遗，也在一定程度上揭示了当代社会人心理的扭曲和无序。

不仅是乔伊斯，伍尔夫对碎片化技巧的运用也可谓炉火纯青，将当时背景下的伦敦社会的精神危机清晰地展现出来。“伦敦城市空间令伍尔夫着迷，她的作品也成了这座城市街道和地标的百科全书”[①]。与乔伊斯不同的是，伍尔夫笔下的人物形象多是来自中产阶级的女性，就像《达洛维夫人》中的达洛维夫人和《到灯塔去》中的兰姆齐夫人等，而其中所描绘的伦敦生活多是“悠闲”的。其实从本质上来讲，伍尔夫的城市书写风格与乔伊斯是十分类似的，他们都是希望构建出一个精神危机十分明显的伦敦社会。《达洛维夫人》所讲述的就是两个主人公——达洛维夫人（克莱里莎）和赛普蒂莫斯·史密斯在街头漫步的故事，这也同样是采用蒙太奇拼接的手法进行创作的。当达洛维夫人从早起买花开始就开始了一天的漫游生活，而与此同时，另一位主人公赛普蒂莫斯·史密斯也在伦敦街头游逛，他是一位在第一次世界大战中患上精神疾病的退伍军人。这两位主人公的共同特征就是都患有精神疾病，他们虽然素不相识，但作者却将他们二人利用蒙太奇的手法拼接到了一起，由此展现出一种无序和破碎之感。从城市景观的角度来看，他们的漫游和意识流动将景观碎片化分割，变成了一片片的碎片；而城市书写的角度来看，二人的漫游活动是以两个完全不同的人物视角来看的，从不同的方面来展现不同的城市碎片，由此呈现出支离破碎之感。而在众多城市碎片中，将二者连接起来的正是对二人都会产生影响的景观或场景，其一是大本钟的钟声，其二则是邦德街汽车发出的巨响。漫游活动对于他们而言不仅仅是视野和脚步的移动和变换，并且还是与他们的意识形态连接在一起的，这时我们所说的城市书写碎片与电影镜头其实是十分相似的，它们也不断变换场景，然后再粘贴在一起。伍尔夫的碎片化叙事方式将战后的生活和经历以及生命的挫折巧妙地融合在一起，进而展现给读者的就是十分碎片化的伦敦城市空间，是没有生机活力

① Anna Snaith，Michael H. Whitworth. Locating Woolf: The Politics of Space and Place[M]. New York: Macmillan, 2007: 1.

的。这部作品所描绘的伦敦城就是这样一幅景象，它所拥有的不是活泼生动的外表，而是如墓地般沉寂的感官和形态，并且还将其中男男女女的思想情感进行了异化处理，使其更为形象地展现在读者面前。

总而言之，城市书写所指的就是将作者或写手在作品中设置的不同社会要件、元素以及人物形象有机结合在一起，如建筑、街道等，使之能够成为阐述城市和人物形象的有力武器。在英国的现代主义小说中，城市不再只是一个静态的环境，而是一个蕴含多维文化和历史内涵的能指符号集合系统。在这一系统中，能指指的是小说中所描绘的城市景观和生活，而所指则蕴藏在能指符号身处的历史和文化记忆之中，而作家就像是一位建筑师，在叙事过程中将这些故事情节、作者想要表达的思想感情以及文化要素等内容有机结合在一起。

城市书写所研究的就是隐藏在小说文本深处的各种社会和文化记忆，以此将它们作为阐释小说思想和主题的基础和武器。

在英国现代主义小说的兴盛时期，城市化进程也在不断加快。正因如此，有相当一部分作家开始注意到城市以及处在城市生活环境中的人们，他们力图通过文字将这一时期的英国城市面貌展现和记录下来。而通过研究众多诞生于那一时期的现代主义小说，我们能够发现，这些小说家尤为青睐采用城市漫游的方式来进行城市书写，同时采用碎片化和蒙太奇拼接的方式来展现城市面貌，以进一步将当时人们心中的扭曲的精神世界刻画出来。由此，城市书写也成为一种重要的揭示社会精神危机的方式和技巧。

第三节　赏析策略

一、了解其中典故

在英美文学作品中我们常常可以发现，许多作家引用的典故都是来源于《圣经》，并且引用的频率相当高。虽然典故的使用可以在一定程度上为文学作品的语言增光添彩，但也会为读者的阅读和理解带来一些障碍和困难。因此，我们就需要在学习和教学的过程中对典故的引用和文学的创作进行透彻的分析和了解。

而在我们学习的过程中经常会出现如下问题：我们在阅读英美文学作品和学习西方文化时往往会因为文化的差异而产生误读。因此，在阅读和翻译英美文学中的典故、寓言和传说时，就需要用相当优美的语言来进行转化，但同时还不能改变文中原本所要表达的含义，以此来体会到典故的“真切、豁达、雅趣”，这对读者或者说是学习者而言是大有裨益的。

在对典故进行翻译时，我们应该注意，翻译出来的句子要使读者能够清晰而准确地理解这时的语境，只有这样才能把握好典故的内涵，来帮助读者理解和学习。与此同时，把握典故语言的技能可以在一定程度上提升读者的英语学习能力和跨文化交际能力。

（一）典故的源头

在前文中，我们对英美文学的语言、文化来源已做介绍，这里再针对“典故的源头”进行详细分析。

英美文学中所引用的典故数量是非常庞大的，英美文学的创作所依托的就是西方的文化背景，而其中所包含的神话故事、寓言和传说等就经常被作家们所使用。一般我们认为，英美文学中的典故来源主要有以下几种：

1. 古希腊神话

从文明存在的时间来看，西方文明是远不及东方文明的，西方文化的源头最早可以追溯到古希腊时期。古希腊神话在人们心中的地位极高，它不仅是希腊民族生活气息和精神面貌的映衬，其中也蕴含了生生不息的文化血脉。

古希腊神话虽然整体上给人们传输的是一种幽默诙谐的气氛，但其中也蕴含一定哲学和理性智慧。这些故事不论是诙谐的，还是令人悲伤的，其中所流露出的文化气息都十分清晰。由此我们可以肯定，古希腊神话为后世英美文学和艺术的创作奠定了十分深厚的基础，也为文学的发展提供了不小的推动力。英美文学作品从寓意和内涵来看都是十分深刻的，而这份深刻归根结底有赖于其中所使用的文学语言，离不开这些典故的应用。例如，前文中我们所讲述的“阿喀琉斯之踵”的故事。又如，在英美文学中常见的一个神话引用为俄狄浦斯情结，其中最著名的就是莎士比亚创作的《哈姆雷特》和劳伦斯的《儿子与情人》。除此之外，我们在英美文学中常看见的还有奥林匹斯神系主神的名字，有许多典故都来自他们的故事。例如，在古希腊神话中，男神们的名字大多是褒义的，像太阳神阿波罗就是年轻男子和力量的化身；反观女神们名字的含义，则大多是贬义的，如“珀涅罗珀的植物”所指代的通常是干不完的活，“特洛伊的海伦”则有红颜祸水之意，还有我们十分熟知的美杜莎，她具有丑陋而狰狞的面貌，男人一旦看见就会变成石头。

2.《圣经》

大多数英美文学都是以西方文化为基础的，并且其中有很大一部分都涉及西方的宗教文化。宗教在西方人的眼中，不仅是一种文化的传承，而且还可以帮助人们建立自己的信仰，从而促进文化接续发展。

基督教所信奉的经典——《圣经》就为西方文化的发展奠定了基础，英美文学中有许多典故都是来自于此。例如，英国著名的剧作家莎士比亚就熟读《圣经》，在他的作品中我们也常常能够看到他引用《圣经》的典故，来帮助故事中情节和人物形象的塑造，使人回味无穷。例如，在他所创作的《威尼斯商人》中的第一幕第三场，主人公夏洛克就借用了《圣经》中《创世纪》的典故来为自己辩解，由此我们也可以更加清晰地看出夏洛克为获得利益而不惜使用一切手段的性格特点。

3. 经典的文学作品

在英美文学史上有许多我们所熟知的文学经典，它们在历史的长河中不断流传，其中所描绘的人物形象和故事情节也深入人心，而此后也有非常多的作家利用其中的故事或典故进行创作。例如，《哈姆雷特》和《罗密欧与朱丽叶》中的一些经典台词就已经成为现代作家们经常使用的典故。

4. 寓言故事

寓言故事就是用简单的小故事向人们传递一个生活道理或生活意义的文学形式。当这些故事被应用到文学创作中，就能够更好地将文章或小说中所要表达的中心思想表现出来。例如，我们在小时候就常常听到的《农夫与蛇》的故事，就是在告诉我们，不要用自己的善心去怜悯那些坏人，否则就会造成不可挽回的结果，甚至会危及自己的生命。因此，在应用这些典故故事之前，我们要先了解这个典故发生的背景，更要理解这个故事背后所隐藏的含义，从而熟练使用典故。

（二）语言转换

在平常的阅读过程中，我们需要对文学作品本身和英美文化的背景有更加清晰的认知，尤其是在文化和人文观点等方面要特别关注。在阅读的过程中，我们首先要考虑的就是文化的差异性。由于各个国家在地理位置、气候变化和人文风俗的不同，最终展现在人们面前的人文和文化形态自然也会有所差异。由此可知，在我们对英美文学的阅读、翻译中，就要尤其注意文化差异性的客观存在，遵循文学再创作的差异性原则。在我们翻译英美文学时，我们要将自己国家的文化融入其中，让我们本国的读者能够更加清晰地了解作品所要表达的真实含义，用最贴近本国语言的方式将其再现出来，实现现实性和文学艺术性的有机结合。除此之外，我们还要考虑中西方文化的一些相似点和共通点，尽最大的努力去实现语言上的趋同性。因为中华文化博大精深，5000 多年的历史长河中自然蕴藏有宝贵的文化财富，其中蕴含的典故更是数不胜数，从这个角度来看，中西方文化其实是存在一定共通性的。由此可知，我们在进行释义工作的同时，要尽可能地全面地考虑到双方的情形，以此来为读者减轻阅读外国文学的困难和障碍，让他们能够更加清晰地了解到作品所要表达的含义。

在我们阅读英美文学的过程中，可能会出现以下情形：第一，英美文学中的典故与中华文化中的典故是具有一定相似性的。在这时，读者要十分注意，这种相似性并不是完全等同的，而是一种语言上的转换。例如，西方典故中的“破釜沉舟”最初来源于《圣经》，所讲述的是古代一个从海上入侵他国的将军，在所有将士登陆之后，下令将他们所使用的船只全部烧毁，为的就是要告诉士兵他们已经没有退路了，必须勇往直前；汉语中的“破釜沉舟”的典故出自《史记·项羽本纪》。虽说中西方的这一典故出处不同，但其实所要表达的本质含义都是相类似的。第二，中西方的语言其实是可以分情况转换的，这种分情况转换体现出许多中西方典故在意义和用法上存在一定的不同，所以应当部分对应。当我们在释义过程中遇到这样的情况，就可以运用灵活的语言技巧实现互译，使双方所要表达的语言含义尽可能地接近。

（三）符合汉语文化的规律

1. 要符合两种文化的趋同性

不论是英文还是汉语，本质上来说都是语言，是人们表达和交流自己思想和情感的工具。而直接用汉语的方式阅读英美文学，就是用汉语来表达这些文学作品中的内在含义和中心思想，以符合本国读者的阅读期望，让他们可以更好地接受译本。在这过程中要注意的是，翻译出来的文字不仅要符合我们的阅读习惯和接受心理，还要符合中西方典故的基本对应情形。

2. 充分考虑英汉典故存在无法对应的情形

从英美文学的内涵来看，中西方典故其实是存在无法对应的情况的。在这种情况下，我们就要熟悉西方典故的真正内涵，在阅读和翻译时选用真正适合作品含义的释义。与此同时，也要符合自身的阅读和文字使用习惯，这样既可以让自己准确地理解到作品的深层含义，也可以更加完整地表现典故的原意。

随着世界多元化趋势的不断加深和文化交流的不断深入，各国所创作的语言和文学作品已经成为国家之间交流的媒介和纽带。例如，在阅读英美文学作品时，就要在了解作品文化背景的情况下再现作品的原意。文学作品中对典故的理解和释义要体现出其经典性，只有做到这一点，才能够让读者在后期阅读的过程中体会到当时语境下所要表达的含义，这也为读者提升阅读能力和水平以及了解西方文化打下了基础。

二、培养文学审美

（一）通过阅读英美文学作品来培养文学审美

一般我们所说的审美意识，指的就是人类在长期的劳动和生产生活的过程中对美的事物培养起来的一种感知和判断，审美意识的形成是一个长期的过程，也是人类所特有的。与此同时，审美意识还在一定程度上影响着人们创造美和欣赏美活动的开展。而诗意的审美意识就是文学爱好者所应该具有的。因此，在平时的生活中，我们要有意识地培养自己诗意的审美意识，塑造正确的审美观念，以便我们在后续的过程中能够更好地发现自己身边美的事物和故事，欣赏自己身边美的人和事，这也有利于审美情操的提升。朱光潜先生曾经说过："人类心理有知、情、意三种不同的活动，真关于知，善关于意，美关于情，教育的功用就在于顺应人类求知、想好、爱美的天性，使一个人在这三方面得到最大限度的发展，以达到完美生活。"①

经过数百年的接续发展，英美文学作品的创作也在不断精进，在漫长的历史长河中也出现了众多积淀了人类审美情趣和理想的优秀作品。由此可知，英美文学的阅读对于培养审美情操而言，其实是具有重大作用的。众所周知，文学这种艺术形式是将人类的情感变化、历史文化和生活状态等融为一体，每一部优秀的文学作品中所蕴含的都是作者和世界上人类的文化和艺术结晶，它具有优美的文字和语言结构，甚至在音韵节奏上也是不输音乐节奏的，还有生动的人物形象和深刻的文学主题等。与此同时，文学中还蕴含着深刻的形而上的哲学命题，不仅探讨人生和生活，甚至还涉及人类的生命母体。我们在优秀的文学作品中是可以感知到美的源泉的，由此我们在阅读英美文学的过程中亦能够感知到英美文化，甚至还可以在这个过程中提升读者的英文水平和审美感受力。而且，英美文学的阅读还可以很好地培养读者的文学情趣，以一种积极向上的态度引导读者人生进程的前进，帮助其树立正确的三观。归根结底，审美素养的提升不可能是无源之水，而英美文学则可以成为审美素养提升的有效依据，使读者们在异域文化的影响和熏陶下拓宽自己的文化视野，在更加广阔的世界观和人生观中审视自己、提升自己，在优秀的文学著作中涵养自己的人文素质，从而将诗意的审美素质培养成为有源之水和有本之木。

（二）以英美文学阅读培养审美策略

1. 选择合适的阅读素材

在英美文学的阅读过程中，书目的选择是尤为重要的。在漫长的英美文学发展史上，积淀了数量十分庞大的优秀作品和阅读素材。

要想在阅读过程中快速提升学生的文学水平和诗意审美趣味，如何在有限的时间内选择适合的阅读素材就成为目前最需要解决的问题。同时，在阅读过程中，

① 李劲，李锦魁．全美学营销 [M]. 北京：中国市场出版社，2010：5.

选择合适的阅读素材也是一个十分重要的环节。英美文学阅读作品的选择从语言到主题、从人物形象到主旨都要经严格把控，而且这些文学作品还要具有一定的文字美感，使读者在阅读过程中能够感受到异国文化和语言的魅力所在，领略不同的审美和艺术感染力，从而在阅读的过程中可以享受文字带来的愉悦，提升自己的诗意审美素养的能力和水平。除此之外，与文字审美语言相比更为重要的还有作品中的人物形象，从本质来讲这些被作者塑造的人物形象才是吸引读者来阅读和培养审美情趣、素质的原动力。这是因为，大多数情况下，作品中人物形象塑造的情况会在一定程度上影响作品整体的审美趣味和主旨表现。例如，《傲慢与偏见》这部英美文学作品在漫长的社会发展过程中始终在人们的心中占有一席之地。自这本书发行以来，就始终与当代年轻人的心理相契合，深受文字爱好者的喜爱。更为关键的是，这本书讲述的并不是简单的爱情故事，而是通过恋爱的故事和情节来宣扬一种积极向上的人文精神，在情节的推进过程中不断感染着读者，使其在重重困难的阻碍之下依旧可以达到自尊自爱的顶峰。不仅如此，读者在作者精心勾勒出的美好爱情中可以享受到诗意爱情所带来的甜蜜和美好，唤起心中对爱情的向往和渴望。选择这种类型阅读作品既可以帮助读者审视自己的灵魂深处，达到教育的目的，又可以帮助他们树立起正确的审美观念，培育其审美素养。

2. 解析人物形象、作品主旨

一般来说，审美教育主要分为两个层面，分别为形象层面和情感层面。形象层面的审美教育指的是通过美的对象的外在感染和影响人；而情感层面的审美教育指的则是美的对象通过其所具有的内在灵魂影响其他人。而一个具有一定影响力的审美对象能够激起读者的内在情感，从而感染和影响读者的三观和审美素质。

纵观英美文学史上的那些经典著作，那些深入人心的人物形象所具有的不仅是鲜明的人物性格，还有着可以直击心灵的能力。因此，我们在阅读一部文学作品时，要深刻剖析文字所描绘出的人物形象，不仅是从人性美的角度出发，还要从情感美和形象美等多角度来观察，以此将他们在灵魂深处的美剖析出来，使读者能够更加准确地把控文章发展的整体脉络和人物品格，从而实现阅读者审美趣味感知力和敏锐性的提升。

例如,《简·爱》这部作品就是最好的例子。这部文学作品所讲述的主人公是简·爱和她的爱人罗切斯特先生，其中简·爱那坚强独立和敢爱敢恨的品格深深受到读者们的喜爱，她那热爱生活的模样也深深影响着未来几代女性的成长。其中男性主人公罗切斯特也以十分强大的男人形象成为许多女性梦寐以求的对象，而他们二者之间的爱情故事也引得无数读者落泪，并为之感叹，这对读者的心灵起到了很好的净化作用。书中的主人公们将真正美好的道德品质和人生追求完整地展现在了人们的面前，甚至是几百年后这部作品的影响力仍然存在于世，从未消失。之后当读者读到类似的人物形象时，他们就会发现自己的灵魂得到了洗礼，这对于读者审美情趣的培养是很有帮助的。当然，在英美文学中除了鲜明的人物形象外，不可缺少的还有积极向上的正能量。当读者们在解读作品中所蕴含的主题思想时就会被其中的正能量所引导和影响，最终潜移默化地将其体现在自己的身上，从而提升自己的审美取向和审美理想。我们还是以《简·爱》这部著作为例，尽管从直观上来看，这是一部讲述男女之间爱情故事的作品，但其实从头到尾所阐述的都是一种积极向上的爱情观和生活态度。当读者在阅读这样的作品时必然会被文中主人公的行为和情绪所感染，因此，其必然会对读者爱情观、生活情绪和态度的确立产生一定积极影响，这样读者不仅能够改变自身的生活境界，他们诗意的审美情趣也在无形之中得到了培养。

3. 英美文学阅读学习

阅读和学习不仅是为了调剂我们的生活，更旨在让我们将阅读中所学习到的东西应用到实际生活中去。通过阅读英美文学，我们能够培养和提升自己的审美情趣和水平，不仅将目光局限在眼前的苟且，更望向诗和远方，诗意地感受和体味生活的乐趣，并且不断创造美和表现美。在漫长的文学发展史和艺术长廊中，无数的经典文学人物形象和主题刻画于人们心中，他们不仅是一个时代留下的痕迹，也是数千年历史中人类艺术和理想的精华。而我们在面对这些宝贵的文学财富时，就要更为虔诚地阅读，从中挖掘历史美好事物的积淀，这些积淀都是来源于生活而又高于生活的。因此，我们可以从这些经典的文学著作中感受到来自异国他乡的人物的情绪表达，可以通过对外国作品的赏析和理解不断拓宽自己的视野，为自身创造美和表现美打下基础。诗意的审美趣味的培养在一定程度上就是为了让自己更好地感受和创造美，更好地用想象力去创造自己理想中的生活，让自己具有更加丰富的审美能力和审美水平，以便将自己理想中的美好情趣和艺术想法在现实生活的基础上创造出来。

在当今这个物欲横流的时代，诱惑越来越多，也有越来越多的人抵挡不住诱惑而身陷其中不可自拔。诗意审美情趣的培养过程也是高尚道德品质的形成和提升过程，可以有效帮助我们抵抗来自物质社会的诱惑。英美文学中所蕴含的来自异域的诗意审美品质和情趣可以引导读者在阅读的过程中，更为深刻地分析和理解文中的人物形象和文字结构，将其中的内在主题凸显出来，使读者们沉浸在一种高尚的审美气氛之中。

在一定程度上，读者的审美情趣与阅读素材的选择是紧密相关的。只有那些可以真正直击人们心灵的作品才能切实起到培养人们诗意的审美趣味的作用。不仅如此，在阅读英美文学的过程中认真、仔细分析作品中的人物形象和主题思想可以帮助读者们真实体会到当时主人公的内心活动和情绪变化，可以将他们的审美品质挖掘出来，促使读者用心感受作品主题，这才是培养诗意的审美情趣的真正有效路径。

三、阅读与鉴赏策略分析

众所周知，英美文学作品的创作与当时的社会以及时代背景是密不可分的。英美文学作品是一种直接展示英美文化的途径，在鉴赏英美文学作品时，我们要牢牢把握当时故事发生的背景，同时还要结合作品的文化内涵，只有这样才能感受到文学作品中所蕴含的深厚的文化底蕴。下面，我们将从三方面探讨英美文学作品的阅读和鉴赏策略。

（一）从多个维度把握其内涵

在阅读和鉴赏过众多的英美文学作品后，我们会发现，其中所蕴含的社会和时代意义以及价值是十分丰富的。例如，作品《牛虻》就是一部享誉全球的文学作品，这部著作主要讲述的是主人公和宗教之间纷繁杂乱的关系，而该书通过对这一关系不断地深入刻画，也将主人公的人物性格更加鲜明地凸显出来了。除此之外，还有马克·吐温的代表作品《竞选州长》，这部作品主要采用夸张的表现手法对创作语言进行凝练，在语言表现层面极具调侃意味，而这种表现手法在当时的社会背景下也深受读者喜爱，这种迎合大众品味的作品所形成的批判效果在当时也得到了广泛认同。作者从社会背景角度出发，将当时社会中的不良风气和行为一一揭露出来，这一做法在民众中迅速得到了广泛的认同，具有鲜明的时代特征和社会现实意义。

（二）反复阅读与探究进行强化

在进行文学作品的赏析时，我们尤其要注意从读者的角度来理解和解读。在阅读的过程中，我们可以对书中所提出的观点或表达的思想进行全方位解读，感受其所揭露的社会现实或现状，从而与作者进行思想层面的深度交流，并最后进行升华，最终留在心中的是经过深刻和透彻理解的作者思想和文章内涵。例如，由著名剧作家莎士比亚所创作的《哈姆雷特》，讲述的是丹麦王子哈姆雷特的父亲不幸逝世，而他却对父亲的死因存疑，进而展开的一系列调查和探索。尽管这个故事以哈姆雷特的死作为结局，但整个故事情节十分紧凑、跌宕起伏，其中蕴含的人文精神和内涵是十分值得深思的。莎士比亚在这部作品中以十分真切的方式讲述这个故事，也因此获得了大部分民众的好评，在读者中间引起了强烈的共鸣，实现了作者和读者之间情感和思想上的交流。

在鉴赏文学作品的过程中，我们尤其要注意还有对其中的片段进行反复研读，以此准确理解和消化其中所要表达的内涵，从而对中心思想进行升华和再创造。

对于任何一部文学作品而言，都只能通过内容体现作者想要表达或表现的中心思想和主旨内涵，因此想要准确把握文中的思想感情，我们就要从客观视角来面对这些文字，将自己的主观情绪放在一边，只有在阅读和鉴赏的过程中遵循这一原则，才能感受到文学作品中所散发出的无限魅力。

（三）梳理其中脉络与内涵

从某一层面来讲，不同类型的文学作品之间存在一定的共通性，而想要将整部作品的脉络理顺清楚，我们就需要从宏观层面来整体把控。因此，在阅读文学作品的过程中，切忌盲目、漫无目的，这是非常不可取的一种做法。我们在阅读和赏析作品的过程中要反复推敲，只有这样才能理解文中所表达的深刻内涵，感受其中的艺术特点。例如，在阅读作品之前，我们可以先充分了解本书创作的历史和时代背景以及社会现实，这样就能够更加容易地与作者产生情感上的共鸣，从而把握作品整体的大方向，找出其中的问题。

以施托姆所创作的代表作品《茵梦湖》为例，这是一部以爱情为主题的文学作品，全文采用第一人称进行叙述，文字和情节结构十分严谨。作者以现实搭建文字框架，还有过去的时光穿插其中，形成强烈的对比，情节环环相扣、跌宕起伏，吸引读者们的关注。在阅读的过程中，我们只有将自己的情感融入其中，才能与作者之间建立更紧密的联系，更加深刻地理解作者所要表达的内涵。而作者在进行文学创作的过程中也采用这种方法，对内容和情感的连接十分看重，这样作品情节更加紧密，内容也更加丰富。因此，在进行阅读鉴赏的过程中，我们必须要清晰认知文章的发展脉络，以此为基础再进行解读，这样才会事半功倍，较少地出现错误。与此同时，还要将丰富的情感融入其中，这样对于英美文学作品的探究才会更加深入。

由于读者本身思想上存在差异，在阅读和鉴赏的过程中，他们形成的情感体验也是具有差异性的，因而在对作品思想情感和内涵的理解上也存在不同。

在英美文学作品的赏析过程中，读者通过不断了解英美国家的文化和时代背景，对其中的风土人情和文化风俗也有了一定的理解，由此可以在一定程度上提升自己的认知水平，发掘作品中所蕴含的内在价值，个人的文学鉴赏能力也会得到提升。与此同时，正确的阅读习惯也是必不可少的。我们只有养成了正确的习惯，才能在阅读的过程中与作者进行更加深入的互动，对作品内涵的理解也会更为深刻，能够与作者进行真正意义上情感和心灵层面的交流，而这对自己语言能力的提升也是具有积极意义的。

四、关于英美文学的评论

从漫长的英美文学发展历程中，不难看出，对文学作品的评论是受到多种因素影响的，如社会和时代环境、语言特征、文化内涵以及生活习惯等都会在不同程度上对其造成影响。尤其是不同文学评论家们所使用的评价方法不同，这也对评价的最终结果造成了一定的影响。要想正确认识和理解有关英美文学中的一些观念和概念，我们就需要将英美文学的建设问题提上日程。

（一）英美文学评论概述

在大多数情况下，我们对英美文学的评论其实是建立在英美文学的作品之上的，主要是通过对英美文学的特点和其中存在的特殊事物以及发展规律进行发掘，由此得出英美文学差异性的具体表征。

从英美文学的表现形式来看，其具有多元化的特征。根据英美文学中的语言特色和文化差异，我们可将其大致分为三种类型，分别为小说评论、诗歌评论和戏剧评论。我们在进行英美文学的评论和鉴赏时，要对其进行全方位、多层次和多角度的品读，这也是我们进行英美文学评论的最终目的和意图。例如，在评论英国文学家简·奥斯丁的《傲慢与偏见》和美国作家海明威的《老人与海》这两部作品时，评论家们会从作家创作时的时代和社会背景、文字的表现风格和形式以及作品所表现的中心思想等方面进行评价和鉴赏，为文学爱好者们提供相对专业的评鉴结论，在一定程度上可以为读者鉴赏水平的提升打下基础。相对于其他文学作品而言，英美文学作品评论的层次更加清晰明了。对英美文学的评论需要从多方面和多层次进行，这是英美文学评论的基础，也是英美文学综合评价体系的一项重要内容。

英美文学的评论与其他文学形式的评论具有相当大的差异性，而这种差异性主要是由于英美文学评论在文学色彩和艺术特点上表现得十分鲜明。因此，在进行英美文学的评论时，我们要将评价的重点放在作品本身的固有属性上，由此所做出的评价才是全面的。

（二）文学作品评论视角选取的策略

1. 时效性策略

在文学作品的评价过程中，文学评论家们往往将评论视角放在文学作品的时效性上，这是因为英美文学作品所具有的现实意义是十分巨大的，对后世文学的发展也起到了不可磨灭的作用。文学评论家们要想让英美文学作品的评价起到一定的教育和启蒙作用，就需要牢牢把握住时效性和作品本身的特点，以此为英美文学的发展提供保障。

评论的时效性策略所研究的是英美文学作品本身的创作背景和艺术风格以及文字表现形式等，其将研究的重点放在文学作品的艺术属性上，以此来推动文学作品的发展。因此，英美文学评论的时效性是可以帮助英美文学评论快速发展的关键性因素，也是发挥英美文学评论价值、加快精神文明建设脚步的重要策略之一。

2. 差异化策略

文学作品和样式的多样化特征是由文学形式和文学体裁多样化所赋予的，因而不同的文学作品具有一定差异性。针对这种差异性，文学评论家们需要坚持运用差异性策略，将提升英美文学评论的整体质量作为最终目标，切实提升英美文学评论的整体效果，帮助读者们正确理解文章的内涵。评论家们要将差异性策略作为提升英美文学评论质量的重要途径和手段，从全新的角度把握差异性策略，以此为英美文学评论体系的建立奠定理论基础。

（三）英美文化差异的影响

1. 语言差异

语言是一个国家发展的基础，在国家的整个文化体系中占据着非常重要的地位。从英美文学的角度来看，英语是英美文学创作的工具和途径，文学作品中所要传递的内容和形式都是通过英语来传达的。

如前所述，英美文学作品与其他形式的文学作品具有一定差异性，原因在于英美文学具有更加鲜明的主题和更加浓厚的想象力。因此，英美文学评论家们在赏析和评鉴文学作品时，需要格外注重语言的表现形式和抽象概念表达，以此为读者们提供相对专业和具有阅读价值的评论或见解，当然，这个过程也是通过英文来表达的。英语作为一门通用语言和语言体系的一项重要组成部分，在语言表现和文体风格的呈现方面尤为擅长。与汉语相类似的是，英语在表达文学思想的同时，也会受到国家地理环境、宗教文化以及文化历史等方面的影响，这在一定程度上导致了英语在不同地域的发音和表达形式不同，最为常见的例子就是“英式英语”和“美式英语”。而造成“英式英语”和“美式英语”的因素有很多，如典故、俗语和谚语等。这些元素存在差异，也就使得英语的表现形式和发音存在差异，语法结构也有所不同，最终导致的结果就是不同国家的读者在阅读文学作品时会遇到阅读和理解障碍等方面的问题。

众所周知，英语是英国的母语，而国家在传承自身文化和语言体系的同时，也会根据自己的“正统”语言结构和形式来表现文学作品。这样的做法虽然会为英美文学的评论家们和读者们提供便利，但是所造成的结果就是英国文学最终呈现出来的效果没有美国文学洒脱和随意。归根结底，就是作家在进行文学创作时尤为遵循语言的结构，使最终所呈现出来的作品具有一定庄严性。而美国文学在创作时是带有一定叛逆性的，作者渴望在自己的作品注入新的血液和创新元素。换言之，因为美式英语的发展历史不长，美国人相较于英国人而言缺少一些思想包袱，这也使得美国的作家们在语言表现方面更加随意而具有主观色彩。从文学评论的角度来看，美国文学的评论相较于英国文学的要更为自由和创新，这样的评论方式不仅可以激发作家们的创作热情和灵感，也能促进美国的进一步发展和成长。

2. 文化差异

与美国文学不同，英国的文学评论家们在继承传统英语文化和发展创新模式、评论体系之间反复横跳和挣扎。

自 17—18 世纪开始，英国的这种评论手法已经有了明显的改变，从最初具有浓厚宗教风格的评论方式开始向具有创新表现方式的方向发展，亦逐渐向具有历史文化和人性的目标靠拢。这种创新方式的应用也在一定程度上表明英国的文学评论家们开始进行思维上的转变，正在以一种创新的方式思考文化差异对文学的作用。但是这种评论方式并没有摒弃文化传统，而是转而将传统的文化内涵作为依托，将新兴的女权主义、现代文学主义和后殖民主义等与传统文化相结合，最终向着独立而具有个性化的方向发展。而英国的文学思想中的解构主义也为后期美国后现代主义文学的发展奠定了理论基础，发挥了引导作用。

文学评论的理论基础就是文学，因此，英美文学评论体系的发展也是与英美文学的研究结构具有紧密联系的。从文学价值的角度来看，英美文学所具有的文学价值是大致相同的：构建一个独立自由、共性与个性并存、富有独特魅力的文学评论价值体系。

总而言之，英国文学评论受国家传统语言文化和语言结构等因素的影响较深，而美国文学则受它们的影响较少，更加注重创新性思维的应用。归根结底，英美文学的评论并不是一种相互竞争、相互独立的关系，而是一种相辅相成、互相成就的关系，英国的文学评论体系所遵循的语言文化传统对美国的评论体系形成和发展也具有一定指导作用，而美国的评论体系在一定程度上也为英国的评论体系发展带来了新鲜的血液和新的发展思路，从而构成了具有多元化视角的英美文学评论体系。

第四节　英美文学作品的经典导读

一、《人性的枷锁》

（一）作者简介

威廉·萨默塞特·毛姆（William Somerset Maugham），英国小说家。毛姆出生于 1874 年的巴黎，自十岁起就失去了自己的父母，转而被送往了远在英国担任牧师的叔父家，由其抚养长大。当时毛姆学讲英语不足两年，又天性害羞，与叔父之间的隔阂使他郁郁寡欢。

毛姆由于体质孱弱、孤僻、口吃，备遭同学乃至教师的欺侮嘲笑，他也因此养成了内省的习惯，成为一个冷眼旁观者。1889 年，毛姆违背叔父要他成为一名神职人员的愿望，只身前往德国海德堡，在那里接触到了叔本华哲学。

叔本华将宇宙看作神秘莫测的存在，认为人类是自身本能的牺牲品，这种观点与毛姆失去母爱又没有童年欢乐的沮丧心情一拍即合。当时，刚在德国崭露头角的先锋派剧作家易卜生也对他产生了深刻影响。

1892 年，毛姆返英，进入伦敦圣汤姆士医院附属医校学习。自 1896 年起，毛姆萌生了创作小说的想法，而他所创作的第一部小说《兰贝斯的丽莎》就是在这时初具雏形的，这部作品取材于他当时在伦敦的贫民窟中担任助产士的见闻。1897 年，毛姆获得医校文凭后，到西班牙和意大利旅行。1901 至 1905 年，毛姆定居巴黎，开始创作剧本。1908 年，伦敦同时公演他的四部剧作，引起轰动。

第一次世界大战中，毛姆充当英国谍报人员的经历被他记录在题为《艾兴顿》的短篇小说集中。战后毛姆周游世界，随时搜集素材，将其写成脍炙人口的故事。第二次世界大战中，毛姆作为友好使者被派往美国。战争结束时，他把《人性的枷锁》①手稿赠送给美国国会图书馆。1948 年，他出版了最后一部小说《卡塔琳娜》。此后毛姆写出数部论文集，包括《总结》《一个作家的笔记》《观点》等。随着毛姆在文学领域的不断发展，他在 1954 年获得了由英国女王颁发的荣誉勋章，甚至在 1958 年当选了英国皇家文学会的副主席。毛姆在 1965 年的冬天离开了人世，享年 91 岁，他的骨灰最终被安置在了坎特伯雷皇家公学内。在毛姆逝世后，美国耶鲁大学为了纪念他在文学领域取得的成就，在校园中建立了他的档案馆。

（二）内容简介

《人性的枷锁》中的主人公为菲利普·凯里，这是一个有个性、有思想的青年。他患有先天的跛足，这也在一定程度上导致他性格上的孤僻和敏感。凯里自幼父母双亡，在一个十分缺乏亲情温暖的环境中长大，在进入寄宿学校后，还受到了不公平教育制度的对待。不仅如此，凯里在步入社会后，在爱情上也遭受到沉重的打击。凯里的人生道路上布满了荆棘和坎坷，每跨出一步都要受到不同程度的不公或令人痛苦的对待，并最终在他的心中留下了不可治愈的心灵创伤。

在书中，凯里自小就由担任牧师的大伯威廉抚养长大，后来又在教会的皇家工学中念书，他自小长大的环境具有浓厚的宗教气息，也正因如此，凯里自小就感受到了宗教的虚伪。在他 12 岁的那年，学校中刮起了一阵信奉宗教的狂潮，当时的凯里表现得十分虔诚。最初，他在《福音书》中看到了有关耶稣的生平，随后又在教堂牧师布道时听到了有关“信念能移山”的信条，待回到家中，他又向自己的大伯询问，待大伯解释过后，他便对上帝具有回天神力这一点深信不疑。当时的凯里对待宗教的态度虔诚而热烈，他在内心殷切地祈求上帝治愈自己的顽

① ［英］威廉·萨默塞特·毛姆．人性的枷锁 [M]．凌珊，译．北京：现代出版社，2021.

疾，随着开学的日期不断临近，他想要恢复正常的心也越加热烈。紧接着，就到了开学前的一晚，他赤裸着、冒着严寒跪在地板上向上帝祷告，但是他的跛足却依然没有恢复。于是，他便旁敲侧击地询问牧师："如果你足够心诚地向上帝祈求某件事情，但这件事情最终却没有实现，这说明什么？"牧师则回答他说："那就说明你的心还不够诚恳。"于是，他就得出了这样的一条结论：大伯一直在戏弄他。如果说这时的凯里还没有完全意识到宗教的虚伪，那么随着他不断成长，形成了自己的判断能力后，就自然而然发出"人为什么非要信奉上帝"的论断，从此正式与宗教决裂。他后期在巴黎学画期间，进一步地摒弃了这种以基督教教义为基础的道德伦理观。

自此，凯里彻底与宗教决裂，并立下誓言要为生活而奋斗，要热爱生活，对未来充满希望和憧憬，不能虚度一生。因此，他不等完成自己在皇家工学的学业，就毅然决然地离开了这个是非之地，开始不断辗转于欧陆和英伦之间。在这期间，他努力学习作画以寻求安身立命之所。在他经历人世沧桑的同时，还不忘阅读古今哲学书籍来充实自己，不断走在探索人生奥秘的路上。但是，令人遗憾的是，他所付出的这些努力最后却收获极少，他只能从落魄诗人克朗肖所提出的奇谈怪论中寻求精神安慰，为自己勾勒出了一套处世守则：尽可能为所欲为，但要留神街角的警察。但是从现实的情况来看，这种处世方法压根是行不通的。随后，凯里进入伦敦圣路加医学院学习医术，但在这过程中他爱上了点心店的女招待员米尔德丽德，因此荒废了自己的学业，也在这过程中耗费了不少父亲留下的遗产，再加上当时他在股市中也赔了本，一时生计全无，幸亏有朋友介绍他在服装店工作，才避免流落街头。

凯里在经受了人间沧桑和世态炎凉后，所得出的就是这样一条结论：生活就像一条波斯地毯，虽说色彩斑斓，令人眼花缭乱，实质上却毫无意义。

《人生的枷锁》这部小说全文就是围绕主人公凯里的悲惨遭遇进行的，不仅是他，书中一系列灰色人物的悲剧命运也借由主人公的命运被揭露开来。例如，饥寒交迫，但又疾病缠身的"日内瓦公民"迪克罗，他只有靠为贫苦学生上课才能勉强维持自己的生计。但迪克罗年轻时曾经血洒疆场，为自由而战，晚年却只能等待死亡为自己带来解脱，晚年的他对人生已经完全不抱希望了。还有立志为艺术献身，却又毫无艺术和绘画才能的学生范妮·普赖斯，她为了艺术曾经忍饥挨饿几年，但最终仍然没有获得任何成就，最后山穷水尽，只得悬梁自尽，结束自己的生命。除此之外，还有感叹生不逢时、自诩看透世间红尘的落魄文人克朗肖，他只能靠翻译庸俗小说和创作无聊的诗文来勉强为自己赚取生活的资金，惶惶不可终日，每日借酒消愁，最终只得病死在贫民窟中。还有，文中主人公凯里深爱的女人米尔德丽德，年轻的她始终把嫁人作为生活的最终目标，但却思想平庸，只爱慕那些有钱、有权的人，最终落得被人玩弄、抛弃的下场，沦落为街头的卖笑女子。除了这些作者使用一定篇幅塑造的人物外，伦敦街头还有许多被一笔带过的贫民们，他们不少人都是在忍饥挨饿，最后不堪生活的重负走上了绝路。由此我们可以看出，凯里的不幸遭遇仅仅是万千世界中不断上演的苦情剧中的小小一个分支，不值一提，在真实的社会中，这样的事情还有许许多多，甚至不计其数。

（三）作品评价

毛姆曾先后两次创作，甚至酝酿、构思长达数十年，这才创作出《人性的枷锁》这样一部构思精巧的文学巨作。这部文学作品在问世后，一度受到众多作家和评论家的好评，被广泛地认为是一部体现了作者真挚情感和真实思想的呕心沥血之作。它以朴实无华的文字和文体将读者引进了小说的世界中，出色地完成了一种悲剧性情感的表达，给世人留下了十分深刻的印象。美国著名的批判性现实主义作家西奥多·德莱塞就曾在其所做的一篇文章中将这部小说称之为是“天才的著作”，将作者毛姆称之为是艺术大师。

《人性的枷锁》自出版以来就一直在世间广为流传，从未消失。甚至英国的著名文学评论家西亚尔·柯诺利在 1966 年还曾将这部文学作品列入“现代文学运动巨著一百种”之中，这也从侧面反映了毛姆在英国文学史上的至高无上的地位。

从书籍的内容简介中我们可以看出，《人性的枷锁》中的主人公凯里的身世与作者毛姆的亲身经历具有一定相似之处，由此可以将这部小说视为一本自传性十分浓厚的作品，凯里也是作者在小说世界中的精神化身。书中，主人公菲利普·凯里童年和青年时期的生活遭遇大多取材于作者的真实经历，毛姆在这个人物形象上倾注了许多自己的观点和想法，将自己在童年和青年时的切身感受安在主人公身上。但我们也不可将这部作品简单理解为一本自传小说，它是具有一定自传色彩的文学作品，这是因为小说中所描绘的场景和事件是交织在一起的，不可分割。在这本小说的创作过程中，作者毛姆打破了自身的束缚和限制，虚构了许多对主人公造成重大影响的事件或情节，并且通过对主人公人生遭遇的细节描写，将当时社会背景下精神和物质给人们带来的伤害清晰地展现而出。

《人性的枷锁》是继塞缪尔·巴特勒所创作的《众生之路》之后又一部取材于作者自身亲身经历的一部作品，勇敢地揭露了维多利亚时代末期英国的社会现状，也是一部为毛姆确立在英国文坛中的地位立下了汗马功劳的作品。

《人性的枷锁》所描绘的重点不是主人公的悲惨遭遇，作者花费了大量的笔墨叙述凯里是如何挣脱宗教和小市民习俗的枷锁的，这与本书的题目遥相呼应，他力图在混沌而又纷繁杂乱的社会中找到自己的一方净土，找寻到人生的真谛。如果从人物性格的角度来看，凯里是优柔寡断、犹豫不决的。但是他又始终坚持追求自己的人生理想，他鄙视金钱和一切奢靡享受的物质，将人性的淳朴摆在至高无上的地位，所追求的仅仅是简单的自然美境界。由于他先天跛足，并且父母过早逝世，因此童年的他认为世界无情而残酷，继而将自己的期望寄托于上帝身上，但也很难得偿所愿，只有在无人的深夜静静地啜泣，因此他对世间仅存的一丝温暖便十分珍惜，认为它们是具有无穷的魅力的。主人公凯里不断在苦痛与微弱的光芒间反复踌躇，这时的他逐渐变得敏感和易怒，始终与阴暗的角落为伴，甚至认为生命和人生是毫无意义的。但最终凯里得到了好心人的救助，心里才开始射进了一丝微光，而大伯的病故也使他获得了一笔遗产，这才使他的生活得以在一定精神和物质的支持下继续下去，最终到了 30 岁的时候，他走出了阴霾，迎来了属于他自己的光明。正是因为他童年和青年时的一些悲惨经历，他与幸福被无情地隔离了，其所经历的困苦也被烙上了难以消除的印记，这始终就像是人生的一柄剑，悬挂在他的头颅之上。

当时的社会普遍流行着这样一句话，“苦难是人生的一笔财富”。但现实总是毫无逻辑地让某些人去承受不该承受的痛苦，这可被理解为在命运的强权统治下由一方制订而另一方不得不遵守的条约。曾经有评论尖锐地指出，“为什么人类会同情无家可归或残疾的猫，但只会恶意中伤自己的同胞？”我们在现实社会中看到的是，植物和动物都懂得在遇到危险时团结起来，而人类却只会在这时将自己的伙伴推入火坑，争得血肉模糊，这就是连人类都无法理解的一种病态心理。当个人与社会的责任紧密地交织在一起时，社会不该在这时抛下自己的责任，让凯里去独自面对这一切，否则他也不会产生如此的消极情绪。

在《人性的枷锁》这部文学作品中，作者毛姆就曾借主人公凯里之口说过这样一句话：人生是没有意义的，人活着也不存在什么意义和目标。一个人不论诞生与否，无论是活着还是死去，都是无关宏旨的。生命本来就轻如鸿毛，死去时也同样如此。“万事万物犹如过眼烟云，都会逝去，它们留下了什么踪迹呢？世间一切，包括人类本身，就像河中的水滴，它们紧密相连，组成了无名的水流，涌向大海。”作者还这样写道：“我早已发现，当我最严肃的时候，人们却总要发笑。事实上，当我隔了一段时间重读自己当初用全部感情所写下的那些段落时，我自己竟也想笑我自己。这一定是因为真诚的感情本身就有着某种荒谬的东西，不过为什么这样，我也想不出道理来，莫非是因为人本来就只不过是一个无足轻重的行星上的短暂生命，因此对于永恒的头脑来说，一个人一生的痛苦和奋斗只不过是个笑话而已。”①

毛姆的小说，笔调清新自如，并不像谨小慎微的英国人，所以读者从入口到消化的整个过程行进得十分流畅。这或许是因为在欧洲没有哪一个作家会局限于自己的土地，他们的天性是包容、谦卑，促使欧洲文学拥有比其他各大洲更广阔、更乐观的发展前景。而毛姆的小说则印证了这一点。

毛姆的小说之所以好看，是因为在于他骨子里的一种深邃的幽默，在行云流水的网状叙述过程中，不乏深刻的人性的批判和对现代文明的质问与迷惑。但是用挑剔的眼光看，作为毛姆早期的作品，《人性的枷锁》有些地方确实写得太露骨、直白。有时通过场景设计和人物对话，显然已经很好地将隐含的意思表达出来了，

① [英]毛姆（S. Maugham）著．寻欢作乐[M]．章含之，洪晃，译．杭州：浙江文艺出版社，1984：208.

作者偏偏站出来点明中心，令含蓄之美荡然无存。但早期作品细节上的缺憾无损于毛姆作为一个伟大小说家的地位。

二、《野性的呼唤》

（一）作者简介

杰克·伦敦（Jack London），1876 年生于美国旧金山，从小家境贫苦。二十岁那年，他因一篇描写台风的小说获得新闻小说奖，从而决心做一个专业作家。

在短暂而传奇的一生中，杰克·伦敦曾当过工人、游民、工会领袖、水手、淘金矿工等。他曾身处加拿大北部的冰天雪地，并十分为之着魔，促使这部《野性的呼唤》① 的巨作现身于世。

杰克·伦敦是美国文坛一颗闪亮的彗星，《野性的呼唤》是他最具代表性的作品。他用词准确优美，笔锋雄劲，具有自由豪放的情怀，将人性凶残野蛮的黑暗面描写得淋漓尽致，发人深省。

然而，杰克·伦敦自杀了。他说："我早就梦想自己成为一个大作家，我现在已经成为一个大作家了；我早就梦想我有很多钱，我现在已经有很多钱了，我早就梦想我成为一个名人，那么我现在已经是一个大名人了，因此我活着一点意思都没有，干脆照着自己脑门开一枪结束。"

这虽然是一种比较极端、偏激的态度，却说明了一个问题：成功对于未成功者来说是很有吸引力的，但是对成功者来说有时会变得乏味。

杰克·伦敦一生写了很多书，如《铁蹄》《热爱生命》《马丁·伊登》等，其中以《野性的呼唤》和另一本写狗的书《白牙》广为流传。

（二）内容简介

《野性的呼唤》的背景是 19 世纪，阿拉斯加兴起了淘金热，引来了一批又一批淘金人潮。这些人需要大量的狗来拉雪橇，于是有许多狗被卖到北方，从事艰辛的工作。小说以一只叫巴克的狗为主人翁：巴克原来是法官米勒的爱犬，随

① ［美］杰克·伦敦（Jack London）．野性的呼唤 [M]．徐黎，译．南京：译林出版社，2020.

着法官一家人住在温暖的圣克拉拉原野的一所大房子里，过着温馨舒适的生活。坏园丁曼纽尔为了还赌债，背地里把巴克卖了出去。从此，巴克开始了悲惨的雪橇狗生涯，展开了另一种完全不同的命运。

在这个过程中，巴克受到凶暴的北方狗欺凌，体验到蛮荒世界中弱肉强食的生存法则，它骨子里的野性终于被激发出来，展现出属于荒野的生命力。它的第一任主人是皮罗特和法兰夏，巴克非常敬重他们，和他们在一起时，巴克学到了在寒冷地带生存的技能、如何与雪橇队里其他狗竞争与配合，逐步适应了艰苦的环境。但是，法兰夏因工作失误，被调动了，于是巴克被调去运送邮件，沉重的包裹让它不断消瘦，最后它被淘汰了，被转卖给了几个不懂狗的美国人，生活更加艰苦。

在阿拉斯的雪原上，到处充满了危险。为了不让整个雪橇队陷入冰河，巴克拼死承受主人的鞭打。在最危险的时刻，伤痕累累、骨瘦如柴的巴克被桑顿所救。在桑顿的关照下，巴克过着快乐的日子。他们像一对父子，形影不离，恩深义重。他们一起冒险，巴克也成长为阿拉斯加最勇敢、最强壮的狗。但是，他们去东部淘金时，桑顿不幸被印第安人所害。巴克为桑顿报了仇，它也从此回归自然。

这是一个爱与力量的故事、生存与友谊的故事、回归自然的故事，读者在阅读中能够深深体会到野性的呼唤。巴克本来在加利福尼亚过着安逸舒适的生活。但当人们发现了金矿时，就需要像巴克这样的狗来做苦工。于是巴克被运到了北方。书中的北部是一座充满了狼群的森林，在每个皓月当空的夜里，巴克总能听到狼群的嚎叫。野性的呼唤在巴克的梦中也不曾消失，甚至越来越响亮。我们透过杰克·伦敦的笔触就能感受到人性的强悍和软弱，书中的生命力旺盛不衰，这也是《野性的呼唤》长久流传于世的原因。

（三）作品评价

小说以一条名叫巴克的狗为主角，通过它的眼睛来叙述其与主人、与其他同类之间发生的种种事件，反映出人类也同样存在的竞争与内心的矛盾。巴克是条生长在南方有着优秀血统的狗。一个园丁因一时的贪婪，把巴克卖到北极去当拉雪橇的狗。从此，巴克不但离开了优越的生活环境，它的命运也被改变了。巴克从对极地完全陌生的室内犬，一跃而成狗队中的领队，其中所面临的挑战，不管是主人给它的，同伴之间的，或者是环境所赐予的，都在验证着“优胜劣汰，适者生存”的法则，而巴克那股不屈不挠的强烈意志正是其成功的首要条件。

最顽劣和桀骜不驯的性格，最终也会被爱转化，融化在温暖的爱中，因此，即使巴克心中野性的呼唤仍在不断叫嚣着，但它最终也不愿意离开自己的主人，更何况他的主人还教会了它什么是真正的爱。所以，直到不得不离开的最后一刻，巴克选择在月光下发出一阵长鸣，最终回到了属于自己的森林中，回到了自己的族人身旁。

杰克·伦敦写出的不是受难书，而是灵魂回到故乡的故事，其过程不免惊心动魄、壮怀激烈。回归的过程虽然充满了苦难和挫折，也不乏流血和流泪，无数的恐惧穿插其中，但是当巴克最终回到了狼群的身旁，读者们还是感受到了一种胜利的骄傲。尽情地打开蜷缩已久的身体，舒展、放纵，让被这个社会矫正过的每一个细节都回到本来的位置，一切变得自然，变得成为它自己。这是多么畅快的自由啊!

现在我们正需要杰克·伦敦这样的力量：野性。从几千年前，人类就开始了人性的矫正，难道我们不是更需要野性的呼唤吗？不是更需要问一问自己应该是什么，而不再仅仅被社会要求自己是什么？

《野性的呼唤》以一只狗的经历，表现了文明世界的狗在主人的逼迫下回归自然，尽管其写的是狗，却庄重地反映了人的世界。

三、《尤利西斯》

（一）作者简介

詹姆斯·乔伊斯（James Joyce），20 世纪西方富有独创性和颇具影响力的作家，1882 年生于爱尔兰首都都柏林。早年，为了能够成为神父，乔伊斯接受了严格的古典文化的教育。在 21 岁时，由于人生观发生剧变，他同宗教信仰痛苦地决裂（这一激烈的思想矛盾，在他中年时所写的自传体小说《青年艺术家的肖像》中有所反映），然后离乡背井，到欧洲各地漂泊。尽管如此，在他的大部分作品中，题材与人物都集中在都柏林。乔伊斯描绘那里的风土人情，表达对故乡苦恼的回忆。1898 年至 1902 年，乔伊斯在都柏林大学攻读现代语言学。毕业后与叶芝、格雷戈里夫人、乔治·莫尔、乔治·拉赛尔等人结识交往。同年赴巴黎学医，1903 年因母亲病重辍学回国。之后，他开始短篇小说的创作。其间为生计所迫，乔伊斯曾经登台演唱，也当过教员。1904 年，乔伊斯结婚后偕妻子赴欧洲大陆，宣布“自愿流亡”，与自小受其熏陶的天主教会以及教会统治下的爱尔兰彻底决裂。1908 年，由于母亲去世，乔伊斯暂时回乡并开始写短篇小说集《都柏林人》。又经过漫长的时间，他完成了两部对当代西方文学影响颇大的作品，即《青年艺术家的肖像》与《尤利西斯》。乔伊斯在晚年濒于双目失明，但仍然写作，发表了最后一部长篇小说《芬尼根的觉醒》。此外，乔伊斯的作品还包括抒情诗集《室内乐》和剧本《流亡者》。对这个独树一帜的爱尔兰作家来说，创作生涯远不是一帆风顺，而是坎坷的。《都柏林人》原稿曾先后被投给二十二个出版商，每次都遭退回，最后才被一位出版商接受，可又被压了八年才问世。乔伊斯的作品对爱尔兰社会风尚表现了蔑视与反感，对人们的欲望、感情和复杂的内心活动等进行深刻的描写。

（二）内容简介

小说情节发生在 1904 年 6 月 16 日早上至次日凌晨。乔伊斯运用意识流的手法描述三个主要人物斯蒂芬、布鲁姆、莫莉在都柏林的生活过程和潜在意识的活动。从情节上讲，可被认为是《青年艺术家的肖像》的续篇。

《青年艺术家的肖像》中的主人公斯蒂芬在母亲死后，深感悲哀和懊丧。这是因为母亲在临终前曾经要求斯蒂芬跪在床前为她祈祷，但斯蒂芬最终由于自己对于宗教的反叛而拒绝了这项要求。现在，斯蒂芬正在为没有完成母亲临终遗言而懊恼悔恨，又因在精神上与宗教、家庭和国家决裂而感到无所寄托。他终日烦躁不安，渴望在精神上找到一位父亲，寻求安抚。

广告业务员布鲁姆是一个平庸无用又有一点儿下流的男人，这一天，他为了自己的广告业务在都柏林四处奔波，但毫无所获。11 年前，他的小儿子不幸夭折，这在布鲁姆的心灵上留下了难以愈合的创伤。布鲁姆诚恳朴实，但常常被人嘲弄奚落，他温和仁慈，但又流于猥琐平庸，布鲁姆和斯蒂芬在妓院相遇，这两人在精神上孤独飘零，彼此在对方身上都找到了寄托。斯蒂芬找到了精神上的父亲，布鲁姆则找到了精神上的儿子。深夜，布鲁姆将喝得酩酊大醉的斯蒂芬带回家中，准备让他加入自己的生活。布鲁姆想留斯蒂芬在家里过夜，而斯蒂芬却婉言谢绝，告辞而去。

（三）作品评价

《尤利西斯》被认为是一部令一般读者头疼，也让批评家伤神的作品。即使在今天，这种情况也未得到丝毫的改善。晦涩的《尤利西斯》，无法让许多人理解它真正的内涵。书中有许多情节令人想入非非，因此长时间以来都被认为是“淫书”。但是，时间会证明一切。在世界著名出版社蓝登书屋的一次评选活动中，《尤利西斯》一书荣登“21 世纪百部最佳英语文学”的榜首。

《尤利西斯》这部文学作品将看似漫长的时间和广阔的空间都融合到了 1904 年都柏林中的一天内，这是一种十分大胆的做法。这部作品以最简单的时空跨度和情节铺设，将最深厚的意识流体现得淋漓尽致，都柏林都城中的每一个角落都被覆盖得十分全面，其中所涉及的学科有哲学、政治、历史和心理学等，因此，文学评论家们称之为“现代社会的百科全书”和“现代派的圣经”。书中通过对人类内心世界的探索、灵魂自我寻找的历程，揭示了人的内心生活其实都具有巨大的悲剧力量。同时也使布鲁姆这个主人公幻化为人在时间和空间的永恒中所走过的道路。

在《尤利西斯》中，乔伊斯用不朽的文字激活了一大帮活生生的人，有喜欢吃带有骚味羊腰子的布鲁姆，有满脑子是抽象的思维和深奥哲理的斯蒂芬，还有送牛奶的老太太、报童、女佣、护士、酒吧女侍、马车夫……跟随他们在都柏林游荡这十八个小时，让我们目睹了生活在都市的现代人的失望和寂寞，以及他们灵魂的空虚和失落。

《尤利西斯》这部作品在写作技巧上进行了大胆创新，在当时，乔伊斯的这种做法是令人大为震惊的。作者将不同色调和风格的语言形式运用得生动形象、淋漓尽致，对不同的生活场景和人物形象进行描写。尤其值得一提的是，乔伊斯

“意识流”写作手法的运用。例如，乔伊斯在表现莫莉的心理活动时用了非常长的篇幅和非常浓厚的笔墨，其中并没有出现任何的标点符号，也没有划分段落，这就从侧面充分体现了莫莉人物意识的流动状态。《尤利西斯》这部作品的现世，代表了意识流文学的最高峰，从另外一种角度来说，这也是一部非英雄主义体裁的作品，为现代文化的发展开辟出了一条崭新的道路，从而当之无愧地成为20世纪最伟大的文化著作之一。

四、《了不起的盖茨比》

（一）作者简介

美国小说家弗朗西斯·斯科特·菲兹杰拉德出生于1896年的明尼苏达州圣保罗市，他的父亲是一名家具商。在菲兹杰拉德年轻时曾经试图自己写剧本，在高中毕业后顺利升入了普林斯顿大学。在校期间，他组织过剧团，也为校内刊物写过稿件，但后来因为身体上的缘故，最终没有读完大学。到了1917年，菲兹杰拉德应征入伍，虽然终日忙于军训，但没有机会参加真实的战争。退伍后的他并没有放弃自己的爱好，坚持写作。最终，他于1920年出版了自己的第一部长篇小说《人间天堂》，并且大获成功。在小说出版后，他便立即结婚了，成婚后的他选择携自己的妻子定居巴黎，并且结识了多位旅居欧洲的美国作家，如舍伍德·安德森和海明威等。到了1925年，他所创作的《了不起的盖茨比》最终面世，这是奠定他在美国文学史上地位的一部重要作品，也使得他成为20世纪20年代“爵士时代”的发言人和“迷惘的一代”的代表作家之一。在菲兹杰拉德成名后，他并没有沉溺于奢华享乐之中，而是继续沉溺于自己的创作中，但他的妻子却十分讲究排场和面子，挥霍无度，最终又精神失常，这对他的精神带来了极大的压力。在这样的生活境遇下，入不敷出的他只能选择去好莱坞写剧本维持生计。到了1936年，他因为罹患肺病身体每况愈下，妻子也生着重病，卧床不起，菲兹杰拉德最终精神濒临崩溃，致使无法沉心于创作之中，终日酗酒，最终于1940年的冬天因心脏病在洛杉矶逝世，年仅44岁。

菲兹杰拉德所创作的不仅只有长篇小说，他所创作的短篇小说也是十分具有特色的。除此之外，他的《夜色温柔》《最后一个巨商》也十分著名。这些小说都是20世纪20年代美国社会的真实写照，反映了当时“美国梦”破灭的事实，将大萧条时期美国上层社会“荒原时代”的精神面貌展现得淋漓尽致。

（二）内容简介

《了不起的盖茨比》的主人公盖茨比是美国中西部的一个穷孩子，他偏偏爱上了一位“大家闺秀”黛西。战争爆发后，盖茨比上了战场。当他戴上军功勋章回来时，黛西已嫁给了富家子弟汤姆。盖茨比醒悟到：因为他没有钱，所以他失去了黛西，如果他有钱，有比汤姆更多的钱，他就能夺回黛西。当时的他抱着对黛西的痴情和为爱情献身的理想，以惊人的决心去奋斗，努力赚钱。终于苍天不负有心人，他在自己爱人的住所对面买下了一座豪华别墅，并且举办了盛大的宴会来吸引黛西。同时，盖茨比还请人帮忙与黛西重新建立联系，最终在五年后与她再次见面，向她表明自己的忠心。

黛西最终为盖茨比的忠诚和执着而感动，但更多的还是对他心生贪念，同时也对自己丈夫的粗野和不忠心生失望，然而还是没有勇气离开汤姆的身边。在黛西与丈夫一次激烈的争吵后，她在驾车回家的途中将丈夫的情人威尔逊太太撞死，得知此事的盖茨比决心为自己的爱人承担罪责。此时，黛西却因为胆怯回到了自己丈夫的身边，这时嫉妒心很强的汤姆也欲将此事嫁祸于盖茨比，并唆使威尔逊太太的丈夫开枪射死了他。

盖茨比对黛西的爱可被比作是梦幻的“天堂”，他在人间搭起云梯，想摘取天上的星星，以此来重温以往的快乐时光。这可以说是一种堂吉诃德式的浪漫，这种浪漫天真得让人感动，他这种对于爱情和理想的执着，从某种意义上而言也确实是“了不起”的，这其中蕴含着一种不可贬值的价值。然而，从另外一种角度来说，盖茨比也是可悲的，当他认为自己获得了进入“天堂”的梯子，却不知道这时的“天堂”只是自己心中的幻想。当他在月光下因担心黛西而彻夜守候时，黛西却转身投入了汤姆的怀抱，甚至还听信了汤姆的劝告，将车祸嫁祸于盖茨比。而当盖茨比冰冷的尸体浸泡在冰冷的游泳池中时，黛西和汤姆却高兴地结伴旅行去了！这就是金钱社会所制造的不可挽回的悲剧，富豪们的贪婪和傲慢、自私最终打败了盖茨比之前所建立的所有信念和理想。

（三）作品评价

《了不起的盖茨比》通过语言描绘和情节构建，将 20 世纪 20 年代“美国梦”的破灭植入了小说情节之中，将当时美国社会的悲剧缩移描摹在了短短一本小说之中。书中盖茨比和黛西的恋爱和分手在外人看来是再简单不过的爱情故事，但正是由于作者的思路清奇、出手不凡，将黛西的人物性格塑造成了一个爱财的女性，她把青春和地位看作自己的象征，靠一些手段来追求自己心中的“美国梦”。盖茨比最初曾天真地认为，只要有了黛西喜欢的金钱，自己就能重新赢得黛西的喜爱，找回那些年前逝去的爱情，但最终的事实证明他错了，这是付出他自己的生命也无法挽回的。他将黛西看作爱情，将灯红酒绿的奢靡社会看作理想，当他已经身处这个无聊的社会之中，就会发现，这就是一种幻象，是自己用爱情编织而成的一个理想的物质世界。黛西虽然最初被盖茨比强大的经济实力所打动，但是最后还是为了推卸责任而无情地推开了他，最终酿成了不可挽回的悲剧。盖茨比的遭遇正是欢歌笑语的“爵士时代”的真实写照。

不仅是盖茨比，“双重主人公”尼克・卡罗威在这部作品中也同样扮演着十分重要的角色。他既是故事的见证人，也是故事的讲述者。卡罗威不仅是盖茨比的邻居和朋友，也是黛西的表哥和汤姆的同学，甚至还爱慕着黛西的朋友乔丹，他不仅是盖茨比与黛西重逢的牵线者，也是盖茨比悲惨遭遇的同情者。由此看来，他所代表的既不是享乐者，也不是以盖茨比为代表的盲目脱离现实的伙伴，所代表的是当时美国中西部的传统准则和道德观念。卡罗威在这部作品中所扮演的角色是相对正直的，他不仅对盖茨比盲目追求黛西的行为和幻想予以了批评，对黛西和汤姆的做法在事后也进行了鞭挞。在盖茨比去世后，昔日上门逢迎的宾客不见身影，黛西和汤姆结伴出游，这时的卡罗威选择一针见血地指出他们在道德上的错误和当时社会的虚伪和无情，使读者们对盖茨比的悲惨遭遇和“美国梦”破灭的印象更为深刻。

《了不起的盖茨比》所采用的是第一人称的叙事手法，仿佛小说中所发生的一切都是真实的，不加过分的辞藻装饰，令人感到十分亲切。卡罗威和盖茨比两人的相识相知是注定的，尽管他们在感情和心理上始终都存在一定距离，但又有交汇之处，这种多层次的结合方式将故事的脉络整理得十分清晰。作者将不同的观点汇集在一本小说之中，从而使作品具有深刻的内涵和严密的结构。

作者在文字叙述的过程中将比喻的修辞手法运用得淋漓尽致，为书中的人物情感和场景转变增添许多抒情的色彩。精彩的比喻也常被用来渲染一种梦幻的气氛，以这种梦幻来衬托出人物精神上的空虚。例如，盖茨比与黛西在家中重逢时，他去触碰她的手，这时的描写是“不断添枝加叶，用飘来的每一根绚丽的羽毛加以缀饰”。这些梦幻是“牢牢地建立在仙女的翅膀上的”。内涵深刻的比喻把盖茨比对“美国梦”的追求描绘得惟妙惟肖、跃然纸上。

不仅是比喻，小说中还大量运用象征的手法来表现人物形象内心的活动和周围环境的变化。例如，“码头尽头有一盏绿灯，盖茨比常常在晚上孤独地望着它，伸开双手想去拥抱它——青春和爱情的象征，仿佛是黛西的化身”。在小说的结尾，卡罗威又想起了这盏盖茨比一直信奉的灯，这盏灯似乎近在眼前，却又抓不住，实际上是遥不可及的，这也表明他的理想和信念也逐渐远去。除此之外，还有书中多次出现的对“埃克尔堡大夫的眼睛”的描写，“若有所思，阴郁地俯视这片阴沉沉的灰堆”，这就象征着灾难的到来。而每当情节发展到了关键的地方，这双眼睛又好像有了生机，它仿佛是盖茨比与汤姆摊牌和威尔逊谋杀盖茨比的见证者。已经沾满了铜臭气息的黛西虽然穿上了洁白的衣裙，但她的灵魂却已锈迹斑斑，这纯洁的白色仿佛是一面镜子，将她的灵魂深处展露无遗，同时也象征着盖茨比的梦想和爱情将不再回来。作者用五光十色的音符谱出了一曲凄怅的悲歌，给人留下无限的思索。

五、《飘》

（一）作者简介

美国作家玛格丽特·米切尔于1900年出生于佐治亚州亚特兰大市，是一位受到过良好教育的女性。米切尔的父亲是一名律师，曾经担任亚特兰大历史协会主席。米切尔也曾在著名的华盛顿神学院和马萨诸塞州的史密斯学院就读，最终获得了文学博士的学位。毕业后的她还曾担任过地方报纸《亚特兰大报》的记者。到了 1925 年，米切尔选择与约翰·马尔什缔结婚姻关系，婚后就辞去自己在报社的职务，在家专心进行写作。虽然米切尔一生就发表了《飘》这一部作品，但她的这部文学著作一经面世就获得了极大的反响。

由于在学校和家庭中受到了良好的熏陶，米切尔对南北战争时期美国南方的历史尤为感兴趣，在家乡时也听说了大量有关内战和战后重建的传闻和轶事，同时，大量书籍的阅读也为她后期的创作奠定了基础。米切尔自小在南部城市亚特兰大长大，因此对美国南方的乡土风情甚是了解，在一定程度上受到了这里人文和自然因素以及社会环境的影响，这也是米切尔创作背景和灵感的来源。

米切尔在亚特兰大过的是一种波西米亚式的生活，不屑理会所谓社交沙龙里的飞短流长。在正式结婚前，她与丈夫曾经同居过一段时间，而南方风气保守，玛格丽特因此备受世人诟病。

就米切尔生平行事而言，她代表了那一代人最早觉醒的“族裔的良知”。她对黑人的友善态度和经济捐助行为甚至导致 1920 年她被其所属的“年轻人同盟”革除会籍。这位伟大作家对亚特兰大黑人社区所做出的最卓著的贡献，是在经济上赞助了 50 名在校的黑人医科学生，帮助这个黑人人口占 50% 的新兴城市培养了它所急需的黑人医生，而且她做这件事也是在秘密中进行的，“左手所为，右手弗知”。从《飘》一书中不难看出，她对黑人文化和社会习俗的体察十分深切入微，但她对黑人形象的描写——如“温和的黑脸孔上，沉沉密布着猴子一般的不可理喻的悲伤”，却导致黑人读者生出本能的反感，书中对南方庄园主的同情，也成为她今日时常遭人挞伐的原因。

直至 1949 年的夏天，米切尔不幸遭遇车祸，年仅 49 岁就失去了自己的生命。至今以来，这位才貌双全的女作家仍然在世界文坛中占据着一定的地位，并没有随着时间的流逝而被人们淡忘，反而一次又一次地走红，至今仍被一代又一代的年轻读者们所熟知。

（二）内容简介

《飘》所讲述的是在美国南北战争爆发前夕，塔拉庄园的千金小姐郝思嘉爱上了另外一位庄园园主的儿子卫希礼，但卫希礼爱慕的却是郝思嘉的表妹韩媚兰。而郝思嘉出于嫉妒，就一气之下嫁给了韩媚兰的弟弟查尔斯。而在不久之后爆发的南北战争中，查尔斯壮烈牺牲了。郝思嘉因此成为寡妇，但这时她的心中还是爱慕着卫希礼的。

一天，在一次举行义卖的舞会上，郝思嘉和风度翩翩的商人白瑞德相识。白瑞德开始追求郝思嘉，但遭到她的拒绝。郝思嘉一心只想追求卫希礼，结果也遭到拒绝。

在战争中，南方军惨败，亚特兰大城里挤满了伤兵。郝思嘉和表妹韩媚兰自愿加入护士行列照顾伤兵。目睹战乱带来的惨状，任性的郝思嘉成熟了不少。这时，从前线传来消息，北方军快打过来了，不少人家惊惶地开始逃离家园。不巧，韩媚兰要生孩子，郝思嘉只好留下来照顾她。

在北方军大军压境之日，郝思嘉哀求白瑞德帮忙护送她和刚生下孩子的韩媚兰回塔拉庄园。白瑞德告诉郝思嘉，他不能目睹南方军溃败而不去助一臂之力，他要参加南方军作战。因此，他留下一把手枪给郝思嘉防身，并和她拥吻告别。而郝思嘉只得驾车回到塔拉庄园，但这时的庄园已经被北方士兵洗劫一空，她的母亲也在惊吓中死去。

战争虽然结束了，生活却依然困苦。北方来的统治者要庄园主缴纳重税，郝思嘉在绝望中去亚特兰大城找白瑞德借钱，但得知他已被关进监狱。归来的途中，郝思嘉遇上了本来要迎娶她妹妹的暴发户弗兰克，为了重振破产的家业，她欺骗弗兰克和自己结了婚。

郝思嘉在弗兰克经营的木材厂非法雇佣囚犯，并和北方来的商人大做生意。此时，白瑞德因用钱贿赂监管者而恢复了自由。两人偶然碰面，再次展开爱恨交织的关系。

弗兰克和卫希礼因加入了反政府的秘密组织，在一次集会时遭北方军包围，弗兰克中弹身亡，卫希礼负伤逃亡，在白瑞德帮助下回到韩媚兰身边。郝思嘉再次成为寡妇。此时，白瑞德前来向她求婚，经历了生死别离，她终于与一直爱她的白瑞德结了婚。

（三）作品评价

《飘》的诞生要感谢一次意外。玛格丽特·米切尔车祸骨折，因腿脚不能行动而听从丈夫的劝告，待在家里“孵”小说，没想到就此一发不可收拾，竟完成了巨著《飘》——这本书在美国出版史上是仅次于《圣经》的第二畅销书，把“亚特兰大”这个城市的名字嵌入了全世界读者的视野。相对于其纵横恣肆的才华而言，米切尔刻苦刚毅的精神更值得一提：当女作家最终把已完成的定稿交到出版商手里的时候，她的手稿已积有五英尺之高，有的章节曾反复重写达六十余次。

《飘》主要讲述的就是以郝思嘉为主人公，围绕在她身边的几位青年男女的爱情故事，不同于大部分的爱情小说，这个故事的发生背景是动乱的南北战争时期。自小生长在南方的庄园主女儿郝思嘉深深受到南方文化和环境的影响，但她的血液中却始终流淌着野性的叛逆。随着战争的爆发和持续推进，郝思嘉的形象和性格也变得越来越鲜明。在一系列的挫折之下，郝思嘉不断挑战和改变自我，甚至改变了整个家族在婚姻、金钱和政治地位等方面的命运，成为在新时事下成长起来的新女性代表。

玛格丽特·米切尔以其女性的细腻精准地把控住了年轻女子在追求爱情的过程中的心理变化，成功地将郝思嘉这一人物形象塑造得惟妙惟肖。随着故事发展背景的不断转变，郝思嘉的性格特征也在不断发生变化，时而令人熟悉，时而又令人陌生，但这一人物形象始终在读者们的心中是真实的，这就是这本书最大的成功之处。郝思嘉年轻貌美，但她的一系列行为却将她性格中的劣根性展露无遗，她为了振兴自己的家族，只得把爱情和婚姻当做交易，她所经历过的三次婚姻没有一次是发自内心的喜欢。直至后来，她才终于看清了卫希礼性格中的软弱和无能，只有和她算作同类的白瑞德才值得她交付自己的爱情。从审美取向来说，郝思嘉这一人物是不能算作反面人物的。这部小说以其细腻的笔触和生动的人物形象将情节紧密连接在一起，生动的语言和个性化的对白都使得整部作品焕发出别样的魅力。《飘》这部作品也在美国文学史上留下了浓墨重彩的一笔。

一部凄美的爱情佳作本就令人动容，而发生在南北战争背景下的爱情就更加残酷而美丽。对于读者们而言，美国本来就是一个令人感到梦幻而陌生的国度，

《飘》这部作品将其神秘面纱缓缓揭开，将许多美丽又肮脏的事物显露了出来，这对当代的年轻人而言可能是更具意义的。

《飘》一经出版，便立刻成为畅销书。这部长达一千页的巨著震撼了美国。五万册在一天内销售一空，半年销量达一百万册。其更于 1937 年获普利策文学奖。到 1949 年米切尔因车祸遇难前，仅在美国，此书就已发行六百万册，还不包括为数众多的盗印本。而真正使这部作品大范围流传开来的其实是根据这部小说改变而成的电影《乱世佳人》，它甚至在奥斯卡的颁奖礼上一举夺得十项大奖，成为美国电影史上的一部极具特殊意义的作品。

《飘》打破了时代和读者群体的限制：读者群是一代接一代的，老一辈读者有之，中年一代亦不乏其人，年轻读者更是不计其数。虽然美国文坛出于一定政治因素的考量，一直在有意贬低这部作品的文学价值，但它长久不衰的事实也从侧面表明了它早已深深地扎根于读者们的心中，它所处的地位是不可动摇的。随着岁月的推移，《飘》经久不衰的文学魅力越来越为专家学者所认可。《飘》已经从畅销书升格为世界经典文学作品，在美国被众多大学定为大学生必读书目之一。历经半个多世纪的风雨，《飘》终于以其自身固有的文学价值，在美国文学史上争得了一席。

六、《丧钟为谁而鸣》

（一）作者简介

美国小说家欧内斯特·海明威于 1899 年生于芝加哥附近的一个医生家庭。海明威曾经参加过第一次世界大战，在战后还担任了驻欧洲的记者，并且以记者的身份参加了西班牙的内战和第二次世界大战。但海明威晚年身体健康每况愈下，罹患多种疾病，最后患上了精神抑郁，于 1961 年选择结束自己的生命。

在海明威进行文学创作的早期，也就是 20 世纪 20 年代，他写出了《在我们的时代里》《春潮》《太阳照样升起》等一系列作品。而这一时期，正是诗人艾略特所认为的西方精神社会的荒原时期。其中，海明威所创作的《太阳照样升起》和《永别了，武器》这两部作品成为当时美国“迷惘的一代”生活方式和价值观的真实写照。到了 20 世纪 30～40 年代，海明威开始塑造一系列为人民利益而牺牲，为反抗法西斯而战斗的英雄人物形象，如剧本《第五纵队》和长篇小说《丧钟为谁而鸣》就是这一时期的佳作。除此之外，他还根据自己在非洲的所见所想写出了《非洲的青山》和《乞力马扎罗的雪》两部作品，随后也发表了《弗朗西斯·麦康伯短暂的幸福生活》。直至 1932 年，他出版了《午后之死》这篇短篇小说。

《丧钟为谁而鸣》这部长篇小说是海明威在 1939 年创作完成的，这部作品是他根据自己的经历以西班牙内战为背景所写成的。这部作品在海明威的文学创作史上是一部承前启后的作品，讲述的是国际纵队的志愿人员罗伯特·乔丹在当地的游击队配合下成功执行的一次炸桥行动，虽然行动最终取得了胜利，但是乔丹的时间却永远地停留在了这里。这部作品是海明威创作中期中思想性最强的，已经在一定程度上摆脱了孤独和迷惘的情绪，个人开始逐渐融入社会，主要表现为崇高的理想主义和英雄主义。

海明威的创作晚期是自第二次世界大战后开始的，这时的代表作有我们熟知的《老人与海》，所塑造的是以桑提亚哥为代表的悲剧英雄人物，他们主张的是我们虽然“可以把他消灭，但就是打不败他”。

从文风的角度来看，海明威始终是以精炼为主，所奉行的就是美国建筑师罗德维希所提出的“越少，就越多”，这种创作方式可以在一定程度上将读者和作者之间的距离拉近。海明威还提出了“冰山原则”，所主张的就是在文字上只表现整体事物的八分之一左右，这样可以使作品的整体结构和内容更加耐人寻味，吸引读者深入探索下去。

从海明威一生所创作的文学作品来看，这些都是揭露当局当权者伪善面目的有力武器，是将残酷现实展现在人们面前的有效途径，将当时美国青年的迷茫情绪刻画得生动形象，对劳动人民的热爱也在其中尽情展露。在海明威不断探索艺术创作途径的过程中，他将现实主义的创作风格与手法带入了美国文坛，使其在开放性的兼容并蓄中重新焕发出耀眼的光芒。

由于海明威的小说体现了人在“充满暴力与死亡的现实世界中”表现出来的勇气，更因为他精通叙事艺术，他的语言和风格对美国创作起到革命性的影响，他描写的生存的压力，对他那个时代的生活具有洞察力和理解，海明威当之无愧地荣获 1954 年的诺贝尔文学奖。

（二）内容简介

1937 年的西班牙，共和国军与代表法西斯势力的佛朗哥军队展开了殊死搏斗。正在西班牙大学教书的美国教师罗伯特·乔丹毅然加入了国际纵队，投身到反法西斯的战斗中。共和国军戈尔兹将军向乔丹介绍，他们准备向佛朗哥军队发起一次大规模的进攻，但进攻之前，必须炸掉一座位于敌军统辖区的大桥。罗伯特接受了炸桥的任务，与助手安塞尔莫寻求当地的游击队的帮助。

长期艰苦的山区生活，已使游击队长巴勃罗产生了动摇情绪，但“司令”的官职和游击队救出的不幸少女——美丽的玛丽亚，使他留了下来。罗伯特来后，巴勃罗察觉到玛丽亚爱上了这个美国青年。他想拆散他们，但巴勃罗的老婆比拉尔就像母亲一样关怀着他们，巴勃罗只能把怨气发泄在罗伯特身上，而罗伯特顾全大局，不予计较。

一个雪夜，玛丽亚告诉罗伯特，她的父母由于反对佛朗哥军队的法西斯行径而惨遭杀害。罗伯特将她紧紧搂在怀里，发誓要加倍地爱她。玛丽亚要求罗伯特教她射击，这样如果罗伯特受伤了，也不会被俘，她可以先打死罗伯特，然后再自杀。罗伯特答应了。

当巴勃罗看见他们在一起时，不禁怒火中烧，他偷走炸桥用的起爆器，带着马逃跑了。比拉尔带着罗伯特找到另一个游击小分队，队长在雪夜为罗伯特偷盗战马，不料被敌人发觉。激战后，队长和他的战士们壮烈牺牲。

当罗伯特准备炸桥的时候，巴勃罗又回来要求参加战斗。在小分队的掩护下，罗伯特和安塞尔莫在桥上安置了炸药。敌人的坦克上了桥，但安塞尔莫已经来不及撤出，罗伯特强忍着心中剧痛拉响了炸药，坦克燃着火从桥上栽了下去。巴勃罗带领大家撤退，但敌人的坦克炮火严阵以待。罗伯特奋力掩护队员突围，自己却从马背上跌下，严重受伤，无法和游击队一同转移。历经生死，罗伯特和心爱的玛丽亚、和其他战友们道别。玛丽亚不愿舍他而去，但比拉尔不得不将她拖走。看着他们安全地离开，罗伯特倒下了，鲜血洒在西班牙这块异国的土地上。

（三）作品评价

《丧钟为谁而鸣》这部作品将故事发生的背景放在了西班牙，主人公乔丹为执行炸桥任务在短短的三天内经历了艰辛的准备，虽然炸桥任务最终大获成功，但是乔丹不幸负伤。为掩护游击队员们撤退，他拖着自己沉重受伤的身体独自一人留在山坡上，直至生命的最后一刻。他所具有的反法西斯信念无比坚定，就算这次进攻失败了，还会有下一次任务，最终一定会取得成功的。由此可见，乔丹已经完全克服了自身孤独和迷惘的情绪，这与海明威所创作的《太阳照样升起》中的杰克和《永别了，武器》中的亨利是完全不同的。在这部作品中，个人的英雄主义已经融进了整个人类的命运之中，主人公已经意识到自己并不是在为自己而战，而是在为整个人类民族的理想而战，这就是崇高的献身精神。

在《丧钟为谁而鸣》的扉页，海明威引述英国中世纪基督教神秘主义诗人约翰·堂恩的布道辞："谁都不是一座岛屿，自成一体，每个人都是那广袤大陆的一部分。如果海浪冲掉一块土块，欧洲就小了一点，如果一座海角，如果你朋友或你自己的庄园被冲掉，也是如此。任何人的死亡都会使我受到损失，因为我包孕在整个人类之中。所以绝对不必去打听丧钟为谁鸣，丧钟为你鸣。"①

令人遗憾的是，因为《丧钟为谁而鸣》表现出来的左派政治立场，这本书一直未得到西方评论界的高度评价，而直接让海明威获得诺贝尔文学奖的，则是他的中篇小说《老人与海》。在《老人与海》中，作者用不多的笔墨经典性地叙述了老人与海洋、大鱼、饥饿、焦渴做斗争的过程。书中的主人公——老人桑提亚哥，是真正孤独的个体，而就是这个在汪洋大海中驾一条小船与汹涌波涛、刺眼的阳光、挣扎的大鱼对峙的，似乎转眼就要消失在汪洋大海中的个体身上，寄托了人真正的尊严。因为老人要永远面临着无休止的挑战和痛苦，更令人惊心的是，他明知结果悲惨却仍然要坚持，为的只是他的尊严，也是人类共有的尊严，在海明威眼里，这就是我们生存的意义。海明威并没有把这部主题崇高、含义深广的作品写成如《战争与和平》一样的巨作，但这个故事最杰出、最优秀的地方，就在于它把主题充分容纳在一个尽量小的规模内，使人们能够纵观全局，直观形象

① ［美］海明威．丧钟为谁而鸣 [M]. 程中瑞，译．上海：上海译文出版社，2004.

地懂得人真正的努力究竟是怎么回事。在这点上，很少有比海明威做得更好的小说大师。

在语言上，《老人与海》未注重词句的华美与哲理的深刻，它是用包涵爱、忍耐及奋斗的返璞归真的字行感动读者。老渔夫虽不是什么英雄形象，但他的努力与坚持，以及在孤独和伤痛中表现出来的顽强，并不比任何英雄差劲，甚至比他们更伟大——老渔夫在成败得失间始终保持平和的心态。海明威用爱模糊了不同类型的生命之间的界限——小鸟、鱼和大自然可以成为老人的朋友。这部作品饱浸了对生命的赞美与尊重。从某种意义上说，它造成的震撼比《丧钟为谁而鸣》更悠远洪亮，海明威的哲学思想在这有限的篇幅里高度升华，被最直观地表现了出来。这部文学作品的情节紧凑，语言结构严谨，采用的是平铺直叙的创作手法，让读者在朴实无华的文字中就可以体会到人类奋斗意志的坚定。它想表现的思想内涵就是坚韧、热爱、尊重与忍耐，在故事的发展过程中这一切都是透明的，作品本身的意境和内涵没有被个人的思想阴霾所污染，可以说一切都是光辉灿烂的。

因为身体的缘故，海明威于 1958 年去往美国爱达荷州进行疗养。在这期间，他被高血压和糖尿病等疾病缠身，与之搏斗了将近三年。最后他还是认为，人在与大自然的搏斗中终究是不占优势的，人类最终总是会落败的，于是他决定主动出击，于 1961 年夏天结束了自己的生命。虽然在大多数人的世界观中认为，自杀是一种消极的人生态度，但海明威的自杀行为也可以说是在面对病魔时的一种宁死不屈，是抱着一种同归于尽的想法的。

七、《麦田里的守望者》

（一）作者简介

杰罗姆·大卫·塞林格，1919 年出生于美国纽约一个犹太商人家庭，家境富裕，他十五岁时进入军事学校。二战期间，塞林格随美军驻扎欧洲开展情报工作，1946 年复员回到纽约，专事写作。

塞林格凭借《麦田里的守望者》一举成名后隐居乡间，在河边买了九十多英亩的土地，在山顶修建了一所小庄园，周围种上许多树木，外面围上六英尺半高的铁丝网，并且在上面安装了警报器，过起了远离尘世的生活。他还特地为自己造了一个只有一扇天窗的水泥斗室作书屋，每天早晨八点半带饭盒入内写作，直到下午五点半才出来。期间，家里任何人不得进去打扰他，若有急事，也只能电话联系。塞林格平时深居简出，即使走出家门，也很少与人交谈。据传其作品数量甚丰，却不肯拿出来发表，他也成了一个神秘古怪、令人难以接近的遁世作家。

（二）内容简介

霍尔顿·考尔菲德是一个出身于富裕中产阶级家庭的十六岁少年。因为“四门功课不及格，又不好好用功”，圣诞节前，他被在教育界声誉颇高的潘西中学踢出校门。由于已经是第四次被学校开除，霍尔顿害怕被父母责备，因而不敢贸然回家，只好独自来到繁华热闹的纽约城游荡了一天两夜。为了打发孤独、寂寞、苦闷的时光，他逛夜总会，与陌生女孩抛媚眼、喝酒。百无聊赖之际，霍尔顿约会从前的女朋友，和她谈起心事，但又不被理解，闹得不欢而散。他想得到朋友的忠告，话题却全是女人。他找不到对话者，寂寞又来侵袭，霍尔顿只好借酒浇愁，直至酩酊大醉。随后，他独自徘徊在纽约阴森可怕的黑夜里，寒冷时他想到自己有可能会染上肺病死去，决它偷偷溜回家，看一眼可爱的小妹妹。没想到被聪明、敏感的妹妹揭穿了自己被开除的事实。“爸爸会要你的命”——妹妹的话使他烦恼透顶。最后霍尔顿将求救的电话打到他认为是“这辈子有过的最好的老师”的家里，在接受了一番谆谆教导之后借宿在老师家，无意中发现这位“好老师”是个伪君子，于是快速地逃离出来，却不知应往何处去。寒冷、睡眠不足、酗酒、孤独、沮丧使他的身体、精神备受折磨，最后终于彻底崩溃，被送进精神病疗养所。

（三）作品评价

《麦田里的守望者》是塞林格唯一一部长篇小说，1951 年出版。该小说自问世以来，曾一度被美国保守主义势力禁止青少年学生阅读，但经过时间的考验，大多数中学和高等学校已把它列为必读的课外读物，许多公立学校还以之为教材。其销售量已超过千万册，有好几种不同的译文版本，有的版本已印至第五十三版。

这部小说不仅在美国，而且还在世界范围内都引起了广泛而强烈的反响。

《麦田例的守望者》使得塞林格声名鹊起，这部以年轻人反抗陈旧教育制度为主题的小说最终将其推向了反叛青年的代言人的地位。书中所描绘的主人公霍尔顿是一个爱好逃学的学生，他的理想就是成为麦田的守护者，守护着在麦田里游戏的孩子们。《麦田的守望者》一经发行就在社会上引起了相当大的反响，大批的青少年成为霍尔顿的忠实拥护者，他们模仿霍尔顿戴红色的鸭舌帽，以此象征自己和主人公一样是具有反叛精神的。

全书的情节并不复杂。小说通过第一人称叙述全书。独特的艺术风格和细致的人物心理活动描写都在美国文坛中掀起了一阵现实主义表现手法的狂潮。作品充分反映了青春期少年的心声。小说的语言运用更是独树一帜，作者以青少年口吻平铺直叙，使用了大量口语、俚语，幽默、风趣，文意丰厚而具无限张力。美国文学评论家格拉维尔·西克斯评价说："我深信，有千百万美国青年觉得自己对塞林格要比对任何其他作家更为亲近。曾经有太多的人评论过这部小说，其中不少人谈起霍尔顿这一主人公就快活得像提起了一个熟识的童年玩伴。是的，旧友可能会在记忆中逐渐淡薄，而霍尔顿却是一生都无法忘记的朋友。只要听过他的故事，一辈子都会记着他——一个穿大号风衣、倒戴鸭舌帽、抽烟、满口'混账'、被学校开除了的十六岁的美国少年。"即使用现代开放宽容的眼光来看，霍尔顿也堪称桀骜不驯、特立独行。他的内心苦闷、慌张、忧郁，也有点儿自怜，他叼着一支烟，吐着脏话，他玩世不恭，但还有点坦诚。这种毫不掩饰反而使他显得更加可爱。而现实生活中很少有人逃脱口是心非的怪圈。更可怜的是，人们在说了某些话做了某些事之后，还总是格外自觉地自我原谅。

霍尔顿曾经在文中这样说过："我只想当一个麦田里的守望者！"在一望无际的麦田中，有成千上万的小孩子在其中穿梭、玩耍，霍尔顿就站在麦田边的悬崖上守望着，没有一个大人，看到哪个孩子冲向悬崖就将他们拦住，防止他们掉下去。这个想法在现在看来也是十分具有诗意的。尽管作者在文中并没有提及麦田的具体颜色，但色彩并不是最重要的，重要的是阳光始终存在，还有那个哼唱着"假如你在麦田里捉住了我"的守望者。

霍尔顿的麦田是大家共有的麦田。都说麦田是一个意象，守望者是一个隐喻，可是在具象化的遐想中一遍遍地看到那片广阔的空间，人们便会知道它真的存在，只是我们还在寻找通向它的道路。

八、《第二十二条军规》

（一）作者简介

约瑟夫·海勒（Joseph Heller），美国作家，1923 年出生于纽约布鲁克林科尼岛区。父母是俄国犹太移民。海勒 5 岁时，父亲去世，他和哥哥、母亲相依为命，艰难度日。批评家认为，海勒玩世不恭、街头式的机智幽默的文风，就是童年在布鲁克林的生活中形成的。他曾经在 1942 年入驻美国空军第 12 军团，作为轰炸机侧翼投弹手执行任务多达 60 余次。三年后，他作为空军上尉退役，并受到美国兵役法规定进入南卡罗来纳大学就读，不久之后又转入纽约大学，最终获得英语学士学位。1949 年，海勒又在哥伦比亚大学获得硕士学位，随后一年前往牛津大学访学，并在之后的日子里，前往多所大学任教，并当选为美国艺术文学院成员。后来，海勒也出任了《时代》和《展望》等杂志社的编辑。

直至 1961 年，海勒的长篇小说《第二十二条军规》才最终面世，并一举成名，不久，他便从事了专门的写作工作。30 多年后，1999 年冬天，海勒最终由于心脏病突发不幸去世，年仅 76 岁。他的逝世也使美国文坛甚至是世界文坛遭受了不少的损失。

从某种程度上说，约瑟夫·海勒是另一个海明威：他上过战场，对战争深恶痛绝。与海明威不同的是，海勒手中握着的不是一把可以射向自己的枪，他所痴迷的是一种“病态的、荒诞的幽默”。因其《第二十二条军规》，约瑟夫·海勒成为“黑色幽默”的创始人。黑色幽默成为 20 世纪 60 年代美国文坛的一把双刃剑，《第二十二条军规》锋利得可以与海明威的那把枪相比。更有评论家表示：只有一个圈套，那便是第二十二条军规。看不见，却又无处不在，并将置人于死地。皮亚诺萨岛的一切，就仿佛是约瑟夫·海勒玩弄世界的一个舞台，上面有一些小丑，尽情跳舞。这部作品一直被认为是 20 世纪 60 年代以来十分著名的小说，其被译成了多种国家的文字，发行量达到了一千万册。海勒的名气在当时的美国文坛很高，甚至超过了当时的大多数作家，如索亚·贝娄、约翰·厄普代克和诺曼·梅勒等人。

（二）内容简介

《第二十二条军规》是以第二次世界大战为背景创作的，所讲述的就是一支在意大利附近的皮亚诺萨岛上驻扎的美国军队的故事。该小说将这其中的生活和战争内幕描写得淋漓尽致，以主人公飞行员轰炸手约塞连想要停止征战飞行、反悔国内的斗争故事为中心。在故事中，当时的空军大队指挥官卡思卡特一次次提高了飞行员们执行任务的标准，严格的标准甚至使当时的飞行员们都患上了飞行恐惧症，这对当时的飞行大队是致命的，主人公约塞连为了逃避训练，甚至还装疯躲进了医院，这是因为，在当时所制订的军规第二十二条中，疯子是不可以参加飞行任务和训练的。但又有这样的一条附加条件：想要停止飞行就必须由本人亲自提出申请才能作数，但只要是可以提出申请的人，就会被认为是正常人，是不疯的，所以这一军规本身就是不成立的。但是在约塞连飞满后，他的上级卡思卡特又在不断下达新的命令和指令，致使约塞连不得不继续飞行。这是因为，军规中还有这样一条规定：停止飞行前是不能违抗上级所提出的命令的。在约塞连飞完 70 次后，他终于明白了这样一条道理：军规的存在本身就是一场骗局，是个圈套，为的就是不断压榨飞行员们完成任务。于是，最终明白这条道理的约塞连选择架机逃跑，向瑞典逃去。

小说的主人公约塞连从人物定位来说就是一个处于被主宰地位的普通的军人，小说中的故事情节将其热情、诚实而又极富正义感的爱国青年形象淋漓尽致地展现出来。他在最初入伍之时，他一直将参加战争看作是一种维护正义的行为，是一份维护真理、保卫国家的正义事业，因此在随后执行任务的过程中，约塞连总是十分积极而勇敢，因为在完成任务的过程中十分出色的表现，约塞连成功获得了一枚勋章，被晋升为上尉。但是后来，约塞连在军营中听到的训诫却是这样的："除此之外，别无选择……要么你拥护我们，要么就反对你的国家。"随后，他又看到自己一直深以为骄傲的飞机，象征着正义和勇敢的飞机被涂上了迈洛"水果土产联合公司"的标志，甚至还有"凡有利于联合公司就有利于国家"

油印说明出现在了飞机上，这使他对战争和军队本身都大失所望，认识到了上级提出命令不过是为了升官发财，换取利润而已，显然这在他看来是非常愚蠢的。

（三）作品评价

《第二十二条军规》是当时美国“黑色幽默”文学的代表作品，在当时的美国文坛中享有盛誉，甚至被当时的西方评论界称为是“60 年代最好的一部小说”，也在后期成为大学生的必读经典之一。

《第二十二条军规》取材于作者参加第二次世界大战时的真实经历，与其他类似战争题材的作品不同的是，这是一种写作题材上的创新，超脱了以往读者们和文学评论家们所界定的文学战争题材作品，他所批判的不只有战争和军规本身，还有当时美国灰暗的社会现实。书中所提及的“第二十二条军规”甚至在现在已经成为人们生活中的常用词语，按照《美国新世界辞典》中的解释是：“法律、规则或实践上的一个悖论，不管你做什么，你都会成为其条款的牺牲品。”[①] 从这一定义中我们就可以看出，“第二十二条军规”这一词语是具有一定的生存含义的，所指的就是模糊而不可名状的人类困境。正是因为这样，在主人公企图通过装疯来逃避飞行时得知，想要最终停飞就要自己提出申请，而这种行为本身也就证明了他是清醒的、正常的，他的要求被拒绝也是理所当然的。正如一位文学评论家曾经这样评论“第二十二条军规”，他认为军规的荒诞性从某种程度上来讲是适用于人类的法律的，也是适用于上帝的法律的。因此，小说本身就将“不理性的服从”与“理性的叛逆”二者之间的矛盾凸显了出来，假定它们之间的矛盾和对立面是始终存在的，无法调和的。总而言之，我们还是要承认理性的叛逆是一种证明自身真实性的有效途径，但不可否认的是，这种叛逆在一切生存的荒诞面前，是必然要面临失败的。

海勒《第二十二条军规》的创作在风格和表现手法上深深受到赛利纳、纳博科夫和卡夫卡等文学创新大师的影响，这种在文字结构上一反常规的操作是十分吸引人眼球的。这部小说也曾经被认为是属于 20 世纪中期以来盛产的实验小说，其中的零碎化时间、脱节的事件和场景、本身对话存在的不合常理性以及被公认

① Michael Agnes，Agnes. 韦氏新世界大学词典 [M]. 沈阳：辽宁教育出版社，2001.

为是超现实主义、黑色幽默和模仿史诗的经典性特征都证明了这一观点。而海勒在美国文坛的声名鹊起也在一定程度上促进了相同类型小说的发展，并且对后世后现代主义文学作品的创作也是具有一定积极影响的。

一般我们认为，海勒的作品所要凸显的主题就是死亡，而这一点在《第二十二条军规》中也被十分明显地显现出来。这本小说的情节正着眼于主人公约塞连生与死的选择上。除此之外，海勒在这部作品中还表现出许多其他的对这个时代和社会的关怀。例如，海勒在1975年的一次访谈中就提到了“理性与不理性的相近性和现实的定位”这个问题。事实上，这个问题也在海勒的全部作品中有所体现，从语言的滑稽性和语言的错乱与矛盾性上我们都能发现海勒的这种关怀。他所揭示的就是，这个世界上的一切本质都是和它所表现出来的表象相违背的，荒谬的错置和有组织的混乱已经成为它的准则，而使用这种准则的目的就是为了向既定的事实提出挑战。在海勒所描绘的这个世界中，显著的特征就是权力的滥用。而在现实世界中，语言不仅成为权力滥用的工具，语言本身也已经堕落了。因此，真真假假，假假真真，现实和虚幻，是非与对错，我们已经无法区分明白。

海勒所创作的文学作品和其本人的性格特征是十分相似的，二者都不断在困惑的蔑视与愤怒的尊严徘徊。从这个层面来看，他的作品就是在对现有的思维和话语模式进行抨击和控诉，他的黑色幽默也是在“有组织的混乱”和“制度化的疯狂”中所诞生的一种绝望。

海勒对这个世界表达不满的方式就是通过夸张的闹剧和幽默手法来体现的。他将幽默与讽刺、荒诞与严肃、夸张与真实很好地结合起来，使读者们在阅读的过程中能够更加深入地思考，在震颤中探索，在喜剧中悲哀。也正因如此，《第二十二条军规》一经发表就在整个社会中引起了相当大的反响和讨论，在美国的青年学生中间更是如此。时至今日，“第二十二条军规”已经不仅仅是存在于文学作品之中了，甚至在美国人的日常生活中也经常闪现，成为他们的口头禅，以表达一种无法摆脱的现实或情绪困境，以及不可逾越的鸿沟和阻碍。

《第二十二条军规》这部作品虽然以第二次世界大战期间的美国空军大队为故事发生背景，但实际上却并没有花费大量的笔墨去描写战争，这是因为作者本人创作这部作品的本意并不是描绘战争，所以将讲述的重点放在军队的权力结构关系了。

海勒曾经将战争看作是一种不道德的、荒谬的行为和方式，这种斗争方式只能制造无穷无尽的混乱，给百姓们带来的也只能是贫苦和流离失所，会腐蚀人心，使人最终失去自己的自尊和初心，这些文学题材只能让卡思卡特、谢斯科普夫之流获得名利和声望。在海勒看来，战争本身只是人们为了获得财富和名声的一种手段，归根结底就是因为人类本身，是他们的私心在作祟。因此，海勒就将创作的重点放在对人性的阐述上，在《第二十二条军规》中所抨击和鄙视的也是一种“有组织的混乱”和“制度化了的疯狂”。

在《第二十二条军规》中人物形象是十分繁杂的，但大多数仅仅是根据作者当时的想法突出其某一性格侧面而已，有的甚至采用的是夸大或漫画式的手法，有的则采用的是象征式的手法。例如，针对空军大队的指挥官卡斯卡特所重点表现的就是其蛮横无理的一面，而对于谢斯科普夫所重点展示的则是他作为军事机器残害士兵个性的特点。就连本书的主人公约塞连也并没有被展示出完整的人物性格，作者花费大量笔墨描绘的仅仅是其自我意识觉醒的部分。

约塞连本身就是社会中小人物的象征，没有能力和权力去挣脱体制的束缚和枷锁，只得被权力所有者任意摆布，是这个荒诞社会中众多受害者之一。约塞连本身是有同情心和正义感的，可以辨别是非，他曾经愤慨地说过：“只消看一看，我就看见人们拼命地捞钱。我看不见天堂，看不见圣者，也看不见天使。我只看见人们利用每一种正直的冲动，利用每一出人类的悲剧捞钱。”[①] 但是在这个世界中，充满正义的约塞连却被看作一个疯子，与这个世界格格不入。他受到接连的折磨后终于认识到了这个问题，面对这样的现状，他选择逃离，为自己找寻一条逃生路，并最终逃亡了被理想化的那个国家——瑞典，成为一名“反英雄”。

《第二十二条军规》这部作品之所以能够在社会中引起如此大的反响，除了题材和新颖外，还有一个很重要的原因，就是作者海勒在文学艺术技巧上的运用和创新。海勒摒弃了传统的现实主义手法，反而采用了创新的“反小说”式的叙事结构，有意通过混乱的表征来将他所描述的那个世界的混乱和荒谬体现出来，

① ［美］约瑟夫·海勒. 第二十二条军规 [M]. 吴冰青，译. 南京：译林出版社，2019.

他只用了叙述、谈话、回忆等方式来穿插人物和场景，又用了丰富的想象力来使人物和事件发生形变，将它们的反常和荒诞体现得淋漓尽致，用这样一幅幅滑稽可笑的画面来博得读者的凄然一笑，让人们在阅读中思考、体味。不仅如此，作者还运用象征的手法将他对世界、人生以及事物的看法深刻地体现了出来。本书的语言表现方式也十分独特，“黑色幽默”被真实地体现了出来，如故作庄严的语调被用来描述十分滑稽的事物，作者用一种被认为是插科打诨的文字形式来表达深刻的哲学道理，用戏谑的口气来讲述悲惨的遭遇。当然，这本书并不全然都是优点，也是存在一定缺点的，具有刻意寻求噱头和语句繁复冗长的缺憾。

海勒在一次接受采访时谈道：“我要让人们先开怀大笑，然后回过头去以恐惧的心理回顾他们所笑过的一切。”确实，这也是《第二十二条军规》的一个很好的注解。

参考文献

[1] 林路玲．核心素养背景下初中英语阅读教学设计策略探微 [J]．名师在线，2022（21）：88–90．

[2] 袁海峰．核心素养视角下初中英语课外阅读教学探究 [J]．新课程，2022（15）:46–47．

[3] 陈曦．英美文学作品中的隐喻美学价值研究 [J]．作家天地，2022（17）：63–65．

[4] 马婧，蒲红英．初中生英语阅读能力的培养策略研究 [J]．智力，2022（17）：54–57．

[5] 王丹．微课模式下的大学英语阅读教学研究 [J]．现代英语，2022（06）：25–28．

[6] 陈锐锐．浅析如何在英语阅读教学中提升大学生思辨能力 [J]．现代英语，2022（05）：17–20．

[7] 高茸．基于学科核心素养的高中英语阅读教学探究 [J]．中学课程辅导，2022（15）：3–5．

[8] 贾惠茹．例谈英美文学中的象征主义 [J]．文学教育（上），2022（05）：142–144．

[9] 朱灵通．核心素养理念下的初中英语阅读教学策略探析 [J]．校园英语，2022（20）：145–147．

[10] 王丹．中西文化语言差异下的英美文学作品翻译与赏析 [J]．作家天地，2022（14）：28–30．

[11] 刘珍娥．浅析文化差异对英美文学评价的影响［J］．名家名作，2021（08）：116–117．

[12] 王凤. 英语阅读教学中提问的技巧 [J]. 语数外学习（高中版上旬）,2021(04): 75–76.

[13] 张莉. 探讨英美文学作品的鉴赏及阅读审美 [J]. 青春岁月，2022（09）: 4–6.

[14] 任渊. 初中英语阅读技巧提高策略——寓“兴”于“练”[J]. 学周刊，2022（15）：89–91.

[15] 林燕贞. 浅议提高大学英语阅读教学实效性的方法 [J]. 校园英语,2022(17): 148–150.

[16] 郭建军. 英美文学在高中英语教学中的渗透策略分析 [J]. 中学生英语，2022（20）：72–73.

[17] 孙冬鹏. 新时代下有效提高大学生英语阅读能力的措施与建议 [J]. 现代英语，2021（06）：103–105.

[18] 李雅宁. 英美文学的陌生化语言特点——赏析乔伊斯《尤利西斯》[J]. 青春岁月，2022（08）：47–49.

[19] 王琪睿. 文艺复兴时期英美文学作品中语言艺术赏析 [J]. 今古文创，2022（18）：27–29.

[20] 叶淑珍. 主题意义视角下的初中英语阅读教学困境及策略 [J]. 天津教育，2022（12）：92–94.

[21] 肖志宏. 英美文学在高校英语教学中的现状解读 [J]. 校园英语,2021（42）: 32–33.

[22] 亓燕燕. 语篇分析视野下英美文学作品文体特点解读——以小说和诗歌为例 [J]. 文化学刊，2022（04）：70–73.

[23] 周雪峰. 跨文化视角下英美文学作品的语言特点研究 [J]. 文化学刊，2022（04）：206–209.

[24] 白秀花. 探讨英美文学的精神价值及现实意义 [J]. 中国民族博览,2022(07): 150–152.

[25] 李洋. 高中英语课堂中对学生深层阅读能力培养的思考 [J]. 英语画刊（高中版），2022（11）：27–29.

[26] 白霞. 高中生英语阅读能力提升技巧策略 [J]. 贵州教育，2022（07）：25-27.

[27] 张莉，杨志皇. 基于主题意义的英语阅读教学构思与突破 [J]. 太原城市职业技术学院学报，2022（03）：80-82.

[28] 郑湘凝. 英美文学的审美传统和文化气质 [J]. 牡丹，2022（06）：65-67.

[29] 孙月香. 分析文化差异对英美文学作品评论的影响 [J]. 青年文学家，2022（09）：122-124.

[30] 马波. 高中英语阅读技巧指导策略 [J]. 学周刊，2022（09）：114-115.